TARA SIVEC

BEIJE meu TACO

Traduzido por Mariel Westphal

1ª Edição

2021

Direção Editorial:
Anastacia Cabo
Gerente Editorial:
Solange Arten
Arte de Capa:
Michele Preast Illustration & Design
Adaptação de Capa:
Bianca Santana

Tradução:
Mariel Westphal
Revisão final:
Equipe The Gift Box
Diagramação e preparação de texto:
Carol Dias
Ícones de Diagramação:
Freepik/Flaticon

Copyright © Kiss My Putt by Tara Sivec, 2020
Copyright © The Gift Box, 2021

Todos os direitos reservados.
Nenhuma parte do conteúdo desse livro poderá ser reproduzida em qualquer meio ou forma – impresso, digital, áudio ou visual – sem a expressa autorização da editora sob penas criminais e ações civis.
Esta é uma obra de ficção. Nomes, personagens, lugares e acontecimentos descritos são produtos da imaginação da autora. Qualquer semelhança com nomes, datas ou acontecimentos reais é mera coincidência.

Este livro segue as regras da Nova Ortografia da Língua Portuguesa.

CIP-BRASIL. CATALOGAÇÃO NA PUBLICAÇÃO
SINDICATO NACIONAL DOS EDITORES DE LIVROS, RJ
Leandra Felix da Cruz Candido - Bibliotecária - CRB-7/6135

S637b

Sivec, Tara
 Beije meu taco / Tara Sivec ; tradução Mariel Westphal. - 1. ed. - Rio de Janeiro : The Gift Box, 2021.
 236 p. (Ilha Summersweet ; 1)

Tradução de: Kiss my putt
ISBN 978-65-5636-083-6

 1. Romance americano. I. Westphal, Mariel. II. Título. III. Série.

21-70748   CDD: 813
                  CDU: 82-31(73)

DEDICATÓRIA
Para James.
Agora você pode parar de me encher o saco por um livro sobre golfe.

GLOSSÁRIO DE GOLFE

Avant-Green (*apron*): Grama baixa que separa o *green* do *rough* ou *fairway*.

Back Nine: os últimos nove buracos de um curso de dezoito. Jogar o "*back nine*" significa "finalizar" (em direção à sede do clube).

Birdie: acertar um buraco com uma tacada abaixo do *par*.

Bogey: acertar um buraco com uma tacada acima do *par*.

Caddie: pessoa contratada para carregar os tacos e auxiliar os jogadores.

Garotas do carrinho (*cart girls*): atendentes em carrinhos que atuam entregando bebidas e lanches para os jogadores em campo.

Caminho do carrinho (*cart path*): percurso em volta de um campo de golfe, geralmente asfaltado, que os carrinhos de golfe devem seguir.

Sede do clube: edifício ou estrutura principal de um campo de golfe que pode, mas não necessariamente, incluir a loja de artigos esportivos, serviço de alimentação, vestiários, bar, escritórios e muito mais.

Driver: tipo de taco geralmente usado para tacadas de longas distâncias. O taco é normalmente usado na tacada inicial no *tee*, mas também ocasionalmente é usado no *fairway*.

Driving Rage: local onde os golfistas treinam suas técnicas de tacadas.

Fairway: área no centro do gramado que fica entre o *tee* e o *green*.

Green: área onde a grama é fina e rente ao solo, onde fica o buraco.

Par: a pontuação esperada que um jogador faça em um buraco, seja de três, quatro ou cinco.

Picker: Um veículo utilitário fechado com um aparato na frente para recolher bolas. Os discos giratórios são colocados em movimento à medida que o veículo se move, agindo como uma vassoura, varrendo as bolas do chão e as colocando em cestos de coleta.

Pin: o marcador alto, geralmente um mastro de metal com uma bandeira no topo, para indicar a posição de um buraco no *green*.

Cunha de Lançamento (*Pitching Wedge*): taco usado para tacadas curtas e em arco.

Rough: uma área fora do *fairway*. A grama é mais comprida, tornando mais difícil acertar a bola de golfe de forma limpa.

Starter: funcionário de um campo de golfe que controla o ritmo de jogo direcionando os jogadores para o primeiro *tee* nos momentos apropriados. Suas outras responsabilidades incluem fornecer informações sobre o curso e ajudar os jogadores com quaisquer outras questões relacionadas ao golfe.

Tee: objeto usado para apoiar a bola na primeira tacada.

Área de tee (*tee box*): área no campo onde os jogadores dão a primeira tacada.

Obstáculo de Água (*Water Hazard*): qualquer tipo de fonte de água a céu aberto, desde lagos a riachos, oceano a mar ou mesmo valas de drenagem no curso de golfe, é denominado obstáculo de água.

CAPÍTULO 1

"SÃO NECESSÁRIAS MUITAS BOLAS PARA JOGAR GOLFE COMO EU."

palmer

— Você parece péssimo, Pal.

Do décimo oitavo buraco da área de *tee*, viro a cabeça para longe da vista da água turquesa das Bermudas que se estende até onde a vista alcança e encontro meu melhor amigo parado ao lado do meu carrinho de golfe estacionado. Estou aqui, sentado atrás do volante nas últimas horas. Observo os chinelos de Bodhi Armbruster, bermuda cargo cáqui, boné de beisebol velho e desbotado, virado para trás sobre seu cabelo loiro desgrenhado, que ele não corta há anos, e uma camiseta que diz "GOLFE É CHATO" em letras grandes e em negrito em seu peito. O que é simplesmente maravilhoso, visto que estamos no décimo oitavo buraco de um dos campos de golfe mais exclusivos e prestigiados do mundo.

— Você é literalmente o *caddie* menos profissional de *todos os tempos* — murmuro, olhando para sua camiseta.

Bodhi ri e desliza para o banco da frente do meu carrinho, colocando os pés no painel e cruzando-os na altura dos tornozelos bem ao lado de onde eu tenho meus próprios pés descansando.

— Meu traje nada profissional, mas confortável, não foi o motivo de eu ter vindo até aqui. Você não poderia ter ficado sentado sentindo pena de si mesmo no segundo buraco? *Deus*, por que os campos de golfe têm que ser tão grandes? Isso é ridículo. Ninguém precisa de tanto exercício. — Bodhi faz uma pausa, tirando um fiapo da frente de sua camiseta. — Além disso, eu estava com esta camiseta *por baixo* da polo chique que tenho que usar durante os torneios. Ainda tenho que ser solidário com a minha galera... que odeia golfe. Eles dependem de mim para manter o ódio vivo.

A ESPN me colocou como um dos vinte melhores jogadores de golfe da minha geração. Sou apenas um dos cinco jogadores a ficar entre os três primeiros do *The National Tour*, o maior torneio de golfe do mundo, mais de cinquenta vezes na minha carreira. Sinceramente, não posso nem dizer quantos outros torneios ganhei até hoje, e tenho apenas trinta anos. Tenho patrocínio de tênis de golfe, de tacos e bolsas e sou o garoto-propaganda de roupas para uma das maiores redes de atletismo do país.

E eu tenho um *caddie* e melhor amigo que odeia golfe.

— Acho fofo você dizer que *eu* sou pouco profissional. Vejo que ainda está faltando um sapato. — Bodhi ri, acenando com a cabeça em direção aos meus pés cruzados.

Um pé tem um sapato de golfe preto e branco, e o outro só tem uma meia branca, agora coberta de manchas de grama. Aquele sapato "perdido" ainda está no fundo do obstáculo de água, cerca de trezentos e sessenta e cinco metros atrás de nós. Junto com a minha cunha de lançamento. E a garrafa de água que Bodhi estava segurando em sua mão que eu agarrei dele e joguei lá só de raiva.

Meu estômago se revira, e eu quero vomitar com o quão habilmente perdi, é bem provável, minha carreira de jogador de golfe profissional hoje. A carreira para a qual venho treinando e para a qual meu pai tem me preparado desde a primeira vez que colocou um clube nas minhas mãos aos três anos de idade e me inscreveu no primeiro torneio aos seis. Eu também quero rir tanto que meu estômago dói com o absurdo de tudo o que fiz. Minha cabeça está uma completa confusão neste exato momento, e ficar sei lá quanto tempo sentado aqui sentindo pena de mim mesmo, como Bodhi tão bem colocou, não ajudou.

Depois que saí furioso e marchei com a porra de um sapato até que jogadores de golfe, fãs, celebridades, redes de televisão e oficiais saíram do campo, a maioria das pessoas indo para casa e apenas os VIPs voltando para a sede do clube para comemorar, encontrei um carrinho de golfe abandonado no que um dos empregados deve ter deixado *avant-green* da décima área de *tee*. Dirigi de volta até aqui para que eu pudesse ficar sozinho e me punir repetindo cada coisa idiota que fiz hoje.

— Existe alguma esperança de que as redes de televisão de repente tenham tido problemas com as câmeras, todas ao mesmo tempo, bem naquele momento, e absolutamente ninguém tinha um celular com câmera?

Eu nem sei por que me preocupo em fazer essa pergunta a Bodhi; eu já sei a resposta. Desliguei meu telefone uma hora atrás, depois de ver os primeiros vinte e-mails que meu agente encaminhou para mim, todos de meus diferentes patrocinadores me dizendo que meus contratos estavam prestes a ser rescindidos se o meu comportamento de hoje voltasse a acontecer no futuro. Também houve alguns e-mails cancelando meus convites para os próximos torneios nos quais tenho trabalhado muito para competir.

Existem muitos jogadores de golfe profissionais que têm acessos de raiva, mas Palmer "Pal" Campbell não é um deles. Fui ensinado desde muito cedo a respeitar o jogo e o campo em que você está jogando. Recebi todos os meus patrocínios e a popularidade que tenho, porque mantenho a boca fechada, a cabeça baixa e jogo o jogo, ponto final. Não grito, não discuto, não brigo com outros jogadores e nunca perco a paciência se erro uma tacada. A maioria das pessoas pensa que sou um idiota só porque não sou aparentemente amigável e não sou muito aberto com pessoas que não conheço e não confio. O que nos leva ao apelido que ganhei de "Pal"[1], quando entrei pela primeira vez no cenário do golfe profissional; um tanto quanto estranho, mas por mim tudo bem. E estava tudo bem com meus patrocínios e os presidentes dos torneios até que eu realmente me tornei um idiota na frente do mundo inteiro hoje.

Quando Bodhi finalmente termina de rir depois que decidi fazer aquela pergunta idiota em voz alta, ele para com um suspiro murmurante antes de estender a mão e dar um tapinha no topo do meu joelho.

— A má notícia é que você chegou em último lugar no Bermuda Open, no qual nunca ficou abaixo do segundo em toda a sua carreira. Em vez de levar para casa um prêmio de um milhão e meio de dólares, você está levando apenas o suficiente para pagar nossos voos de volta para casa e teve o colapso nervoso de todos os colapsos nervosos em rede nacional — Bodhi diz, virando a cabeça para olhar para mim.

— Mas? — pergunto, depois de vários segundos em silêncio onde ele não diz mais nada e apenas fica lá, piscando para mim.

— Mas o quê?

— Você me deu as más notícias; aliás, agradeço por isso. Não é como se eu não tivesse repetido na minha cabeça cada coisa que fiz nas últimas horas, tentando não surtar. Mas agora você deve me dar as boas notícias para me fazer sentir melhor — eu o lembro.

— Ah, não há boas notícias. — Bodhi ri, balançando a cabeça. — Você quebrou sua cunha de lançamento no joelho e, em seguida, jogou no lago, arrancou um de seus sapatos e também o jogou lá, junto com uma garrafa de água com gás muito deliciosa que eu estava bebendo, e gritou

---

1 Pal (inglês) – amigo, companheiro, camarada.

em alto e bom som para o seu pai "ir se ferrar" a um metro de distância de todas as redes de televisão do mundo.

Eu gemo, apoiando a cabeça nas mãos, a náusea voltando com tudo.

— Na verdade, você gritou "vai se foder". Você foi muito específico sobre isso — Bodhi acrescenta. — Ah, espere! Temos boas notícias.

Engulo o vômito por tempo suficiente para olhar para cima enquanto Bodhi tira o telefone de um dos muitos e desnecessários bolsos de sua bermuda cargo e vira a tela na minha direção.

— O vídeo de seu piti agora está em todos os sites com uma lista dos Dez Melhores Colapsos no Golfe. Você é o número um em todos eles, então olhe pelo lado positivo: você está ganhando algo hoje!

Antes de eu tirar o sorriso de seu rosto, um rock começa a tocar alto em seu telefone.

— E olha como esse aqui é divertido — ele continua, trazendo o telefone para mais perto de nós. — Este site colocou bem a parte quando o sapato sai voando da sua mão em *looping* com a música *Crazy Bitch*, de Buckcherry, para que pareça que você está jogando repetidamente. Alguém também já montou uma página on-line para arrecadar dinheiro para fazer camisetas estampadas com seu rosto dizendo "vai se foder". É bem animador, Pal. Você vai ganhar granulado extra no seu sorvete esta noite por tornar um dia de golfe divertido para mim pela primeira vez.

Pegando o telefone de sua mão, assim como fiz com sua garrafa de água antes, desligo o vídeo e atiro o aparelho no console sob o painel com o meu.

Bodhi suspira e vira a cabeça para olhar para mim.

— Sei que você sabe muito bem do quanto *eu* gostei do que aconteceu aqui hoje, já que venho dizendo há anos que se você continuasse abafando as coisas, um dia iria explodir. Mas sério, cara. O que diabos aconteceu? Você nunca ficou em último lugar. E nunca se classificou em nenhum lugar abaixo do terceiro, a não ser por aquela vez, há dois anos, quando...

— Não — eu o interrompi, lançando um olhar feroz em sua direção.

— Tudo bem. Não falamos sobre aquela qualificação que você perdeu há dois anos, ou por que você perdeu, ou *quem* fez você perder, porque foi uma curva no caminho e aquele torneio não contou para nada. Isso, meu amigo, não foi uma curva no caminho.

Eu suspiro aborrecido, porque já sei o quão significativamente ferrei com tudo hoje.

— Agora podemos conversar sobre o que aconteceu na virada para o *back nine*? — Bodhi pergunta, depois de alguns minutos em que ficamos em silêncio apenas olhando para o sol poente e ouvindo as ondas quebrando à distância.

Eu estava tendo um dos melhores dias de golfe nas últimas semanas. Seis abaixo do par indo para o *back nine*, e tudo que eu tinha que fazer era manter o ritmo, manter a cabeça no jogo e teria essa vitória na palma da mão. E então meu pai decidiu soprar no meu ouvido quando troquei meu *driver* pela cunha. Minha tacada caiu bem na borda do *fairway*, quase na corda dos espectadores e muito perto de onde ele estava; o que tornou muito fácil para ele sussurrar suas besteiras para mim enquanto eu estava de costas para ele e tentando decidir o que fazer com a minha tacada.

Meu jogo foi ladeira abaixo depois disso. Ouvir seus constantes comentários irritantes e idiotas toda vez que eu precisava chegar perto da corda que separava o curso dos espectadores, o que geralmente acontecia porque todas as minhas malditas tacadas acabaram mal depois disso, só piorava as coisas. Quando uma das minhas tacadas atingiu bem o centro do obstáculo de água no último buraco — algo que não faço desde a escola — meu pai não parava de falar como eu tinha estragado tudo hoje de forma épica. Pela primeira vez na minha carreira, perdi completamente a compostura.

— Dale Campbell decidiu que o décimo buraco era a melhor hora para me dizer: *"Não ferre com nada hoje. Comporte-se bem e, pelo amor de Deus, sorria mais. O reality show usará imagens de hoje para o episódio piloto"*.

A boca de Bodhi se abre em choque, tão amplamente como quando quebrei meu taco ao meio.

— Aquele *idiota* — murmura. — Eu estava ocupado conversando com um dos outros *caddies* a alguns metros de distância; senão, eu teria dado um soco na boca dele por você. Você disse *não* para ele sobre o *reality show*. Muitas vezes. Durante vários meses e bem alto, com muitos palavrões.

— Eu sei. Já é ruim o suficiente eu não conseguir sair em público sem câmeras me seguindo há anos. Não preciso de ninguém dentro da minha casa me vendo comer, dormir, treinar, assistir Netflix de cueca, cagar com a porta aberta ou transar.

Bodhi bufa.

— Vá se ferrar. Eu transo — murmuro, cruzando os braços na frente do peito.

— Sim, claro. — Ele ri novamente.

— Cala a boca. Transo, sim.

— Sim, entendi.

— Às vezes. De vez em quando... — Eu paro, tentando me lembrar da última vez que tive um dia de folga ou até mesmo horas suficientes para mim, quando tive energia para fazer qualquer coisa além de dormir ou fazer listas mentais de todas as razões pelas quais eu odiava minha vida.

O único sexo que tenho feito ultimamente envolve minha mão e fantasias com a *curva* que eu nos proibi de falar.

— Não acredito que ele fez isso com você no meio de um dos maiores torneios do verão. Não é de se admirar que tenha mandado ele se foder. Poderia ter mandado para outro lugar também.

Bodhi balança a cabeça e o olhar sério em seu rosto me faz rir. Um pouco do pânico começa a se dissipar quando ele fala novamente:

— O que você quer fazer?

Pela primeira vez desde que acordei esta manhã, minha mente fica completamente em branco. Ninguém nunca me fez essa pergunta antes. Não sobre nada sério. E eu sei que Bodhi está falando sério, e não está apenas perguntando sobre o que eu quero para o jantar quando sairmos do campo. Ele está me perguntando o que quero fazer da minha vida.

Nunca tive outra opção além do golfe. Nasci com um talento natural pelo qual sempre me disseram que deveria ser grato. Um talento que me permitiu viajar pelo mundo, me proporcionou mais oportunidades do que eu poderia ter imaginado e ganhei mais dinheiro do que alguma vez sonhei. E estou infeliz. Estou infeliz desde a primeira vez que uma câmera foi apontada em minha direção e não pude mais apenas jogar golfe e aproveitar o jogo. O esporte tornou-se um trabalho, uma árdua tarefa, algo que eu *tinha* que fazer em vez de algo que *adorava* fazer. Tornei-me uma pessoa que só dizia sim para tudo o que meu pai exigia de mim, porque eu era tudo o que ele tinha no mundo, e senti que era meu trabalho preencher todos os vazios em sua vida e fazer o que pudesse para deixá-lo feliz.

Ele nunca me perguntou o que *eu* queria. Ele nunca se importou com os vazios em minha vida ou com o que *me* fazia feliz. Ele apenas mandava e decidia, e eu mantive a boca fechada e a cabeça baixa, e joguei a porra do jogo.

— Não posso perder meus patrocínios. Eu sei disso — finalmente falo baixinho. — Não sei fazer mais nada. Não estou qualificado para mais nada. Golfe é tudo que sei fazer. A menos que eu queira ir à falência enquanto descubro o que fazer, tenho que pensar sobre isso.

— Então vamos consertar isso. — Bodhi assente com a cabeça como se fosse a coisa mais fácil do mundo.

— Eu despedi meu pai como empresário. E demiti meu agente e meu assessor, porque ele os contratou e eles fazem o que meu pai manda sem nem mesmo me consultar. O que diabos vou fazer agora? Para onde vou?

Tudo é muito divertido quando você finalmente tem todo o tempo e liberdade do mundo, até que de repente percebe que não tem absolutamente nenhum lugar para ir e apenas vergonha e acaba despedindo o único membro da família que você tem na frente do mundo inteiro. Claro, tenho alguns imóveis para alugar em locais diferentes onde passo a maior parte do tempo, mas nunca estive em um lugar por tempo suficiente para transformá-los em *lares*. Há apenas um lugar que me vem à mente toda vez que penso na palavra *lar*.

— Você sabe muito bem aonde precisa ir para lamber suas feridas — Bodhi comenta, lendo minha mente. — Todos naquela ilha amam e protegem você e ficarão felizes com o retorno do filho pródigo enquanto tenta colocar a cabeça no lugar.

Agora é a minha vez de bufar enquanto giro a chave para ligar o carrinho de golfe, imaginando que a sede do clube provavelmente já estará vazia, e eu poderei sair furtivamente daqui sem que ninguém me veja ou enfie uma câmera na minha cara, perguntando como me sinto sobre o que aconteceu hoje.

— Nem todo mundo naquela ilha me ama — eu o lembro, dando a volta e indo em direção ao caminho do carrinho.

— Achei que não tínhamos permissão para falar sobre a pessoa que tem a ver com *a curva*. Você tem latido e rosnado para mim por dois anos, se eu ouso pensar na pessoa que tem a ver com *a curva*. Agora nós vamos torná-la objeto da conversa, como se não fosse nada? — Bodhi grita um palavrão, e suas mãos voam para cima para agarrar as barras laterais quando ele quase voa para fora do carrinho de golfe quando eu *acidentalmente* viro na curva do caminho um pouco acentuado e rápido demais.

— Bem, considerando que acabamos de decidir para onde devo ir e *a curva* mora naquela ilha, parece que teremos que falar sobre ela em algum momento.

Uma visão de longos cabelos loiros, olhos azuis brilhantes, lábios carnudos e rosados e um corpo de matar com uma atitude feroz passa pela minha mente.

Minha melhor amiga antes de Bodhi.

Não a vejo pessoalmente há quase três anos.

Não falo com ela há dois anos e tenho certeza de que ela me odeia.

— Você não vai apenas receber granulados extras esta noite; você vai receber o pote de sorvete inteiro, cara! — Bodhi comemora, enquanto eu passo pelo buraco oito vazio. — Pensei que finalmente ver você repreendendo seu pai fosse o ponto alto da minha vida, mas eu estava errado. A antecipação do que Birdie Bennett fará com você quando descer da balsa em Summersweet me traz alegria suficiente para durar pela eternidade.

CAPÍTULO 2

"EU GOSTO DE PUTTS GRANDES E NÃO POSSO NEGAR."

birdie

— ...e então você digita os nomes, confirma o horário agendado com eles novamente e clica em OK para salvar.

Devolvendo o tablet para Chris, um estudante do segundo ano da escola local que começou a trabalhar hoje no Clube de Golfe da Ilha Summersweet — ou CGIS, como os moradores locais chamam — ele mexe no aplicativo de agendamento que usamos por alguns segundos antes de olhar para mim.

— Muito obrigado por sua ajuda no treinamento, senhora Bennett, sei que você é muito ocupada. E obrigado mais uma vez por me indicar para este emprego. Ainda tenho que economizar muito dinheiro para a faculdade e as aulas particulares não pagam o suficiente.

Assentindo com a cabeça e acenando para um jogador de golfe enquanto o sino toca acima da porta quando ele sai da loja profissional, eu rapidamente termino de encher a gaveta de dinheiro com uma pilha de notas de um dólar antes de fechá-la.

— Eu já disse um milhão de vezes, me chame de Birdie. Senhora Bennett me faz sentir velha — lembro ao adolescente loiro e magro que é quase trinta centímetros mais alto do que eu. Eles parecem estar crescendo na adolescência em um ritmo alarmante nos dias de hoje. — Comecei a trabalhar aqui quando ainda estava no ensino médio e estou feliz por ter ajudado. Minha irmã me disse que você fez um ótimo trabalho dando aulas de matemática ao Owen nos últimos meses, então eu devia uma a você de qualquer maneira em nome dela.

Retribuo o sorriso de Chris, embora essa expressão facial em particular machuque meu rosto nos dias de hoje.

— Só sei que você é muito ocupada, sendo seu primeiro dia de volta ao trabalho das duas semanas de férias e tudo o mais. Aposto que foi incrível. Sempre quis ir para o Havaí.

Você e eu, garoto.

Sufoco um gemido de sofrimento com uma tosse quando sou literalmente salva pelo gongo. O sino acima da porta soa novamente, e um de nossos frequentadores entra, pegando um pacote de dez *tees* da caixa no balcão e segurando-o no ar.

— Ei, Birdie, você está de volta! Só preciso de um saco desses e de duas águas. Como foram as férias? Você não está muito bronzeada. — Mark, o proprietário do Supermercado Summersweet, ri enquanto escondo minha careta ao me virar para longe dele para caminhar até o refrigerador e pegar suas águas.

Estamos no meio do verão em uma ilha e sou a gerente de um campo de golfe. Mesmo que eu passe muito tempo dentro, às vezes passo mais tempo fora. Claro, estou usando uma camiseta justa branca de mangas curtas com o logo do CGIS em preto e branco e uma saia curta de golfe preta com o logo branco de uma marca de esportes no quadril. Eu deveria ter usado um macacão de neve. Sou basicamente um outdoor ambulante que diz claramente que não passei os últimos quatorze dias deitada em uma praia arenosa, bebendo água de coco e ficando com um bronzeado dourado. Parece que passei as últimas duas semanas embaixo da escada com Harry Potter.

A pequena ilha de Summersweet, próxima à costa da Virgínia, não é muito grande. Se você não conhece pessoalmente todos os moradores da ilha ou pelo menos não ouviu falar deles, você não está aqui há tempo suficiente. E por muito tempo, quero dizer cinco dias. Sete, *no máximo*, antes que todos se metam em sua vida e saibam tudo sobre você. Eu amo isso e, ao mesmo tempo odeio, mas nunca poderia me imaginar morando em outro lugar.

Por algum milagre, o celular de Mark toca antes que eu possa pensar em algo para dizer sobre as minhas... *férias*. Talvez não seja um milagre. Talvez sejam os deuses do carma sorrindo para mim depois das merdas absolutas pelas quais passei recentemente. Seja o que for, Mark continua com seu telefonema enquanto coloco a água no balcão na frente dele. Chris recebe o pagamento como um profissional após minha sessão de treinamento com ele, e Mark pega tudo e sai com um sorriso e um aceno de cabeça, seu telefone enfiado entre sua bochecha e ombro, e nenhuma palavra sobre minha falta de bronzeado. Graças a Deus.

Cheguei aqui às cinco da manhã, antes de o campo abrir, esperando poder trabalhar antes que meus colegas de trabalho e os jogadores de golfe começassem a chegar. Eu queria tempo para colocar a cabeça em ordem, já que claramente não fiz nada além de transformar meu cérebro em uma bagunça nas últimas duas semanas me escondendo, em vez de planejar o que diria a todos quando voltasse ao trabalho. A ponto de conseguir uma grande promoção para a qual venho trabalhando há meses, não tenho tempo para um cérebro lento.

A porta giratória de uma loja de golfe profissional às nove da manhã de um sábado me dá vontade de enfiar algo afiado e enferrujado nos ouvidos quando, assim que Mark sai, ela se abre de novo e outra pessoa entra.

Ah, não.

— Ora, ora, se não é Birdie Bennett, de volta de suas férias de duas semanas de... para onde você foi mesmo?

O bigode branco do homem de setenta anos, parcialmente calvo, parado do outro lado do balcão, se contorce de diversão, embora eu não ache que ele já tenha sorrido uma única vez em sua vida.

— Havaí — murmuro, respondendo à sua pergunta ridícula com os dentes cerrados, já que ele sabe muito bem onde seriam minhas férias e também que eu *não* fui.

Ele é a única pessoa nesta ilha que sabe sobre isso e jurou guardar segredo. Houve um aperto de mão e dinheiro trocado. Também tive que concordar em preparar cinco jantares e sete cafés da manhã para manter seu silêncio. Maldito traidor.

— Você está parecendo um pouco pálida depois de ter passado quatorze dias em um lugar como aquele, não é?

Aquele bigode farto e branco se contorce de novo, e quando vejo pelo canto do olho Chris abrir a boca, provavelmente para também perguntar sobre minha pele clara, acabo com a diversão do velho para apresentar Chris. Sua família acabou de se mudar para Summersweet há alguns meses, então ele não teve o prazer da companhia de Murphy, até agora.

— Chris, este é Murphy Swallow. Todo mundo o chama de Murphy ou Murph. Ele trabalha aqui desde que os dinossauros vagavam pela Terra, então ele sabe de tudo. Isso o torna muito, muito velho, e ele se assusta facilmente, mas é muito inteligente, especialmente sobre o CGIS — digo ao Chris, enquanto casualmente descanso meus braços no balcão e sorrio para Murphy.

Não me causa dor física, já que recebi aquele telefonema há duas semanas, então é um passo na direção certa. Provocar Murphy é sempre um bálsamo para a minha alma.

— Sinta-se à vontade para perguntar a ele qualquer coisa. Tudo o que precisar, pode pedir para o Murph. Vou até dar a você o número do celular dele para emergências.

O rosnado baixo de Murphy enquanto me encara quase me deixa, ouso dizer, *feliz*. Murphy não gosta de adolescentes. Ou crianças. Ou bebês. Ou na verdade de qualquer ser humano que fala, respira, pisca ou o irrita de alguma outra forma. Um viúvo que se mudou para Summersweet e morou na casa ao lado da nossa quando eu estava no ensino fundamental, Murphy era o mesquinho da vizinhança que não jogava a bola por cima da cerca quando você acidentalmente a acertava em seu jardim. Ele as acumulava como um duende juntando moedas de ouro debaixo de uma ponte, rindo de nós por cima da cerca enquanto segurava seu cesto de roupa suja cheio de nossas bolas de baseball, de futebol e de golfe, enquanto jogávamos com uma pedra porque ele tinha todos os nossos malditos brinquedos.

Mesmo que ele literalmente gritasse para que todos saíssem de seu gramado, ele também era o tipo de homem que revirava os olhos e depois lhe entregava um biscoito quando te fazia chorar, desde que você engolisse as lágrimas e parasse de chorar. Murphy era como um avô para mim, um daqueles que ficavam irritados com tudo o tempo todo e gostavam de encher o seu saco sempre que podiam.

Murphy Swallow é a razão pela qual tenho uma profunda obsessão pelos biscoitos de morango da *Pepperidge Farm* e porque nunca choro quando me machuco. Eu engulo o choro. Aprendi que, se você engolir, acabará conseguindo biscoitos. Desde então, é um lema de vida que compartilho com minha irmã e minha melhor amiga, e está realmente funcionando bem para nós.

— Você disse que o sobrenome dele é *Swallow*? — Chris pergunta de repente, seguido por uma risadinha de adolescente. — Isso é o que ela...

— Pense muito sobre terminar essa frase — Murphy o interrompe, seus olhos se estreitando enquanto ele encara Chris do outro lado do balcão.

Eu me sinto um pouco mal ao ver Chris vivenciar sua primeira ameaça de Murphy pessoalmente, e agora ele sabe que os rumores ao redor da ilha são verdadeiros, mas não o suficiente para intervir. Já tenho muita coisa acontecendo na minha própria vida. Chris agora tem que trabalhar com Murphy e precisa aprender a *não* fazer xixi nas calças toda vez que o homem olhar para ele.

---

2   Swallow, em inglês, significa engolir. A autora quis dar a deixa para o personagem fazer uma piadinha de conotação sexual.

— Por que você ainda está de pé aqui? Vá encontrar algo para fazer — Murphy ordena a Chris, que sai rapidamente de trás do balcão e sai correndo porta afora.

Quando estamos sozinhos na loja, Murphy toma o lugar de Chris atrás do balcão comigo, sentando-se na cadeira do computador a alguns metros de distância e girando-a para me encarar enquanto balança para frente e para trás.

— Você tem que parar de assustar todo mundo aqui — digo a ele, algo que falo pelo menos três vezes por semana.

Murphy começou a trabalhar no CGIS assim que se mudou para a ilha, e foi ele quem me arranjou meu primeiro emprego aqui como *caddie* quando eu estava no colégio. Quando chegou a hora de se aposentar, ele tentou por exatamente quatro dias e odiou cada minuto. Murph faz de tudo um pouco, desde cortar grama e usar o *picker* para pegar todas as bolas no final do dia, até ajudar a servir bebidas no bar quando estamos cheios e me encontrar onde quer que eu esteja trabalhando no clube só para me irritar.

— Não parei de assustar a todos em minha casa, no meu carrinho de golfe ou na cidade, então por que eu pararia quando estou no CGIS? — Murphy encolhe os ombros. — Vejo que você ainda não começou a dizer às pessoas que não saiu da cidade nas últimas duas semanas e que estava bem debaixo de seus narizes o tempo todo. Tive que mentir para sua mãe esta manhã, Roberta Marie Bennett. Vê este rosto? É um que não está achando divertido. Olhe bem.

Reviro os olhos e afasto-me dele para que não veja a culpa neles. Já é ruim o suficiente que eu não tenha passado duas semanas no paraíso e, em vez disso, passei enfurnada em minha cabana, a cinco casas de minha mãe e a duas ruas de minha irmã e sobrinho adolescente. Mas a ilha inteira saberá em breve. Eu escondi da minha *mãe*. E da minha irmã. E da minha melhor amiga.

Ai, meu Deus, elas vão me matar!

— Vou contar a todos esta noite, juro. Apenas mantenha sua boca fechada pelo resto do dia, por favor.

— Manter a boca fechada sobre o quê? E puta merda, eu senti falta dessa sua cara!

Um borrão de preto e vermelho voa pela porta da loja que leva para a área do bar, correndo pela sala e indo para trás do balcão para me agarrar em um abraço antes que eu possa respirar novamente.

Envolvo meus braços em volta da minha melhor amiga, Tess Powell, que trabalha como bartender aqui no clube, e inspiro seu familiar cheiro de chiclete. Com seu característico cabelo vermelho brilhante, em um corte curto e franja reta cobrindo a testa, um piercing no nariz e um armário cheio de nada além de roupas pretas, ela pode e vai chutar a bunda de qualquer um que a irrite, mas seus abraços apertados sempre podem tornar tudo melhor. Eu rio, grito e pulo enquanto continuamos a nos abraçar. Fico presa no momento em que duas melhores amigas se reencontram depois de quatorze longos dias separadas por quilômetros de terra e mar e um homem.

E então me lembro que estava escondida o tempo todo no meu quarto na parte de trás para que ninguém visse da rua qualquer luz ou movimento, vestindo o mesmo pijama, sem tomar banho, engolindo *fast food* o tempo todo, a cerca de três quilômetros de distância de Tess.

Aaaagghhh, sou uma amiga de merda.

— Eu quero ouvir cada palavra sobre suas duas semanas mágicas no paraíso com Bradley e quanto sexo fogoso você fez.

— Jesus — Murphy resmunga de sua cadeira atrás de nós.

Eu sabia que não deveria ter voltado ao trabalho depois do que aconteceu. Deveria ter fugido da ilha, deixado o país, mudado meu nome e começado tudo do zero. Teria sido muito mais fácil do que dizer a Tess que não tive as férias dos meus sonhos e a última vez que fiz sexo fogoso foi… nunca.

— Desculpe, Murph. — Tess se afasta dos meus braços e o cumprimenta antes de esticar o braço para pegar o controle remoto do balcão, apontando-o para a pequena televisão de tela plana pendurada na parede do outro lado da sala. — Antes de entrarmos em todos esses detalhes deliciosos e proibidos para menores, tenho algo ainda melhor para você.

Tess tira do canal que estava passando o *The National Tour* de dez anos atrás, até encontrar o que deseja.

— Eles têm passado na ESPN de hora em hora desde a última semana — ela diz com uma risada, aumentando o volume da televisão enquanto o comentarista fala sobre o que está por vir.

— Ah, eu acho que ela ainda não se recuperou de suas… *férias* o suficiente para assistir isso, Tess — Murphy a avisa, lentamente se levantando de sua cadeira para ficar ao meu lado.

— Assistir o quê? O que está acontecendo?

— Eu sei que a regra principal de Bradley e suas férias era não ter celulares ou redes sociais, então você provavelmente é a única pessoa no mundo que não viu isso ou reproduziu o vídeo on-line e assistiu pelo menos cinquenta vezes.

É verdade. Essa foi uma regra pela qual eu bati o pé quando começamos a falar sobre essas férias, um ano atrás. Bradley e eu tínhamos problemas para deixar o resto do mundo de lado e relaxar, especialmente considerando que a promoção de emprego para a qual eu estava almejando era como diretora de mídia social e marketing do clube, e esse trabalho exigia que eu ficasse muito ao telefone. Como eu, de repente, odiava o mundo e tudo dentro dele, decidi manter o celular e o laptop trancados em uma gaveta até hoje. E estive muito ocupada com a papelada e treinando Chris esta manhã para verificar o mundo exterior.

Tess ainda está rindo e começa a bater palmas e a pular na ponta dos pés quando o comentarista esportivo diz:

— *Como este continua sendo o* replay *mais solicitado desde a semana passada, aqui está de novo!*

Tess de repente agarra meus dois braços, virando-me para encará-la.

— Sei que não podemos falar sobre ele, e toda vez que ele aparece na televisão do bar, eu tenho que mudar de canal, mas aguente firme, querida. O Natal chegou mais cedo.

Antes que eu possa processar o que minha amiga está dizendo para mim e a expressão de absoluta alegria em seu rosto, minha nuca começa a formigar e um frio na barriga começa a surgir no meu estômago quando ouço a próxima voz que sai da televisão fixada na parede. E já que Tess colocou no último volume, aquela voz é amplificada ao máximo. Ela afasta as mãos dos meus braços e minha cabeça se vira lentamente em direção à televisão.

— *Chega! Você está demitido, e sabe o que mais? Você pode ir se foder! Isso mesmo, se foder. Se. Foder. Porra!*

Tess está uivando de tanto rir, curvada e se abraçando, e estou parada aqui com a boca aberta, me perguntando o que diabos estou assistindo e se isso é algum tipo de câmera escondida, alguma pegadinha ou algo do tipo. Ou talvez tenha havido um surto entre os jogadores de golfe no torneio recebendo metanfetamina secretamente, e agora todos eles enlouqueceram. Essa é a única explicação para o colapso *muito* público que estou assistindo no momento, embora a metanfetamina secreta pareça estar afetando apenas um jogador de golfe em particular. De repente, esqueci tudo sobre as minhas férias de merda e as pequenas mentiras que contei, e agora minha cabeça e meu coração estão cheios de uma coisa e apenas *uma* coisa, e isso não é muuuito bom para mim.

— Olhe para o bom e velho Putz, perdendo a cabeça na frente do mundo inteiro. Caramba, fica cada vez mais engraçado. — Tess dá uma risadinha.

— Assista até o final — Murphy murmura. — Putz tira o sapato e joga na água em três, dois, um. Uau, olha só!

O que é realmente engraçado é o fato de que o apelido de Putz que Murphy deu a Palmer Campbell há dois anos pegou bem com meus amigos e família. *Pal.* Por favor, me dê um tempo. Ele é o pior *amigo* do universo. Putz é definitivamente mais adequado.

— Olhe para o rosto do *caddie* quando ele arranca a garrafa de água do pobre coitado direto de sua boca. Impagável! — Tess bufa.

Encontrei Bodhi Armbruster uma vez e adorei tudo sobre o cara. Ele era descontraído, tranquilo e me fazia rir toda vez que reclamava sobre como o golfe era chato. A única coisa que me faz abrir o mais ínfimo dos sorrisos enquanto vejo meu ex-amigo e um dos jogadores de golfe mais profissionais, sérios, calados e respeitosos que já vi, jogar item após item no obstáculo de água, é a visão de Bodhi jogando sua cabeça para trás em gargalhadas e sendo a única pessoa em toda a multidão que aplaude apreciativamente durante todo o colapso.

A ESPN reproduz o vídeo mais três vezes. É a primeira vez em dois anos que me permito ficar parada e assistir algo com ele durante todo o tempo. Claro, vi trechos de vídeos e alguns segundos de fotos diferentes que ele tirou aqui e ali ou entrevistas que ele deu em torneios que estavam acontecendo quando entrei no bar e Tess não foi rápida o suficiente para mudar de canal. Posso lidar com segundos e fragmentos de vez em quando sem sentir como se alguém tivesse acabado de me dar um soco no estômago e me deixado sem fôlego. Não precisei de um vídeo de três minutos e trinta e sete segundos reproduzido três vezes consecutivas para me lembrar o quão gostoso Palmer Campbell ainda é. Ou para me lembrar de todas aquelas vezes que fiz com que ele saísse de sua concha rígida e estóica e mostrasse um pouco de vida e paixão. Assim como no vídeo, mas com mais risos e menos "meu Deus, o que foi que eu fiz?". E eu definitivamente não precisava daquele vídeo para me lembrar o quanto ainda o odeio.

— Ei, Tess, o bar já está aberto?

Mark está de volta, aparecendo com a cabeça desta vez do corredor que leva ao bar, e Tess sai de trás do balcão, dizendo a Mark que o encontrará lá. Virando-se para sair da loja, Tess me manda um beijo.

— Bebidas e Reclamações na Girar e Mergulhar hoje à noite?

Assinto com a cabeça, mandando um beijo de volta.

— Esta é, definitivamente, uma noite para Bebidas e Reclamações. —

Combinamos um horário para nos encontrarmos na loja de sorvete que minha mãe possui, e eu aviso que enviarei uma mensagem para minha irmã com a informação.

Tess se vira balançando o cabelo curto e ruivo e desaparece para preparar uma bebida para Mark. Depois que ela vai embora, é só quando ouço o barulho de um pacote, que percebo que ainda estou parada no mesmo lugar, ainda olhando para a televisão que agora mudou para um comercial.

Um biscoito de morango aparece de repente na minha linha de visão e eu o tiro da mão de Murphy, enfiando na boca todo de uma vez.

— Greg me disse que ele tem um novo profissional de golfe começando em algumas semanas, e colocou você no seu comando.

Eu assinto, mastigando o resto do meu biscoito e engolindo antes de responder.

— Sim, eu descobri sobre isso um mês atrás. Vou começar a organizar a agenda dele para não me complicar no último minuto. Ah, e Greg me parou esta manhã e disse que algo mudou e eu preciso ajudar o cara com algo diferente de sua agenda no CGIS, e que se eu puder lidar com isso, a promoção é minha. O que quer que isso signifique. Isso é tudo que ele disse rapidamente antes de ter que sair — explico a Murphy, referindo-me à conversa de trinta segundos que tive com o dono do campo de golfe no início desta manhã, quando ele estava correndo porta afora para uma consulta médica.

— Odeio jogadores profissionais de golfe — Murphy murmura.

Tivemos um monte de jogadores profissionais ao longo dos anos, alguns bons e outros ruins, alguns idiotas e algumas pessoas muito legais. Nem todos os profissionais são jogadores que participaram do *The National Tour*. É raro que um campo de golfe possa pagar alguém assim. A maioria dos profissionais vai desde apenas alguém que realmente gosta de golfe e é bom nisso, até alguém que é certificado como treinador de golfe.

— Você odeia todo mundo. Tenho certeza que esse cara vai ficar bem. Vou falar com Greg quando ele voltar amanhã sobre qualquer que seja esse trabalho extra que tenho que fazer.

Tento deixar escapar uma risada alegre, mas sai mais como um grunhido sufocado. Nada é engraçado agora que eu não consigo tirar da minha cabeça a imagem daquela bunda perfeita em uma calça de golfe justa e a incrível quantidade de força que seus bíceps devem ter feito para quebrar aquele taco sobre o joelho. Seus braços estão definitivamente maiores. Ele andou malhando.

Pelo amor de Deus, Birdie, você não tem permissão para pensar em Putz e, definitivamente, não assim! Contenha-se, mulher!

Outro som desumano sai de mim, e Murphy empurra o pacote inteiro de biscoitos em minhas mãos com um grunhido, sabendo que um biscoito está longe de ser suficiente para mim agora, e que estou fazendo o meu melhor.

— Saiam do meu *green* de treino, seus idiotas! Vocês não estão vendo os *sprinklers* ligados? — Murphy se inclina e bate na janela acima do computador, em seguida, sai correndo pela porta antes que eu possa dizer a ele para não assustar ninguém. Novamente.

Três das linhas telefônicas começam a tocar ao mesmo tempo, dois quartetos entram para conferir os horários das partidas, Tess aparece para me dizer que a entrega de vodca desta manhã não chegou e o comentarista da televisão que ainda está falando no último volume decide que agora é um ótimo momento para dizer o nome de Palmer Campbell uma dúzia de vezes consecutivas.

Silencio meu grito enfiando dois biscoitos na boca de uma vez, pego o controle remoto do balcão para silenciar a maldita televisão e começo a trabalhar.

Depois do Bebidas e Reclamações desta noite, Putz Campbell pode voltar aos recônditos distantes da minha mente onde ele pertence, e onde ele ficará para todo o sempre, junto com Havaí e Bradley, e o sexo sujo e proibido para menores que eu nunca irei ter.

É melhor o Bebidas e Reclamações chegar rápido.

CAPÍTULO 3
"VOCÊ ME DEIXA LOUCO."

palmer

Andar por Summersweet é como entrar em um túnel do tempo. É quase como o programa *Riverdale* que Bodhi me faz assistir sempre que temos tempo livre, mas sem todos os segredos, mentiras, adolescentes agindo e falando como adultos burros e coisas de assassinato. Você sabe que é hoje em dia, porque as pessoas têm telefones celulares, Amazon Prime e tudo o mais, mas há um supermercado, uma escola, nenhum sinal de trânsito, nenhum Starbucks ou qualquer estabelecimento de rede de qualquer tipo, e a única maneira de contornar a ilha é de carrinho de golfe ou bicicleta.

É o paraíso para mim.

Assim que saímos da balsa enquanto o sol começava a se pôr, Bodhi foi para a praia pública para que pudesse dar em cima das mulheres que guardavam suas cadeiras, oferecendo-se para ajudar a carregá-las. Já vi isso acontecer tantas vezes ao longo dos anos, e vi funcionar tantas, que não tenho absolutamente nenhum desejo de testemunhar novamente. Em vez disso, vou lentamente em direção ao Clube de Golfe da Ilha Summersweet, observando as paisagens antigas e familiares que eu não tinha percebido o quanto senti falta até agora.

Com a forma de um feijão que alguém jogou no Atlântico a alguns quilômetros da costa da Virgínia, Summersweet tem cerca de seis quilômetros quadrados e meio, cerca de setecentos moradores o ano todo e duas estradas principais: Ocean Drive, em que estou atualmente, que leva verticalmente pelo meio do comprimento mais curto da ilha de leste a oeste, e Alameda Summersweet, cruzando perpendicularmente o meio da Ocean Drive, levando você ao longo do comprimento mais longo da ilha de norte a sul.

Ocean Drive leva você do cais das balsas — aluguel de carrinhos de golfe e bicicletas e praia pública na margem oeste inferior — para o campo de golfe e um hotel "chique" do outro lado da ilha na margem leste. As margens norte e sul de Alameda Summersweet são para os moradores permanentes e onde estão localizadas as casas particulares, de aluguel de longo prazo, a escola, a clínica veterinária, o hospital e outras necessidades residenciais. O pequeno trecho de Alameda Summersweet bem no meio da ilha é o que todos consideram o centro da cidade. É onde você encontrará três bares, uma lanchonete, uma pizzaria, um restaurante italiano, a melhor loja de sorvete do mundo, o supermercado, três pequenos hotéis, aluguel de chalés e alguns outros locais para turistas e moradores locais passearem, relaxarem ou comprarem mantimentos até que possam chegar ao continente ou receberem alguma entrega.

Não querendo ter a chance de ser reconhecido assim que descesse da balsa, seja por um morador local ou um turista que fosse fã, Bodhi e eu temos ficado no continente, enfurnados em um quarto de hotel na última semana desde que chegamos aqui, para que eu pudesse fazer arranjos com Greg antes de qualquer outra coisa. Exatamente como Bodhi previu, ele ficou mais do que feliz em saber que eu voltaria para *casa* por um tempo. Assim que disse isso em relação a mim, eu soube que estava tomando a decisão certa.

Ele ficou chocado por eu querer um emprego no campo, e expliquei a ele sobre meus patrocínios sendo rescindidos e como isso me daria algo para fazer que fosse pago enquanto eu descobrisse como colocar minha imagem pública de volta em bons termos. Já que Greg tinha visto o que aconteceu ao vivo do conforto de sua sala de estar, onde se perguntou se sua esposa tinha enchido o uísque que ele estava bebendo, entendeu minha situação, me deu um emprego temporário e disse que poderia até ter um jeito para consertar meu problema de imagem pública, sobre o qual poderíamos conversar quando eu chegasse aqui.

É estranho pra caramba andar pela Ocean Drive, cruzar a Alameda Summersweet e ver pessoas que conheço, mas ter que manter meus óculos escuros no rosto e um boné de golfe ajustado na cabeça com a aba puxada para baixo sobre a testa para que não me reconhecessem. Fiz Greg jurar que manteria as coisas em segredo até eu chegar aqui, e quero ter certeza de que ficará assim e que nada vazará para a pessoa que estou indo ver antes que eu possa contar a ela primeiro, pessoalmente.

Como eu não tinha absolutamente nada além de trajes de golfe, todos usados em algum momento para a rede de atletismo que me patrocinava, decidi pedir emprestada uma camiseta de Bodhi para reforçar minha tentativa patética de disfarçar em vez de usar uma das minha conhecidas camisas polo ajustadas sem gola. Vesti sua camisa branca com um dos meus shorts de golfe cinza escuro, uma vez que me recusei a pedir emprestado um dos seus cargo; pois tenho meus princípios. E porque eu tenho um metro e noventa em comparação com seus um e setenta, onze quilos de músculos a mais do que ele, e essas abominações do guarda-roupa masculino nunca caberiam em mim. Eu realmente não me sinto um traidor do golfe, já que a camiseta de Bodhi diz: "Golfe: a maneira elegante de evitar responsabilidades". Só que Bodhi usa essa camiseta de forma irônica, porque ele pensa honestamente que as pessoas jogam golfe profissional para evitar um emprego de verdade. Vou apenas parecer um jogador de golfe normal e mediano, indo para o campo.

Finalmente levanto o olhar da calçada quando chego à entrada do CGIS e tenho que fazer uma pausa e tirar um momento para perceber que estou realmente aqui. Nunca morei em Summersweet além dos poucos meses de verão, quando eu estava fora da escola e meu pai alugou um chalé. Eu não era local; era um calouro do ensino médio com uma carreira muito promissora no golfe pela frente, cujo pai o mudou para a Virginia no início daquele verão para estudar em uma das melhores escolas particulares do continente e treinar em um dos melhores campos de golfe do país na ilha ao largo da costa. O CGIS e todos aqui me adotaram, cuidaram de mim e nunca me fizeram sentir que não pertencia a este lugar.

Construído nos anos setenta por um jogador de golfe profissional aposentado, o CGIS oferece o melhor dos dois mundos — um campo público de um lado para quem quiser jogar e um campo privado do outro, apenas para membros. Esse campo de golfe particular foi projetado especificamente para um jogador profissional de golfe treinar. É difícil pra caramba, e se você conseguir fazer qualquer coisa perto de dois pontos acima do *par* em uma rodada de dezoito buracos, você está pronto para o tour profissional. Pouquíssimos podem chegar perto da média nesse campo. Os membros pagam as taxas apenas pelo direito de se gabar que jogam em um campo que os profissionais usam, às vezes podem esbarrar com esses profissionais quando estão jogando e ter seu próprio *caddie* particular para carregar suas merdas e auxiliá-los no campo de golfe.

Forçando meus pés a se moverem antes de chamar atenção e alguém se perguntar por que há um homem parado na calçada olhando para o campo como um lunático, eu subo pela garagem e vou para a frente da sede do clube, virando à esquerda para caminhar pela frente da loja de artigos esportivos. Olhando para dentro de uma das janelas, vejo que está vazio e todas as luzes estão desligadas, a não ser pelo brilho do refrigerador com um anúncio popular de uma empresa de refrigerantes aceso acima das suas portas.

Eu vim especificamente para a ilha nesta época, porque o CGIS não tem horário de fechamento definido. O campo fecha assim que escurece e você não consegue mais ver a bola, a menos que ela esteja a trinta centímetros do seu rosto. Estou a cerca de quinze minutos desse momento, e eu sabia que a probabilidade de haver mais do que algumas pessoas ainda no campo seria pequena.

Contornando o edifício, passo pelo *green* de treino e pelas filas de carrinhos de golfe que já foram estacionados, lavados e trancados para a noite, grato por nada ter mudado desde a última vez que estive aqui. Agora que cheguei ao meu destino e não preciso de um disfarce, paro ao lado da fileira de carrinhos, tiro meu óculos de sol do rosto, deslizo o boné de modo que a aba fique voltada para trás e prendo os óculos na gola da camisa. A noite tranquila e pacífica, com o som das ondas quebrando ao longe, é repentinamente interrompida por um baque que me faz levantar o olhar.

Já se passaram nove dias desde que fui embora de Bermudas e, de acordo com a mídia, do "colapso de todos os colapsos do golfe". Não toquei em um taco de golfe desde que lancei minha cunha no lago. O som de um taco acertando uma bola é o suficiente para deixar meu pau duro em qualquer dia, mas principalmente hoje, quando eu nem percebi o quanto sinto falta do jogo até ouvir aquele som.

E especialmente quando meus olhos percorrem a grama até cerca de cem metros de distância, onde começa o campo de treino, e vejo quem está acertando um balde de bolas. Mesmo tão longe e com seus longos cabelos loiros puxados pelo buraco na parte de trás de seu boné de golfe que protege parte de seu rosto, eu reconheceria essa mulher em qualquer lugar. E não apenas porque ela está usando o mesmo conjunto rosa brilhante detestável que ganhou em uma venda de garagem com seu primeiro pagamento do CGIS.

Eu me arrisquei vindo aqui neste momento, esperando que ela ainda mantivesse a mesma tradição de encerrar seu dia de trabalho e liberar toda a sua raiva depois de lidar com pessoas idiotas, destruindo cinquenta bolas de golfe. Fico feliz em ver que valeu a pena, mesmo que esteja nervoso pra caramba e minhas malditas mãos não parem de tremer. Achei que elas estivessem suadas e minhas palmas formigassem, porque nunca fiquei tanto tempo sem envolver minhas mãos em torno do aperto de um taco de golfe e elas estivessem passando por uma crise de abstinência ou algo assim. Agora percebo que tenho que continuar sacudindo e limpando minhas mãos na camiseta de Bodhi, porque estou começando a achar que deveria ter ligado antes de aparecer assim. Estou caminhando desarmado para uma mulher — que provavelmente fez listas de todas as maneiras que quer me matar — enquanto ela tem uma arma na mão que eu a ensinei como golpear como profissional.

Birdie estende o braço que segura seu *driver*, batendo em uma das bolas que colocou a alguns metros do *tee* e trazendo-a para mais perto para que possa se curvar e agarrá-la. Meus pés começam a se mover no piloto automático enquanto a vejo colocar a bola no *tee*, se levantar e começar a se posicionar. Eu a vi acertar uma bola ali um milhão de vezes. *Ensinei* a ela como tirar uma bola de lá. Meu cérebro, coração e pau se lembram de como é assistir Birdie Bennett dar uma tacada inicial, e eles garantem que eu me mova mais rápido, diminuindo a distância através do gramado até que possa chegar perto o suficiente para uma visão melhor, mesmo que esteja apenas pensando em me virar e correr antes que um taco número nove seja enfiado no meu crânio. Sou como um moribundo no deserto que vê um copo d'água. Só que é um copo de água que parece ótimo à distância, mas irá reorganizar seu rosto se você beber. Birdie é meu copo d'água, e eu preciso de uma maldita bebida antes de desmaiar, então... *adeus, rosto bonito.*

Parando a cerca de três metros de distância, eu a observo se posicionar e pairar sobre a bola. Eu a vejo esticar os braços à sua frente, soltar os ombros e relaxar na posição, a parte superior de seu corpo movendo-se sutilmente enquanto respira profundamente três vezes, pensando em toda a mecânica e no que ela precisa se lembrar de fazer.

Eu paro de respirar durante seu movimento, meus olhos focados na curva de sua cintura esguia, a torção de seus quadris, a forma como os músculos de suas coxas se contraem quando ela muda seu peso de um pé para o outro e começa a levar o taco para trás. É como a subida de uma montanha-russa, a antecipação fazendo meu coração bater mais rápido e minhas mãos se fecharem em punhos ao lado do meu corpo até que ela levanta o taco bem acima de seu ombro direito. Bem como ensinei, ela não para, não pensa, não faz mais nada além de seguir o movimento como um pêndulo. Meu estômago embrulha como se eu tivesse acabado fazer a descida da montanha-russa enquanto os braços de Birdie voltam para baixo, balançando com força e ímpeto o suficiente para que eu ouça o barulho de seu taco cortando o ar. Finalmente me lembro de como respirar novamente e minha respiração engasga assim que Birdie acerta a bola e eu escuto o baque. Esse som é uma das coisas mais satisfatórias do mundo para um jogador de golfe. Aquele momento em que você sabe que fez contato e pode finalmente tirar os olhos do *tee* e ver sua bola voar direto para longe, se você faz isso direito.

Meu pau está duro e minhas bolas doem enquanto olho para esta mulher sexy pra caramba em sua posição final. Estou usando uma camiseta ridícula e irônica sobre golfe, minha vida era um show de merda e não há absolutamente nada para rir agora. Mas quando Birdie acerta a bola e ela *não* vai direto no meio da faixa de duzentos metros de distância e, em vez disso, vai à duzentos metros em direção ao céu e, em seguida, despenca de volta para a grama a trinta metros à sua frente com um baque suave antes de saltar duas vezes, a risada ressoa baixa e profunda em meu peito.

Eu sabia exatamente o que Birdie tinha feito de errado antes mesmo de acertar a bola, mas não importava para mim, porque ver Birdie acertar uma bola é sempre uma coisa linda e nunca deve ser interrompida, mesmo que ela a acerte de maneira horrível e que não vá a lugar nenhum. Julgando pelas maldições murmuradas que saem dela e os torrões que está deixando na grama quando bate com o taco no chão várias vezes, Birdie também sabe o que fez de errado, e de repente eu esqueço o quão sem graça minha vida é e minhas bochechas doem de tanto sorrir.

— Maldito pedaço de merda, filho da puta idiota! Meus ombros estavam perfeitos… Porra de *golfe*!

Birdie é uma das muitas pessoas que conheço que ama golfe tanto quanto odeia. Mas ela é a única que pode me deixar de pau duro e com vontade de jogar a cabeça para trás e rir enquanto tem um acesso de raiva porque a bola não fez o que deveria fazer, e ela sabe exatamente por que não fez.

— Você bateu embaixo da bola porque baixou o ombro direito.

— Eu sei que abaixei meu maldito ombro. Não preciso que você me diga…

Ela está tão ocupada ficando irritada porque alguém deu a ela uma dica de golfe que só depois que se vira totalmente para me encarar é que percebe *quem* acabou de lhe dar essa dica de golfe.

— Oi, Birdie — sussurro, a única maneira de dizer o nome dela em voz alta sem tropeçar ou engasgar com minhas emoções como um maldito panaca.

Seus olhos azul-claros se arregalam e seus lindos lábios rosados se abrem com um suspiro de surpresa, e mais uma vez eu sinto que estou na subida de uma montanha-russa. No passado, sempre que eu chegava à ilha, precisava me preparar para quando Birdie desse uma boa olhada em mim. Ela vinha correndo de qualquer distância e se lançava em meus braços com seus braços e pernas em volta de mim como um polvo, dizendo que eu tinha que parar de ficar longe por tanto tempo, mesmo que tivesse sido apenas uma semana.

Já se passaram dois anos e meio desde que fiquei assim tão perto dela, e Birdie definitivamente não está correndo em minha direção. Ela está lentamente dando alguns passos para trás, levando seu *driver* para cima e para longe de nós enquanto ela vai, apontando o taco para o meu peito. O choque em seu rosto é substituído por um nível sério de raiva que eu não via dela desde que sua irmã Wren fofocou sobre nós na noite em que convencemos um *caddie* a nos dar uma caixa de cerveja quando tínhamos dezessete anos. Wren levou sua mãe direto para nós, onde estávamos bebendo cerveja atrás da loja de doces depois do expediente.

Ah, merda.

Não há necessidade de me preparar para um abraço de Birdie. Meu instinto original de proteger meu rosto foi definitivamente acertado. É nisso que dá ter uma pequena pontinha de esperança por exatamente um segundo quando ela se virou; que já havia passado tempo suficiente para ela me perdoar e ficar feliz em me ver.

— Vejam só... Putz, seu pedaço de merda de cachorro. Quanto tempo.

CAPÍTULO 4

"MEU AMIGO QUER SABER."

birdie

— Puta merda, Putz está na ilha! — Tess grita com toda a força de seus pulmões assim que eu viro a esquina da frente da Girar e Mergulhar para a área coberta com mesas de piquenique.

Meus pés vacilam até pararem a algumas mesas de distância, e dou um bufo.

— Como diabos você já sabe disso? — murmuro, forçando meus pés a se moverem novamente, embora só de pensar em Putz me dê vontade de me enrolar como uma bola no chão e nunca mais me mover. — Eu descobri há quinze minutos e vim direto pra cá.

Termino minha reclamação assim que chego à nossa mesa de piquenique roxa localizada no canto dos fundos ao lado do pequeno prédio. Tess e Wren, minha irmã quatro anos mais velha, se separam para que eu possa me espremer entre elas com nossas bundas apoiadas na mesa e nossos pés encostados no banco abaixo de nós. São quase dez da noite e está escuro pra caramba do lado de fora em torno da loja de sorvete no centro, mas felizmente as luzes fluorescentes iluminam com um tom amarelado à área da mesa que podem ser vistas a quilômetros de distância.

— Adam estava por lá com o *picker* coletando a última das bolas de golfe antes de fechar e viu vocês dois conversando — Tess me diz, enquanto Wren gentilmente bate seu ombro contra o meu em uma saudação silenciosa. — Adam ligou para o Cal no Supermercado Summersweet, que ligou para Steve na farmácia, que viu Wren quando ela parou para pegar o medicamento anti-alérgico de Owen pouco antes de fecharem, que imediatamente me ligou.

Quando ela termina, eu lentamente viro a cabeça para encarar minha irmã.
— Até tu, Brutus?

Wren faz uma careta e encolhe os ombros com culpa, colocando uma mecha rebelde de cabelo castanho-escuro de volta em seu coque bagunçado. Não importa o quanto eu tente, nunca vou ficar com raiva dela. Wren praticamente só usa o cabelo em um coque bagunçado, porque é rápido e fácil. Como mãe solo de um garoto de quatorze anos, que também ajuda a administrar o Girar e Mergulhar com nossa mãe em tempo integral para que possa eventualmente tomar as rédeas da empresa, entendo por que ela precisa que seja rápido e fácil, mas sinto falta da Wren que podia deixar o cabelo solto de vez em quando, *literalmente*, e se divertir.

Wren sofreu o mesmo destino de nossa mãe ao se apaixonar pelo charme de um turista aos vinte anos, que fez um monte de promessas que não podia cumprir. Até que nosso doador de esperma foi embora e nunca mais voltou quando eu tinha dois dias de idade e Wren tinha quatro anos, o lapso momentâneo de julgamento de minha irmã continua surgindo em sua vida de vez em quando como um caso grave de herpes. O cabelo de Wren é longo e naturalmente ondulado como o meu e, até seis meses atrás, era do mesmo tom de loiro dourado com reflexos caramelo que o meu e de nossa mãe. Ela o coloriu com um tom chocante de castanho seis meses atrás, a última vez que o doador de esperma decidiu agraciar a ilha com sua presença e teve a audácia de dizer que ela estava parecendo *velha*.

Claramente, odiamos o doador de esperma e esperamos que ele se engasgue com um pau, embora a nova cor de cabelo tenha *animado* Wren um pouquinho.

— Bebidas e Reclamações! — Tess grita, quando Wren começa a se inclinar para trás de nós em direção ao pequeno *cooler* de plástico duro vermelho e branco que ela estava encarregada de trazer esta noite.

— É muito cedo. Ainda tem clientes por aqui — lembro a ela, embora eu pegue a garrafa de cerveja gelada que Wren enfia em minhas mãos e torça a tampa enquanto ela estende a mão ao meu redor para entregar uma para Tess.

— Tem um cliente — Tess diz, inclinando-se para tocar sua garrafa na minha e depois na de Wren. — Ed está sentado em seu carrinho de golfe no estacionamento do outro lado do prédio, levando noventa e sete horas para terminar seu milk-shake de caramelo, como faz todas as noites. — Bebidas. E. Reclamações.

Com um suspiro, levo minha garrafa de cerveja à boca, sem perceber o quanto eu precisava desesperadamente de uma bebida até que a cevada fria e o lúpulo atingissem minha língua. Bebo metade da garrafa antes de abaixá-la para encontrar Tess e Wren olhando com expectativa para mim.

— Não sei o que dizer a vocês. Nada aconteceu. Ele apareceu quando eu estava fazendo minha terapia do "Eu Odeio Pessoas" no final do meu turno. Fiquei muito chocada por ele estar bem na minha frente para fazer qualquer coisa; ainda mais depois de não vê-lo por quase três anos e de não falar com ele por dois anos... Saí de lá e vim direto pra cá.

Encolho os ombros e olho para a mesa, traçando a ponta do meu dedo por um desenho esculpido na madeira pintada de roxo. Meu bisavô construiu essas mesas de piquenique, e cada uma é pintada com uma cor brilhante diferente. Todos em Summersweet sabem que a mesa roxa é e sempre foi nossa mesa, e não apenas porque é aqui que Tess, Wren e eu realizamos todas as noites de Bebidas e Reclamações desde que tínhamos doze anos e descobrimos como os meninos são frustrantes. Naquela época, chamávamos isso de Bebidas e Fofocas, porque tínhamos doze anos e éramos garotas elegantes. Só quando ficamos mais velhas é que deixamos de beber refrigerantes da loja de sorvete e reclamar dos meninos para adicionar vodca às raspadinhas e reclamar dos homens.

E todos na ilha também sabem que esta é a nossa mesa e ninguém tem permissão para se sentar aqui depois das nove da noite, apenas no caso de termos um desejo de Bebidas e Reclamações, porque gravamos nossos nomes no topo da mesa roxa no canto mais distante. E não apenas nossas iniciais ou nossos primeiros nomes. Nossso nomes, nomes do meio e sobrenomes completos; que ocupam todo o *topo* da mesa de piquenique de madeira, porque somos idiotas, e não tenho ideia do porquê minha mãe nunca nos castigou por isso.

— Isso é ridículo. — Tess balança a cabeça. — Nem a pau que você viu Putz Campbell depois do que ele fez com você e não soltou os cachorros nele por no mínimo noventa minutos.

Eu queria. Meu Deus, eu queria. Eu queria jogar meu *driver* no chão, pegar meu taco número nove da minha bolsa e enfiá-lo em seu crânio quando me virei e percebi que era ele quem me deu um conselho não solicitado sobre golfe.

Sabe, depois de ficar atordoada por alguns segundos, eu não conseguia acreditar que ele estava realmente parado na minha frente, perto o suficiente para que pudesse tocá-lo depois de todo esse tempo, e eu queria chorar com o quão bonito ele estava. Mesmo usando aquela camisa de golfe ridícula. Eu queria diminuir a distância entre nós e me lançar em seus braços, como todas as vezes que ele esteve na minha frente, mas não consegui. E isso me matou. E então me irritou. Em vez de pular em seus braços para que eu pudesse ver se ele ainda cheirava a perfume de garoto rico que sempre usava e que fazia coisas comigo, eu recuei e empunhei meu taco contra ele como uma arma.

— Eu o apresentei ao seu novo apelido e o chamei de um pedaço de merda de cachorro. Mas não me fez sentir tão bem quanto pensei que faria — admito, tomando um gole de cerveja, já que acabei de reclamar.

— Você está chapada? — Tess zomba. — Isso deveria ter feito você se sentir incrível, no mínimo. Ele era um de seus melhores amigos desde os quinze anos, e então bloqueou você nas redes sociais e conseguiu um novo número de celular, mas não antes de acusá-la de ser uma *stalker*.

E assim, o resto da cerveja na minha garrafa se foi e está gostosa e deliciosa na minha barriga. Estou tirando uma nova do *cooler* e já estou na metade da garrafa quando Wren fala baixinho:

— Ainda acho que há uma explicação lógica.

Tess e eu bufamos ao mesmo tempo. Wren sempre teve um ponto fraco por Palmer, embora ela tenha aprendido ao longo dos anos a manter esse ponto fraco para si mesma.

Eu só conhecia o termo *longa distância* quando se tratava de minha amizade com Palmer. Quando nos conhecemos, ele ia para a escola no continente e, dependendo de sua programação escolar, da equipe de golfe e das viagens para os torneios em que seu pai o inscrevia, ele poderia estar aqui na ilha uma vez por semana, três vezes por semana, ou ficar longe por alguns meses. Sempre era difícil conseguir vê-lo durante o ano letivo, mas nas férias de verão... os meses de verão sempre foram meus favoritos.

Seu pai o fez se concentrar apenas no treinamento de golfe, e ele alugava uma cabana para o verão para que pudessem ficar aqui em tempo integral. E seu pai raramente estava por aqui, sempre saindo da cidade para fazer algo para impulsionar a carreira de Palmer, e então eu comecei a corrompê-lo da melhor maneira possível para fazê-lo se soltar. Depois de se formar, Palmer sempre ficava aqui na ilha entre os torneios, mas esses momentos eram raros e duravam apenas algumas semanas, no máximo, mas qualquer momento que ele estivesse na ilha eram os melhores da minha vida.

Mas ele estragou tudo. Sempre fui sua maior fã, mesmo quando ele se profissionalizou e passavam-se nove meses entre suas visitas à ilha. Ainda tínhamos a magia da tecnologia e conversávamos, mandávamos mensagens de texto ou videochamada quase todos os dias. Sempre compartilhei todas as conquistas que ele fez em todos os lugares que pude nas redes sociais. Eu era a melhor amiga orgulhosa que às vezes — o tempo todo — tinha pensamentos, sonhos e fantasias inadequadas sobre aquele melhor amigo e o que aconteceria se ele ficasse em um lugar por tempo suficiente. E então ele me chamou de *stalker* depois de muitos compartilhamentos de uma maldita e *fodona* tacada de longa distância que ele fez no The Bedford Classic e nunca mais falou comigo.

Até hoje.

— *Oi, Birdie.*

Nunca pensei que duas palavras sussurradas baixinho poderiam doer tanto, me irritar tanto e me deixar tão molhada, tudo ao mesmo tempo.

— Para que ele está aqui? — Wren pergunta, tomando um pequeno gole de sua cerveja.

— Não sei.

— O que ele quer?

Olho para Tess e encolho os ombros.

— Não sei.

— Por quanto tempo ele ficará aqui? — Wren pergunta.

— Não sei! — As duas fecham as bocas quando eu grito. — Depois que superei o choque e o chamei de merda de cachorro, não dei tempo para ele dizer mais nada. Peguei meu carrinho de golfe e vim até aqui.

— Por favor, me diga que você deu um empurrão nele com o ombro — Tess implora.

— Ah, eu bati em seu ombro com tanta força que seus futuros netos vão sentir.

Tess e Wren chocaram suas garrafas com a minha em um brinde, e ficamos em silêncio por alguns minutos enquanto bebemos cervejas e ouvimos os sons da minha mãe fechando tudo dentro da loja.

Como uma loja de sorvete tradicional, a Girar e Mergulhar tem cerca de setenta e quatro metros quadrados com uma fachada de tijolos na metade inferior e, do balcão da altura da cintura para cima, tem janelas nos quatro lados, que estão cobertas com anúncios de todas as guloseimas que a sorveteria tem a oferecer. Existem apenas duas janelas não cobertas por cartazes de sorvete coloridos, e essas são a de pedidos na frente da loja e a de retirada, aqui ao lado da mesa de piquenique.

Posso ver pela janela de retirada que minha mãe está ocupada fazendo a última listagem de fechamento, e sei que ela virá aqui a qualquer minuto.

Por mais que eu ame minha mãe, e embora sejamos próximas, já que ela tem apenas cinquenta e quatro anos e um coração muito jovem, ela sempre foi mais próxima de minha irmã. Wren sempre contou tudo em sua vida para nossa mãe, enquanto que eu gosto de ter um pouco de privacidade e segredos. E minha mãe tem uma queda ainda maior por Palmer do que por Wren, e eu definitivamente não preciso desse tipo de negatividade neste momento. Minha vida já está uma bagunça, com Putz, minha promoção, a porra do Havaí...

Ah, Merda! Havaí!

— Ahm, então eu tenho que dizer uma coisa a vocês duas, e seu primeiro instinto provavelmente será me dar um soco e depois jurar me odiar para sempre, mas eu juro que estava...

— Ah, nós sabemos que você não foi para o Havaí e que esteve assistindo Netflix e enchendo a cara nas últimas duas semanas — Tess me interrompe, me olhando de cima a baixo. — É óbvio. Você está tão pálida que chega a ser deprimente e a machucar meus olhos.

Enquanto eu bato em seu braço com a mão que não está segurando minha cerveja, ela ri e balança a cabeça para mim.

— Murphy me ligou quando saiu do trabalho mais cedo — Wren me informa. — Ele disse que não confiava em você para confessar, e seu macarrão com queijo caseiro não é tudo que parece ser, seja lá o que isso signifique.

— Aquele velho sacana — murmuro, batendo minha garrafa de cerveja vazia em cima da mesa. — Sinto muito. Eu totalmente mereço se vocês estiverem com raiva de mim. Sei que sou a pior amiga e irmã em todo o mundo por estar aqui *nesta* ilha o tempo todo, em vez de estar a oito mil quilômetros de distância e nem mesmo contar para vocês. Eu só precisava de um tempo para que eu entendesse que talvez nunca conseguisse ir para o Havaí mesmo estando tão perto.

— Ah, a vida é curta demais para ficar com raiva de você — Tess me diz. — Além disso, Murphy nos mandou fotos de como você estava durante a sua festa de autopiedade. Você já sofreu o suficiente, minha amiga. Mas vem cá, o que diabos aconteceu?

— As férias dos meus sonhos foram arruinadas, foi isso que aconteceu — reclamo. — Aquelas em que tenho pensado desde que era uma garotinha, o único lugar pelo qual sempre quis sair de Summersweet, e meu sonho finalmente se tornaria realidade, e então se transformou em pesadelo.

— Ah, não, seus voos foram cancelados? — Wren pergunta, com preocupação.

— Foi por causa de mau tempo? Merda, eu nem olhei — Tess murmura preocupada.

— Me diga que Bradley não reservou tudo por meio de terceiros ou algo assim. As pessoas são enganadas com essas coisas o tempo todo e nunca recebem seu dinheiro de volta. — Wren balança a cabeça com simpatia.

— O idiota do Bradley é muito mão de vaca para permitir que um centavo seja tirado dele. — Tess bufa.

Antes de deixar isso ir mais longe e deixá-las pensar que são apenas as férias que foram canceladas, solto o suspiro mais profundo de todos.

— *Eu* não fui para o Havaí. Nunca disse que Bradley não foi. — Dou a elas alguns segundos para que seus cérebros se recuperem antes de eu continuar: — Recebi uma ligação de Bradley duas horas antes de me encontrar com ele no aeroporto para dizer que ele estava levando outra pessoa. Uma nova estagiária do seu fundo de investimentos que faz o café *perfeito* para ele todas as tardes. Legal, né? Ela é talentosa com a boca e as mãos.

Wren, sem palavras, pega outra garrafa de cerveja do *cooler*, torce a tampa e a entrega para mim. O silêncio dura o suficiente para começar a ser desconfortável.

— Ninguém tem nada a dizer sobre o fim do meu relacionamento de dois anos ou do fato de que meu namorado estava me traindo e levou sua prostituta nas férias dos *meus* sonhos?

Tess levanta uma das mãos acima da cabeça como se fosse uma repórter em uma coletiva de imprensa, esperando ser chamada.

— Sim, Sra. Bennett, uma pergunta de uma das suas amigas mais antigas e sagradas para quem você não pode mentir. Devo dizer que acho bastante curioso que tenha ficado devastada por perder suas férias e não por perder seu relacionamento. — Ela sorri, apoiando a mão no colo.

— Isso não é uma pergunta — murmuro, aborrecida.

— Ainda assim é muito divertido dizer em voz alta quando estou pensando nisso por alguns minutos. — Ela sorri. — E foi livramento. Bradley era um idiota.

— Não sou de odiar muitas pessoas, mas eu o odiava. — Wren acena com a cabeça.

— Sério, gente. Posso pelo menos ter algum tempo para chorar por ele?

— Você teve duas semanas e nem precisava delas. — Tess revira os olhos. — Você não amava o Bradley. Você *nunca* amaria o Bradley. Você o viu *talvez* umas doze vezes nos últimos dois anos e só fez sexo com ele algumas vezes e nem foi tão bom assim. Você passou as últimas duas semanas triste, porque não conseguiu ir para o Havaí e nos contou que Bradley a traiu como se fosse uma reflexão tardia. Você não se preocupa com Bradley. Sem ofensa, mas não nos importamos com Bradley, e preferimos falar sobre Putz e se ele ainda pode fazer você formigar em lugares que só formigam quando você liga o vibrador.

Tess balança as sobrancelhas, Wren ri, e eu sinto minhas bochechas esquentarem e sei que elas estão ficando rosadas só de *pensar* no cara, agora que o vi em carne e osso novamente, fazendo-me contorcer em cima da mesa e esfregar minhas coxas.

Maldito Putz!

— Nenhuma de vocês ficará bêbada e andando de bicicleta no lago de pesca em Summersweet Park hoje à noite, e depois me ligando às três da manhã porque se *esqueceram* que estavam bêbadas e entraram de bicicleta no lago e precisam da minha ajuda para encontrá-las, certo?

Nós três levantamos o olhar quando ouvimos a voz da minha mãe enquanto ela caminha em nossa direção, olhando todas as garrafas de cerveja vazias espalhadas em cima da nossa mesa de piquenique até que ela esteja na nossa frente com os braços cruzados. Mamãe mantém o cabelo loiro ondulado curto na altura dos ombros com camadas para maior movimento, mas nós três temos os mesmos olhos azuis brilhantes, e os dela agora estão olhando para todas nós com uma expressão julgadora.

— Isso aconteceu só *uma* vez, Laura, e aprendemos a nunca mais beber álcool misturado com raspadinha de framboesa azul na noite de Bebidas e Reclamações. Uma vez foi o suficiente para nos dar uma lição muito valiosa — Tess a informa, enquanto minha mãe arqueia uma de suas sobrancelhas e os cantos de sua boca se contorcem. — Para nós, só cerveja. Isso nos mantém fora das ruas e dos lagos.

— Sinto muita falta daquela bicicleta. Era azul-petróleo e tinha uma cesta branca. — Wren suspira.

— Está todo mundo bem? — minha mãe pergunta, olhando para cada uma de nós, mas definitivamente parando mais tempo em mim.

Tenho certeza de que tanto ela quanto o resto da ilha já devem saber da novidade. Dou um sorriso para que saiba que estou bem, embora não tenha certeza se estou neste momento.

Inclinando-se, mamãe dá a cada uma de nós um beijo no topo de nossas cabeças antes de se afastar e tirar as chaves de seu carrinho de golfe do avental preto que ainda estava amarrado na sua cintura.

— Vou deixar vocês três com suas bebidas. Agradeceria se puderem colocar o lixo na lixeira para mim.

Dizemos boa noite, esperamos até ouvir seu carrinho de golfe ganhando vida do outro lado, e acenamos quando ela passa voando para sua casa de campo antes de terminarmos a noite.

— É tarde e tenho outro turno cedo amanhã de manhã — Tess diz, pulando da mesa. — Eu tenho tipo, mil perguntas que quero fazer, mas você vai ter que esperar, porque estou exausta. Estou engolindo o choro essa semana, porque faz muito tempo que não tenho uma transa decente.

Wren geme e eu apenas rio, porque Tess faz isso com frequência.

— E eu porque Owen está finalmente passando em matemática, mas agora seu treinador de baseball diz que ele anda tendo problemas de atitude no treino. — Wren suspira.

— Aquele cara é um idiota. Eles precisam demiti-lo. — Passo meu braço em volta dos ombros dela e dou um aperto.

— E eu porque...

Caramba, por onde devo começar?

— Tem que ser a maior coisa da sua vida nesta semana, Birdie. A única coisa que está afetando você mais do que qualquer outra coisa. Essas são as regras, então diga a verdade — minha irmã me lembra quando afasto o braço de seus ombros e fico quieta por muito tempo, dando-me uma piscadinha apenas para suavizar o golpe.

— Estou engolindo o choro esta semana, porque Putz Campbell está de volta, e eu não sei se quero bater nele ou ver se Wren está certa e lhe dar uma chance de se explicar.

Falo muito rápido, porque essa coisa de honestidade é o suficiente para sufocar uma garota.

— Estamos engolindo o choro e logo ganharemos biscoitos! — nós três entoamos ao mesmo tempo.

Brindamos uma última vez, terminamos nossas bebidas e começamos a recolher as garrafas vazias antes de caminhar até a parte de trás da Girar e Mergulhar, onde minha mãe deixou três sacos de lixo bem do lado de fora da porta dos fundos. Jogando tudo na lixeira do outro lado do estacionamento, cada uma de nós vai para seus respectivos carrinhos de golfe.

— Ainda espero que Putz amanheça com caranguejos emaranhados nos pentelhos — Tess murmura, parando ao lado de seu carrinho.

— Um homem como aquele não tem pentelhos — minha irmã reflete, em uma rara demonstração de sacanagem que não ouço há anos.

— Tudo bem, parem de pensar nas bolas dele! — grito.

— Ahh, alguém está irritada. — Tess bufa, e Wren ri alto, enquanto ignoro as duas e entro no meu próprio carrinho.

Wren sopra um beijo para cada uma de nós. Digo a ela para dar um beijo no meu sobrinho favorito por mim, e ela sai dirigindo pela Alameda Summersweet para ir em direção à sua cabana.

— Amanhã de manhã, você e eu vamos sentar e traçar um plano para lidar com Putz — Tess me informa, ligando o carrinho.

— Não precisamos de um plano. Tenho certeza de que ele está aqui apenas para se esconder até que as coisas passem. O CGIS é enorme, e você sabe que estou atolada de trabalho. Ele pode ficar do lado privado, e eu ficarei do lado público. — Dou de ombros, como se não fosse grande coisa eu estar tendo uma conversa casual sobre Palmer estar de volta à ilha.

Não demorou muito para eu decidir sobre querer ou não dar um soco em Palmer ou dar a ele uma chance de se explicar. Ele teve dois anos para fazer isso. Seu tempo acabou e eu não me importo.

— E vocês dois nunca se encontrarão? — Tess ri. — Ok, claro. Boa sorte com isso. Mas, por enquanto, encontro você no bar amanhã de manhã para que possamos bolar um plano de *verdade*.

Antes que eu possa argumentar, Tess está dando a ré e dirigindo para a rua.

— Não quebre seu vibrador pensando em Putz esta noite!

Seu grito ecoa rua abaixo, e eu balanço a cabeça enquanto me afasto atrás dela, grata que a ilha já tenha praticamente fechado e ninguém a ouviu.

Meu plano é perfeitamente bom. Esta ilha não é tão grande, mas é o bastante para que eu evite *uma* pessoa.

CAPÍTULO 5

"UMA ARMADILHA."

birdie

— Você parece péssima.

Tess desliza uma caneca de café para mim pelo tampo de madeira brilhante do balcão, onde estive sentada nas últimas horas tentando resolver umas papeladas. E também para evitar pessoas, já que o bar só abre daqui a uma hora.

Há uma pequena área de bar bem no meio da sede do clube com dez mesas altas, quatro cabines com encosto alto e oito banquetas contra o bar, onde os jogadores de golfe podem tomar um café pela manhã, uma bebida ou almoçar rapidamente antes que o restaurante abra à noite. Do outro lado da parede do bar fica a cozinha, e do outro está o restaurante do campo de golfe, *Hora do Tee*.

Eu adoro mudar de cenário, longe do meu escritório, sair da loja de artigos esportivos e ir até o bar antes que ele abra. Decorado em diferentes tons de verde-escuro, com móveis de cerejeira escura, é aconchegante, confortável, silencioso e me faz sentir como se estivesse sentada no escritório de um avô rico que deixa eu me esconder lá e ler todos os livros sobre suas prateleiras. Só que eu não tenho um avô rico e os livros consistem em entregas de comida e bebida e horários de funcionários, mas ainda assim adoro vir aqui para trabalhar. O fato de minha melhor amiga trabalhar aqui é apenas um bônus a mais e eu passo muito tempo com ela durante o dia de trabalho.

— Eu me *sinto* péssima — murmuro, empurrando uma pilha de papéis para o lado para pegar a caneca quente e tomar um gole do café.

Eu me revirei a noite toda e provavelmente consegui dormir no máximo umas duas horas. Não apenas tive que processar o fato de que realmente fiquei mais arrasada por não ir para o Havaí do que com o fim do meu relacionamento de dois anos com Bradley, como também tive que me preocupar com a possibilidade de encontrar Palmer toda vez que saísse de casa. Parecia que finalmente adormeci segundos antes do meu alarme tocar, e apertei o botão "soneca" várias vezes até ter apenas cinco minutos para me vestir e sair para o trabalho. Com meu cabelo loiro em um dos coques bagunçados característicos de Wren, coloquei uma camiseta justa roxa da CGIS que pode, ou não, estar limpa e um shorts de algodão preto.

— Desde que cheguei no trabalho esta manhã, umas dez pessoas me pararam perguntando se eu fiquei sabendo que ele voltou — digo a Tess com um suspiro. — E eles me perguntaram com um estremecimento e pena em seus rostos... Bem divertido.

Todos na ilha obviamente sabiam sobre a minha amizade com Palmer, considerando que, sempre que ele esteve aqui, ficamos juntos quase todos os minutos do dia. E como Palmer Campbell foi uma das duas maiores coisas que aconteceram em Summersweet, todo mundo o seguia nas redes sociais e *todos* viram o dia em que ele me bloqueou e deixamos de ser amigos. 24 de maio de 2018. O dia em que os moradores de Summersweet aprenderam rapidamente a nunca, nunca mais me perguntar sobre aquele homem.

A viagem de cinco minutos no carrinho de golfe de minha cabana até o CGIS esta manhã foi de cinco minutos completos, nos quais quase me convenci de que ver Palmer novamente tinha sido um sonho. Ou um pesadelo. O constante frio no meu estômago, que não tinha se acalmado desde que me virei e vi que seu rosto tinha finalmente se aquietado, e minha cabeça estava cheia de trabalho em vez *dele*. Até o minuto em que parei no meu estacionamento e um dos trabalhadores me perguntou sobre Palmer antes mesmo de eu sair do meu maldito carrinho.

— Stefanie, do Chalés Sandbar, disse que ele alugou um chalé ontem à noite sem data de saída — Tess diz.

A barra de granola que comprei na loja para o café da manhã começa a se agitar no meu estômago, embora eu já tenha ouvido esse boato. A lei de Summersweet afirma que quando um boato foi contado duas vezes, torna-se um fato.

— Gina, da Doces Starboard, entregou nosso pedido de doces para a loja esta manhã e disse que o único torneio que ele não deixou de ser convidado neste ano será só daqui a sete meses — digo a ela, cruzando os dedos.

— Eu também ouvi isso.

Merda!

— Se ele está planejando ficar aqui esse tempo todo, e ao que parece está, esse é o maior período de tempo que ele já esteve aqui. Ou em qualquer lugar, por falar nisso — Tess comenta com olhos arregalados e chocados, sentindo a necessidade de dizer em voz alta algo que está gritando na minha mente desde que Gina disse pela primeira vez. — Também ouvi que ele está ainda mais gostoso do que nunca e vê-lo na televisão não faz jus a ele, e você tem sorte de estarmos no trabalho ou eu lhe daria um soco por não mencionar esse pequeno fato no Bebidas e Reclamações ontem à noite. — Tess me encara antes de se virar para terminar de estocar o bar.

— Ah, pare com isso. Só passei um minuto com o cara e mal percebi como ele estava — zombo, pegando uma caneta e fingindo rabiscar algo em um dos meus pedaços de papel para que Tess não veja a mentira escrita na minha testa.

Eu definitivamente percebi que ele não era mais um garoto magricela e esguio.

Eu definitivamente percebi uma mandíbula mais angulosa e as covinhas mais profundas em suas bochechas.

Eu definitivamente percebi como o algodão macio de sua camisa se moldou a um novo peitoral bem definido e ombros mais largos.

Eu definitivamente percebi como as costuras nas mangas de sua camisa estavam se esforçando para manter a definição extra de seus bíceps e tríceps contidos sem rasgar o tecido.

Eu definitivamente percebi a forma como as veias e os músculos de seus antebraços se mexeram e tensionaram quando ele cerrou os punhos ao lado do corpo depois de dizer meu nome, como se estivesse se preparando para o meu costumeiro abraço voador.

Eu definitivamente percebi como sua pele bronzeada tornava seus olhos verdes uma cor de jade ainda mais vibrante.

Eu definitivamente percebi que ele ainda mantinha seu cabelo castanho-chocolate bem raspado nas laterais e brevemente me perguntei se ele tinha girado o boné de propósito porque uma vez deixei escapar que eu pensava que aquilo o deixava gostoso.

Eu definitivamente percebi que sua bunda poderia preencher uma bermuda de golfe ainda melhor do que o que eu vi na televisão quando, é claro, olhei para trás depois que dei um encontrão em seu ombro quando passei por ele.

Eu definitivamente percebi que ele ainda usava o mesmo perfume de garoto rico, mas cheirava ainda melhor do que eu lembrava. Mais picante, mais limpo, mais *sensual*. Foi preciso apenas uma pequena lufada de ar quando passei por ele, para me tentar com a necessidade.

— Só quero saber se ele trouxe aquele *caddie* gostoso com ele — Tess pondera, enquanto limpa uma garrafa de uísque antes de colocá-la na prateleira de vidro atrás do balcão.

— Bodhi? — engasgo com uma risada, grata por ter algo em que pensar além do quanto Palmer está mais gostoso agora, quando *antes* eu mal conseguia olhar para ele sem engravidar imediatamente. — Você acha que o Bodhi é gostoso? Ele parece um surfista sem-teto.

Provavelmente porque ele *é* um surfista sem-teto.

Tess tira outra garrafa de uísque da caixa a seus pés, olhando para o espaço enquanto a limpa com a toalha.

— Já fiquei com um ou dois surfistas sem-teto. Muito generosos. Eles te fodem como se estivessem procurando um lar no fundo de sua vagina. Sabe, porque eles realmente estão. Eles sempre cheiram a erva daninha e patchuli, o que é estranhamente reconfortante. Eu gosto.

Balanço a cabeça para Tess com uma risada.

— Eu não ouvi nada sobre Bodhi, mas vou ficar atenta — eu a tranquilizo. — Por mais que tenha gostado desta pausa matinal, ainda tenho muito trabalho para colocar em dia e estou tentando definir um cronograma para o novo jogador profissional de golfe.

Tess coloca a garrafa de uísque da prateleira de cima do balcão e joga a toalha por cima do ombro quando começo a organizar minha papelada, procurando a lista de membros que querem aulas particulares.

— Então você só vai fingir que está bem? Seguir a sua vida e fazer o seu trabalho como se a merda não tivesse sido jogada no ventilador ontem à noite e que você não vai pular toda vez que ouvir uma porta se abrir, pensando que é ele? — Tess pergunta.

— Parece que sim.

— Você não acha que é uma boa ideia procurá-lo para perguntar o que diabos ele está fazendo aqui, para que você possa acabar com isso?

— Isso soa muito maduro e nada que eu faria — zombo. — Vou esperar que os boatos acabem de circular e tomar minhas decisões de acordo.

Encontrando a lista de membros que precisam de aulas, rapidamente circulo algumas pessoas que sei que não vão incomodar o novo jogador enquanto ele se instala.

— Já que a maturidade está fora de questão, quer colocar fogo em algumas das merdas dele agora que sabemos onde está hospedado?

Tess sabe que isso está me matando, mas como minha melhor amiga e alguém que me conhece melhor do que a maioria, ela entende que neste momento eu só preciso de apoio, não importa o quão distorcido seja, em vez de um sermão. Algo que provavelmente receberei da minha mãe e da minha irmã em algum momento. Tess é minha melhor amiga até o fim. Ela vai me questionar sobre minhas atitudes, mas vai me apoiar não importa o que aconteça.

— Ainda estamos em liberdade condicional e não temos mais permissão de fazer fogueiras na praia por mais um mês desde a última que fizemos — eu a lembro, ainda irritada por termos recebido uma multa, já que não é nossa culpa que o vento tivesse mudado de direção e acabado incendiando algumas árvores. — Mas o porquê de precisarmos botar fogo no moletom de um turista depois de conhecê-lo por apenas quatro horas está além da minha compreensão.

— Ele tinha um pau minúsculo que não correspondia às promessas que fez a noite toda no bar. Teve sorte de eu não ter incendiado seu moletom enquanto ainda estava em seu corpo — Tess murmura, pegando a garrafa de uísque de cima do balcão e colocando-a na prateleira de vidro com as demais. — Nós duas sabemos que Palmer Campbell provavelmente tem um belo pacote, então você está certa, não há razão para uma fogueira.

— Podemos, por favor, parar de mencionar o pau e as bolas do Putz?

— Oi, Birdie.

Tess e eu arfamos ao mesmo tempo quando eu escuto as mesmas duas palavras de ontem, daquela mesma voz. Só que desta vez, ele não as sussurra. Desta vez, eu consigo ouvir o timbre completo de sua voz suave e profunda a apenas alguns metros de distância. Claro, no minuto em que baixei a guarda e parei de me preocupar se ele entraria pela porta a qualquer momento, ele realmente entra pela maldita porta. Bem quando estou falando sobre seu pacote.

— Ah, minha Nossa Senhora. Acho que seus biscoitos estão aqui — Tess sussurra.

Olho para o rosto dela e vejo-a dando sua primeira boa olhada em Palmer novamente depois de quase três anos, e peço à Deus para que eu não tivesse essa mesma expressão ontem à noite. Sua boca está aberta, e eu a vejo afastar o tecido de sua camisa preta de botão do peito e se abanar. Tomando coragem com um profundo suspiro e um lembrete para mim mesma de que vejo muitos jogadores de golfe gostosos neste campo todos os dias, levanto do meu banco do bar e me viro.

E choramingo, encobrindo o som com uma tosse estranha.

Palmer está usando uma de suas camisas polo sem gola, a de hoje é preta e branca, enfiada em uma calça de golfe preta e justa, com um cinto nas mesmas cores da camisa afivelado em torno de sua cintura estreita. Ele está com um boné branco virado para o lado certo na cabeça, uma das mãos enfiada no bolso da frente da calça e a outra pousada na ponta de um taco em que está apoiado. Faz tanto tempo que não fico na sua frente quando ele está "de uniforme" que levo um minuto para recuperar a compostura e me lembrar de que parei de ter esses sentimentos por ele há muito tempo. 24 de maio de 2018 para ser exata.

— Oi, Tess, como vai?

— Vá se foder, Putz!

Olho para trás, para Tess, tempo suficiente para ver que ela pelo menos colocou um grande sorriso em seu rosto enquanto retribuía a saudação de Palmer com o dedo do meio.

— Ver você é sempre como um abraço caloroso, Powell. — Palmer sorri de volta para ela, mostrando uma estranha demonstração de sarcasmo que faz algo formigar em mim, mas me recuso a pensar, antes que o sorriso desapareça e ele fique sério novamente quando olha para mim. — Posso falar com você por um minuto?

— O bar não abre por mais quarenta e cinco minutos, e você sabe como chegar ao campo privado — digo a ele, recusando-me a olhar em sua direção enquanto reúno toda a minha papelada, meu telefone, duas canetas e meu copo de café, que Tess rapidamente completa para mim. — É bem depois do deck externo da Hora do Tee e daquele pôster ridículo de você segurando uma bebida esportiva.

Aquele pôster idiota foi emoldurado e pendurado do lado de fora da grade do deck anos atrás, quando Palmer ainda visitava a ilha. Eu costumava beijar a ponta dos dedos e pressioná-las rapidamente contra o vidro toda vez que passava por ele.

— Sim, eu percebi que alguém desenhou chifres de diabo e olhos arregalados — Palmer diz, quando eu finalmente me viro e me forço a olhar para ele.

— Ahm, estranho. Vou ter que pedir a alguém para investigar isso — digo a ele com falsa preocupação, considerando que mantenho uma canetinha comigo o tempo todo, caso o sol e a água salgada do mar comecem a desbotar minha arte. — Se você me der licença, tenho muito trabalho a fazer.

Com meus braços cheios e tentando não derramar café quente em mim, eu cuidadosamente caminho pelo bar e passo direto ao lado de Palmer, embora eu queira correr o mais rápido possível para me afastar dele e respirar.

— Bem, sobre isso...

— Tenho que ir. Preciso trabalhar! — falo, interrompendo e me movendo um pouco mais rápido enquanto seguro minha pilha de papéis no ar e agito-a para indicar quanto trabalho eu tenho.

— Birdie, você pode parar por um minuto e falar comigo?

Café quente respinga na minha mão enquanto ando um pouco mais rápido quando o ouço bem atrás de mim e chego ao corredor que leva à loja de artigos esportivos, e xingo baixinho. Eu só preciso me afastar de seu cheiro de homem gostoso, e então serei capaz de pensar com clareza novamente. Será que isso é pedir demais?

— Não há nada para falar. Você deixou perfeitamente claro, dois anos atrás, o pouco que tinha a me dizer. Vá fazer o que for que veio fazer aqui e me deixe fora disso.

— Você realmente não vai falar comigo?

Maldito seja este café quente idiota e minha necessidade de trazê-lo comigo!

Sua voz e cheiro estão muito próximos, e eu preciso andar mais rápido e chegar à segurança do meu escritório, onde posso fechar a porta e trancá-lo para fora.

— Exatamente. Deus me livre de ser acusada de perseguir você de novo.

Estou entrando na loja de artigos esportivos e grata que esteja vazia quando Palmer responde em voz alta atrás de mim:

— Do que diabos você está falando?

Não é apenas o raro descontrole verbal de Palmer que faz meus pés hesitarem e pararem e minha maldita vagina gritar novamente, mas o fato de que ele realmente tem a coragem de fingir que não sabe sobre o que estou me referindo. Batendo minha caneca no balcão da loja e sem me importar com a quantidade de café que derramo, viro-me para encará-lo e ver que Tess nos seguiu. Neste momento ela está atrás de Palmer, fingindo acertar um objeto contundente na parte de trás da cabeça dele, enquanto ele olha para mim com os braços cruzados na frente do peito.

— Você sabe exatamente do que estou falando. Esta ilha é grande o suficiente para nós dois. Você fica longe de mim como eu prefiro, e eu vou ficar longe de você, como você *ordenou*.

Tess faz uma pausa em seu golpe falso na cabeça de Palmer para levantar o punho no ar atrás dele.

— Birdie, sério, eu...

— Não, *você* realmente precisa colocar na sua cabeça que eu não dou a mínima! — grito, praticamente negando o "não dou a mínima", mas tanto faz. — Eu tenho trabalho a fazer, e ficar por aí discutindo com você não faz parte dele.

— Então pare de discutir comigo.

Ele sorri. O filho da mãe *sorri*. Quem é esse homem? Palmer não sorri. Ele assente com a cabeça educadamente e desvia o olhar. Desde quando ganhou esse tipo de confiança?

Provavelmente na mesma época que ganhou mais músculos e jogou um monte de coisas em um obstáculo de água nas Bermudas.

— Me desculpe, você está absolutamente certa — Palmer diz, sério, enquanto se endireita e pigarreia. — Sei que você é uma mulher muito ocupada e tem muito trabalho para fazer, então deixe-me ajudá-la a começar com isso. Provavelmente não seria sensato iniciarmos com o pé esquerdo. Vamos começar de novo.

Olho para Palmer com o que estou assumindo ser a mesma expressão de "mas que porra?" que está no rosto de Tess quando ela se inclina por trás do cara e o encara.

— É um prazer estar de volta ao CGIS. Meu nome é Palmer Campbell, mas a maioria das pessoas por aqui me chama de Putz.

Tess bufa atrás dele enquanto Palmer apoia seu taco contra uma vitrine de bolas de golfe, desliza ambas as mãos nos bolsos da frente da calça, e vejo um sorriso lento e malicioso se espalhar em seu rosto.

— E parece que sou seu novo jogador profissional de golfe. Onde você quer que eu fique, chefe?

CAPÍTULO 6
"VÁ COM TUDO OU VÁ PARA CASA."

palmer

— O cacete que ela vai! Ah, mas ela não vai mesmo!

Está ficando cada vez mais difícil ignorar os gritos incessantes de Tess atrás de mim, mas eu avanço e mantenho meu foco em Birdie, que está alguns metros à minha frente no balcão da loja. Todo o sangue sumiu de seu rosto assim que eu disse que trabalharia com ela no CGIS. Em circunstâncias normais, seria engraçado e eu consideraria uma vingança. Estou me sentindo tonto desde que entrei no bar para procurar Birdie e a ouvi dizer: "o pau e as bolas do Putz". Não tenho ideia do que ela e Tess estavam conversando antes de eu chegar lá, e não me importo, porque provavelmente tinha algo a ver com cortar com uma faca de manteiga enferrujada. A voz rouca e sexy de Birdie dizendo essas palavras foi imediatamente depositada em meu repertório mental, mesmo com o uso desse apelido insultante. Mas ela tem estado tão quieta e tão pálida por tanto tempo que agora estou começando a me preocupar que ela possa não estar recebendo oxigênio suficiente em seu cérebro.

— Não mesmo! Puta que pariu, ela não vai!

Eu sabia que ia ser difícil fazer com que Birdie falasse comigo e que mesmo se eu conseguisse um emprego no campo de golfe não me garantiria nenhum tempo a sós com ela. Considerando que ela já fugiu de mim duas vezes, persegui-la por cerca de setecentos metros quadrados dia após dia não parecia a maneira mais produtiva de fazer Birdie me perdoar. E com uma melhor amiga raivosa como Tess, que fará qualquer coisa para protegê-la, eu precisava de um plano melhor do que persegui-la.

Quando me encontrei com Greg hoje de manhã e ele me disse que Birdie seria a resposta a todas as minhas preces sobre problemas de imagem pública, ela seria minha chefe por algumas semanas até que o jogador profissional de golfe que ele contratou pudesse chegar à cidade, e ela teria que falar comigo todos os dias que eu estivesse agendado. Era como se os deuses do carma estivessem sorrindo para mim e dizendo: "nós o perdoamos por ser um cagão, agindo como um bebezão e machucando sua melhor amiga. Vá em frente e boa sorte!". Ela não pode continuar fugindo de mim e definitivamente não pode me ignorar quando temos que trabalhar juntos.

De repente, *Crazy Bitch*, de Buckcherry, começa a tocar assim que Tess para de gritar.

— Você pode desligar essa merda? — Birdie grita com Tess por cima da música antes que eu possa fazer qualquer coisa, o que me faz sorrir para a loira lindamente irritada na minha frente quando a música é interrompida. — Não se atreva a olhar assim para mim. — Birdie rosna, apontando o dedo para mim. — Não estou defendendo você; eu realmente odeio essa música. Eles deveriam ter colocado algo como *Big Girls Don't Cry*.

Ai. Essa doeu.

E me excitou. Algo que Birdie sempre foi capaz de fazer quando ficava toda cheia de atitude para cima de mim. Eu só nunca soube o quão sensual poderia ser fazer o mesmo com ela. Eu deveria ter me envergonhado em rede nacional e saído da minha concha *anos* atrás.

— Foram algumas semanas difíceis para mim. — Eu assinto, sério, tirando minhas mãos dos bolsos e colocando-as abertas entre nós. — Eu gostaria de um abraço antes de começarmos o trabalho, chefe.

— Prefiro uma lobotomia — Birdie murmura, seus olhos a traem quando vão do meu rosto para os meus braços abertos como se ela realmente quisesse se jogar neles. — De jeito nenhum você é meu novo jogador profissional de golfe.

Abaixando os braços, deslizo a mão direita no bolso e pego minha identificação com foto do Clube de Golfe da Ilha Summersweet, que diz *jogador profissional* logo abaixo da minha foto, segurando-a para Birdie.

— Greg a imprimiu enquanto eu preenchia meus formulários de imposto. Olhe para aquela linda caneca. Ela simplesmente grita "melhor jogador profissional de golfe e melhor funcionário" que você já teve.

— Quem *é* você? — Birdie sussurra, olhando para mim em vez da minha identidade com uma expressão confusa no rosto.

— Ahm, seu novo jogador profissional de golfe. Já falamos sobre isso.

Você está se sentindo bem? Está tendo problemas com perda de memória recente? — questiono, com falsa preocupação, enquanto coloco minha identidade de volta no bolso.

Os lindos olhos azuis de Birdie se estreitam ao me encarar e, felizmente, estou de pé entre ela e a vitrine do clube de golfe e ela não tem um taco número nove ao alcance de suas mãos.

Neste momento, eu nem sei quem sou, mas nunca me diverti tanto na minha vida, finalmente removendo o filtro que sempre mantive firme no lugar. Nunca tive permissão para apenas dizer o que quero e fazer o que sinto vontade. Tive que ser respeitoso e profissional a vida toda. Eu só conseguia me soltar em torno de Birdie, e mesmo assim eu ainda tinha que manter esse filtro no lugar, porque "ah, oi, melhor amiga, estou apaixonado por você desde que tínhamos quinze anos e você não sente o mesmo, mas não quero perder você, então ainda preciso ter cuidado com o que digo e faço. Uma ajudinha, por favor, estou morrendo!" parecia um pouco arriscado.

Eu a perdi de qualquer maneira por causa de minhas próprias inseguranças idiotas. Não vou deixar que isso aconteça de novo, e posso muito bem ser quem quero ser e dizer o que quero dizer nesse meio tempo. Enlouquecer Birdie é apenas um bônus adicional que, com sorte, me ajudará a voltar sorrateiramente para sua vida e seu coração, enquanto ela está ocupada demais sendo confundida pelo novo Palmer.

— Minha memória está ótima — Birdie finalmente diz, cruzando os braços na frente de si com um bufo adorável. — E você não precisa de mim como sua chefe. Você conhece este campo e sabe o que fazer para ser um profissional. Bem, menos gritar obscenidades para as pessoas e jogar coisas em nossos obstáculos de água. Temos padrões mais elevados aqui no CGIS.

Ponto dois para Birdie, mas estou prestes a ganhar essa partida na rodada bônus.

— Ah, eu sei que não preciso de você como minha chefe — digo a ela, rindo só porque isso a irrita. — Você precisa de *mim* como seu empregado. Sabe, para que possa melhorar minha imagem pública e conseguir aquela promoção pela qual você tem trabalhado... Há quanto tempo Greg disse que era?

Bato o dedo no queixo, olho para o teto e praticamente consigo sentir a raiva de Birdie se espalhando pela loja e arrepiando os pelos dos meus braços.

— Dezoito meses — ela rosna.

Afasto o dedo do queixo e arregalo os olhos para ela.

— Uau, isso é muito tempo. Greg diz que esse será o fator decisivo. Melhor não estragar tudo.

Enquanto eu casualmente coloco minhas mãos nos bolsos e sorrio para Birdie, Tess finalmente sai de trás de mim e vai rapidamente até ela. Embora eu goste de ver a cabeça de Birdie prestes a explodir, Tess tira um isqueiro do bolso do avental, acende a chama e o segura bem na frente do rosto de Birdie enquanto me olha de cima a baixo.

— Não é um moletom, mas essa mistura de poliéster parece que vai incendiar rapidamente.

Dou um passo para trás, afastando-me das duas mulheres, já que Tess me assusta, e um sino soa quando a porta da loja se abre, me salvando de queimaduras de terceiro grau.

— É aqui que estão todas as mulheres solteiras e gostosas? — Bodhi pergunta, deslizando seus óculos de sol sobre a cabeça para afastar o cabelo do rosto enquanto entra na loja de artigos esportivos e olha para mim. — Ah, aí está você.

Balanço a cabeça com sua piada idiota enquanto seus olhos se movem de mim para Birdie.

— E aí está a minha favorita e corajosa gerente de campo de golfe. Venha aqui e dê um pouco de amor para o Bodhi.

Bodhi abre bem os braços, como eu fiz de brincadeira alguns minutos atrás, e antes que eu possa me preparar mentalmente, Birdie corre pela loja e se joga nos braços de meu melhor amigo.

Ok, não é o mesmo abraço voador da Birdie que foi feito especificamente para mim, onde ela joga todo o corpo e seus pés saem do chão e suas longas pernas envolvem a cintura. É mais um abraço onde ela tem que se levantar na ponta dos pés para alcançar os ombros dele, mas ainda assim... Dói tanto quanto se ela tivesse dado o *nosso* abraço, e meus braços parecem vazios pra caralho vendo Bodhi envolver os seus em torno de seu corpo esguio. Sinto-me um pouco homicida em relação a ele.

Cravo os dedos em minhas palmas dentro dos bolsos da frente da calça de golfe quando Bodhi abraça Birdie com mais força, fazendo-a gritar quando ele a levanta do chão com a força de seu abraço. Dou um passo em direção aos dois quando o filho da puta cheira a lateral do pescoço dela e sorri para mim o tempo todo, sabendo que estou a cerca de dois segundos de afastá-lo de Birdie pela gola de sua camiseta verde que diz "EU AMO GOLFE" com um sinal vermelho do *Ghostbusters* cruzando a palavra "amo" e, em seguida, jogando-o pela porta de vidro atrás dele.

Ela ainda cheira a manteiga de cacau e frutas tropicais. Como o bronzeador da Coppertone do frasco marrom que passa na pele todas as manhãs antes de sair de casa desde que a conheço. Senti o cheiro na noite passada, quando ela olhou para mim por cima do ombro. O cheiro quase me deixou de joelhos, o que teria sido conveniente, já que eu já estava fraquejando por causa da dor em meu bíceps por causa do esbarrão que ela me deu com o ombro.

Bodhi ri contra a bochecha de Birdie para mim e minha expressão, que tenho certeza de que é assassina, enquanto olho para seu reencontro feliz com uma mulher que mal olha para mim, muito menos me cumprimenta com um abraço. Ele finalmente fica com pena de mim e se afasta de seu abraço, apoiando as mãos nos ombros dela enquanto a olha com preocupação.

— Ouvi falar sobre suas férias, garota. Momento difícil — ele diz suavemente.

— Caramba, como é que...

— A Stefanie, do Chalés Sandbar, disse ao Alan, do Hang Five Fliperama, que foi ao A Barca, onde eu estava tomando café da manhã, e contou à minha garçonete, Melanie, que discutiu o assunto enquanto ela enchia meu café — Bodhi diz a ela em um único fôlego.

Ele faz uma pausa antes de falar de novo, e fico ansioso, me perguntando do que ele está falando e por que Birdie de repente parece tão triste.

— Você está bem?

Birdie suspira e assente com a cabeça, e eu sinto que estou em uma realidade alternativa. Eles se encontraram *uma vez*, há cinco anos. A primeira e única vez que ele esteve em Summersweet. Claro, ele esteve conosco os quatro dias inteiros da minha visita e ele e Birdie se deram bem logo de cara. Mas trocaram apenas algumas palavras umas poucas vezes desde então, quando ainda conversávamos e Bodhi estava por perto enquanto eu estava no telefone com ela ou algo assim.

Por mais que Bodhi amasse Birdie e por mais irritado que estivesse com minha decisão de cortar relações com ela, ele entendia. Depois de sua gritaria inicial e me taxar como um idiota, ele calou a boca e apenas me apoiou como um bom amigo deveria fazer. Enfurece-me mais do que um pouco que os dois, com quase zero de história, possam retomar de onde pararam como se o tempo não tivesse se passado, e eu tenho quinze anos de vivência com ela e não consigo nem mesmo um sorriso. Não estou nem pedindo por um sorriso matador de Birdie. Apenas uma contração de seus lábios seria suficiente neste momento.

— Vamos falar sobre isso mais tarde quando formos tomar umas bebidas. Bodhi vai fazer tudo melhorar — ele tranquiliza Birdie, seus olhos de repente notando Tess parada a meio metro de mim, que estava estranhamente quieta o tempo todo. — Alguém vai me apresentar à criatura deslumbrante de cabelo vermelho?

Um som sai de Tess, que quase se assemelha a uma risadinha, mas não acho que ela saiba como fazer esse som. Birdie parece tão chocada quanto eu quando Tess faz aquele som estranho e risonho de novo, enquanto Bodhi contorna Birdie e caminha até ela.

— Você terá que desculpar Palmer. Ele perdeu toda a boa educação no buraco dezoito nas Bermudas. Sou Bodhi Armbruster — ele se apresenta com um sorriso frio, estendendo a mão para Tess.

Ela fala seu nome rindo alto, suas bochechas ficando exatamente da mesma cor de seu cabelo quando aperta a mão de Bodhi. Já vi centenas de mulheres ao longo dos anos sucumbirem aos encantos de Bodhi, mas nunca pensei que veria alguém como Tess Powell cair sob seu feitiço. Imediatamente esqueço meu ciúme por Bodhi colocar as mãos em Birdie e saber algo pessoal sobre ela que eu não sei e apenas observo o show, aproveitando o quão distraída Birdie está no momento.

Pegando meu taco de onde o deixei encostado no balcão, apoio no ombro e caminho em direção a ela, assobiando enquanto ando e parando quando estou bem na frente dela. Respirando fundo o cheiro de manteiga de cacau e frutas tropicais, aceno com a cabeça em direção à porta ao nosso lado.

— Não sei como você dirige as coisas aqui, mas gosto de chegar na hora para o trabalho. Sabe, fazer o meu melhor e sempre causar uma boa impressão.

Levantando minha mão livre, que não está segurando meu taco, olho para o relógio esportivo preto à prova d'água em meu pulso e suspiro.

— Dez minutos atrasado. Então você não dirige isso aqui com punhos de ferro. Entendi.

— Não fode — ela murmura.

— Uau, e assédio sexual no primeiro dia, para começar com o pé direito.

Birdie abafa um grito, cerrando os punhos ao lado do corpo, e faço o possível para manter o rosto neutro e não gargalhar.

— Tess! Temos aquela reunião sobre sua programação, lembra? — Birdie fala alto do outro lado da loja.

— Não, não temos. Vá embora.

Desta vez, eu rio alto quando Tess não entra no jogo de Birdie, porque ela ainda está apertando a mão de Bodhi e olhando em seus olhos como uma adolescente apaixonada.

Batendo o pé no chão, Birdie se vira e bate as palmas das mãos contra a maçaneta da porta de vidro, abrindo-a e saindo para o sol quente. Eu só olho para os globos redondos perfeitos de sua bunda, envoltos em um minúsculo short de algodão preto por alguns segundos antes de ajustar meu pau, fazer alguns exercícios matemáticos na minha cabeça e segui-la. Sabe, porque ela é minha chefe e tudo o mais, e não é apropriado ter pensamentos sujos sobre ela no trabalho.

E porque, se quero o perdão de Birdie, primeiro preciso consertar nossa amizade. A base de tudo o que sinto por ela foi construída com a nossa amizade. Coloquei algumas rachaduras lá que precisam ser consertadas antes mesmo de pensar em dizer a ela que quero mais. Que eu sempre quis mais. E, sabe, me divertir um pouco sendo o novo Palmer no processo.

— Ei, chefe! — grito para Birdie, enquanto puxo meu chapéu para baixo sobre os olhos para proteger do sol e corro atrás dela, que caminha pisando forte em direção ao caminho do carrinho. — Teremos reuniões diárias sobre meu desempenho ou semanalmente será o suficiente? Ei, chefe! Terei meu próprio estacionamento? Que tal um armário para funcionários? Você não está encarregada de me fazer assistir ao vídeo de assédio sexual, certo? Porque isso seria como me fazer jantar com o cara que me roubou. *Constrangedor!*

CAPÍTULO 7

"DÊ O GOLPE FINAL QUANDO O TACO AINDA ESTIVER QUENTE."

birdie

— Você deveria ter fugido do país quando Bradley terminou tudo. Esta não está sendo a sua semana, minha amiga. Não acredito que você tem que trabalhar com ele. Todos os dias.

— Eu nem sei por que te deixei entrar na minha casa depois da maneira como me jogou na frente do ônibus no trabalho esta manhã — resmungo para Tess, sentada ao meu lado nas cadeiras Adirondack no meu deck com vista para o mar escuro, horas depois de o sol se pôr.

Fico olhando para a escuridão infinita salpicada com pontos de luz dos navios militares que passam e alguns turistas e moradores locais passeando de barco tarde da noite, tentando deixar os sons das ondas quebrando na praia a algumas centenas de metros de distância me acalmar, como costuma acontecer. Mas esta noite não está funcionando. Não sei se isso acontecerá novamente, sabendo que Palmer está olhando para a mesma água escura, ouvindo as mesmas ondas quebrando, na mesma ilha, em um chalé não muito longe do meu.

— Você não me deixou entrar. Eu tenho uma chave — Tess me lembra. — O que *eu* não sei é como você conseguiu fugir de Putz *de novo* sem dar a ele a chance de falar com você sobre qualquer coisa importante. Você tem habilidades das quais eu nem sabia. Fico até emocionada.

Eu não bato meu punho contra o dela quando Tess o levanta na minha direção, fazendo-a suspirar e apoiá-lo de volta em seu colo.

— Quando ele não parou de me seguir no caminho do carrinho fazendo perguntas ridículas e me irritando, eu disse a ele para ir jogar dezoito buracos, se familiarizar novamente com o campo e depois vir me encontrar e que conversaríamos. Então peguei minhas coisas e meu laptop, voltei para casa e terminei meu trabalho aqui, onde você me encontrou. Não foi tão difícil.

Não estou orgulhosa de mim mesma por ter fugido dele de novo como uma fracote em vez de ser uma mulher madura de trinta anos que poderia ter uma conversa adulta. Cada minuto que passo com aquele homem me deixa fraca, especialmente com esse sarcasmo recém-descoberto que parece ter sido liberado dele. Isso é tudo que eu sempre quis para Palmer, que ele pudesse respirar e não ser tão tenso e rígido o tempo todo e deixar sua personalidade brilhar. Ela escapava de vez em quando ao longo dos anos, geralmente apenas depois de algumas bebidas alcoólicas ou muitas horas na minha presença. Ver aquele sarcasmo sair de sua boca tão facilmente trouxe o formigamento de volta com força total, e isso definitivamente não poderia acontecer. Não apenas porque realmente parecia que eu seria sua chefe em um futuro previsível, mas porque já percorri esse caminho antes. Nunca acaba bem para mim.

— Bem, me desculpe por não ter botado fogo no Putz por você. Eu me distraí com o surfista sem-teto. — Tess dá de ombros. — Curiosidade: ele realmente é um sem-teto, então não precisamos mais dizer isso ironicamente. Palmer sempre se oferece para conseguir um lugar para ele onde quer que fiquem, mas Bodhi sempre recusa. Ficou em sofás, dormiu na praia e, na verdade, morou por um tempo em uma van perto do rio na Costa Rica. Diz que nem consegue se lembrar da última vez que descontou um de seus cheques de pagamento de Palmer. Ele não tem absolutamente nenhuma qualidade redentora. Deus, eu quero foder aquele cara até ele não conseguir mais falar.

Nunca falha deixar que Tess acrescente um pouco de humor à situação em que me encontro. Eu já sabia tudo isso sobre Bodhi, desde que ele me contou sua história de vida na primeira hora depois que nos conhecemos. Ele é um cara descontraído que só quer viver sua vida e é fácil de falar com ele. Ele é como um irmão mais velho legal que seus pais sempre quiseram estrangular porque ele nunca saía do porão. Tess estava visitando parentes em Jersey quando Bodhi acompanhou Palmer em uma de suas viagens a Summersweet, e sempre odiei que eles nunca tivessem a chance de se encontrar. Eu não tinha ideia de que ela ficaria tão obcecada por ele, mas deveria ter imaginado. Bodhi é um cara fácil de se gostar.

— Pare de ficar triste — Tess ordena de repente.

— Não estou triste — respondo... com tristeza.

— Esta é a parte divertida da história. Quando o cara volta com o rabo entre as pernas e a heroína o faz rastejar para poder voltar às boas graças dela.

— Pare de ler tanto e faça mais atividades que apodreçam seu cérebro. A vida não é um romance — eu a lembro.

— Não, mas poderia ser um thriller psicológico muito bem executado se jogarmos nossas cartas da maneira certa, você criar coragem e fazer Palmer rastejar até chorar. Ou eu posso cortar a garganta dele com a ponta afiada de um *tee*.

— Meu Deus, estou tão feliz por ser sua amiga e não sua inimiga — murmuro, antes de inclinar a cabeça para trás, contra a cadeira, para olhar para as luzes de um navio de cruzeiro de luxo passando lentamente a alguns quilômetros de distância.

— Você precisa parar de ficar triste por não ter se jogado nos braços dele, cheirado seu perfume e visto se a sensação dos músculos dele ao seu redor é tão boa quanto parece, e ficar puta com ele novamente — ela diz.

— *Estou* puta — digo a ela, de forma pouco convincente, enquanto meus ombros caem, pensando em nossos abraços.

Tess de repente se senta e se vira de lado para me encarar, batendo com uma das mãos no braço da minha cadeira.

— 24 de maio de 2018.

Merda. Dá certo.

— É sério isso, Tess? Ele vai aparecer do nada depois de dois anos e conseguir um emprego aqui? — pergunto, minha voz ficando mais alta enquanto puxo os pés para cima da cadeira e, com raiva, estico o moletom enorme sobre os joelhos quando sinto um arrepio. — Ele era meu amigo. Ele era meu...

— Não diga isso. Você vai começar a chorar em vez de ficar pistola. Engula o choro e continue — Tess diz, com um aceno de cabeça, sabendo que eu diria que ele era *tudo* para mim.

— Eu era a maior apoiadora dele, seu maior ombro amigo para quando ele reclamava sobre seu pai, e estava ao lado dele durante tudo, ficando feliz em apenas receber as migalhas de sua atenção esporadicamente quando sua agenda agitada permitia — continuo, minha raiva crescendo a cada palavra que digo, palavras que Tess já ouviu um milhão de vezes, mas, como uma boa amiga, me deixa reclamar de novo. — Eu finalmente criei coragem para me declarar, e ele me deu uma rasteira, me bloqueou de sua vida. E eu devo apenas ficar parada e dar a ele qualquer minuto do meu tempo, quando ele ocupou tanto por tanto tempo sem dar a mínima? Não mesmo!

— Não mesmo, porra! — Tess grita, e eu finalmente bato meu punho contra o dela quando o estende para mim novamente. — Vamos queimar as merdas dele!

— Você vai parar de tentar fazer a fogueira acontecer? Estou aqui tentando me enfurecer contra o sistema.

Tess cruza as mãos no colo obedientemente.

— Sabe, o sistema sendo o Putz.

— Jesus Cristo, cale a boca e fique pistola!

Respiro fundo, tentando lembrar onde parei, mas não importa. Estou irritada e não vejo isso mudando tão cedo.

— Se ele tentar ser todo fofo e sarcástico e me fizer esquecer que me magoou, tudo o que tenho a fazer é me lembrar de 24 de maio de 2018. — Eu assinto com a cabeça, envolvendo os braços em volta das pernas e olhando para o mar como se ele me ofendesse pessoalmente.

— Isso mesmo. O encontro em que ele arruinou sua vida. Esmagou sua alma. Fez você perder toda a confiança na raça humana, para nunca mais amar novamente e se tornar a tiazona maluca dos gatos.

— Isso é um pouco dramático — murmuro. — E os gatos que eu alimento não me deixam maluca. Eles me tornam uma pessoa decente que ama os animais.

— Tanto faz. Faça da vida dele um inferno.

— E enquanto faço isso, vou precisar que você caia nas graças do Bodhi e tire dele algumas informações sobre o Putz. Tipo, que tipo de desculpa ele vai me dar para o motivo de ter me largado há dois anos, para que eu possa me preparar para esse monte de besteira.

Tess ri e balança a cabeça para mim.

— Ah, com certeza eu vou chupar o pau do Bodhi, mas só porque eu quero — ela fala, estendendo a mão e dando tapinhas no topo dos meus joelhos cobertos pelo moletom. — Você pode encontrar a informação que procura chupando seu próprio pau.

Eu a encaro, tirando sua mão do meu joelho.

— Sabe, seu próprio pau sendo o pau do Putz.

— Pensei que você fosse minha amiga — reclamo, enquanto Tess se recosta na cadeira. Eu faço o mesmo, e nós duas voltamos a observar o oceano escuro, enquanto alguém solta alguns fogos de artifício um pouco mais abaixo na praia.

— Eu não estou sentada aqui dizendo que você está sendo completamente infantil e ridícula e quanto mais você protesta sobre não querer falar com Palmer e quanto mais o evita, mais isso vai provar a ele o quanto ele ainda a afeta, estou? — ela pergunta, sempre a mais esperta de nós duas. — Não, não estou — continua, sem me dar chance de responder. — Faça o que for preciso para passar o dia com ele de volta à ilha. Se quer agir como uma criança, faça isso. Se quer ouvir o que ele tem a dizer e decidir se pode perdoá-lo, vá em frente. É a *sua* vida. Ele fez isso com você, não comigo. E por mais puta que eu esteja por você, não posso dizer se deve ou não perdoá-lo. Só posso ficar esperando, afiando a lâmina da minha faca para cortar suas bolas se ele a machucar de novo.

Penso em todas as vezes em que Palmer e eu trabalhamos lado a lado na Girar e Mergulhar nas noites em que minha mãe estava cheia e ele sempre se oferecia para ajudá-la. Penso nas fogueiras na praia, dividir uma pizza grande com todos os sabores do *Fatia da Ilha*. Conversas silenciosas no oitavo buraco, de onde sempre escapávamos com um cobertor depois que o campo fechava. Horas de sonhos e desejos para o nosso futuro foram feitos ali, porque aquele buraco era o mais distante da sede do clube e nos oferecia mais privacidade. Penso em Palmer nunca perdendo a paciência comigo quando me ensinou a jogar golfe. Eu o arrastando para festas de *caddie* e ensinando-o a beber cerveja por um furo na lata. As guloseimas especiais que ele me trazia do continente toda vez que vinha à ilha, porque tinha fácil acesso a elas, sabia que eu mataria minha mãe e minha irmã por causa delas, e porque ele era atencioso. E incontáveis outras memórias passam pela minha mente mais rápido do que um carrinho de golfe turbinado, todas estreladas por ele.

Sempre senti falta da amizade dele, mas não me permitia pensar nisso ou nunca seria capaz de funcionar normalmente. Tê-lo aqui na ilha, onde posso compartilhar uma pizza com ele, conversar por horas ou segurar seu cabelo quando ele vomita de tanto beber cerveja, ou jogar uma partida de golfe com ele sempre que meu coração desejar, torna tudo mais difícil; e mais difícil ainda ficar longe dele e não lhe dar uma chance de se explicar ou tentar perdoá-lo. Não vou passar mais quinze anos da minha vida ansiando por um homem que não me olha assim, então é uma coisa boa que não esteja mais apaixonada por ele. Vamos ver se consigo perdoá-lo e talvez formar uma amizade novamente. Sabe, ao fazer sua vida um inferno nesse meio tempo.

— Ainda tenho algumas coisas do Bradley no meu armário. Quer tacar fogo?

— Ahhhh, eu sabia que era sua preferida. — Tess sorri para mim enquanto se levanta da cadeira, gritando por cima do ombro e abre minha porta de vidro e corre para dentro de casa. — Vou pegar o fluido de isqueiro e a caixa do Bradley. Você pega a mangueira e diz aos vizinhos para ficarem calados!

CAPÍTULO 8
"LAR EM PERIGO."

palmer

— Cunha de lançamento.

Olhando para cima da pequena colina e calculando a distância entre aqui e o buraco, sei que posso tirar minha bola do *rough* e acertá-la de uma só vez, já que fiz isso centenas de vezes neste campo. Quando meu braço começa a ficar cansado de segurar no ar meu taco número nove, olho para trás por cima do ombro e encontro Bodhi sentado atrás do volante do carrinho de golfe com os pés no painel e o nariz enterrado em um livro, não prestando absolutamente nenhuma atenção em mim.

Balançando a cabeça, abaixo meu braço e caminho até a parte de trás do carrinho, onde minha bolsa está amarrada, enfio o taco número nove e tiro minha cunha.

— Estou no sétimo buraco. Talvez você queira fazer seu trabalho de *caddie* antes de chegarmos ao oitavo? — pergunto, enquanto passo por ele e volto para a minha bola a três metros de distância no campo particular para membros do CGIS.

— Você não está me pagando para ser seu *caddie* neste momento. Estou aqui só para me divertir — Bodhi responde, sem tirar os olhos de seu livro, com o som alto de uma maçã sendo mordida bem no meio do meu treino.

— Você não desconta os cheques que eu *pago* a você — eu o lembro, praticando mais alguns golpes ao lado da bola.

Parei de pagar a ele anos atrás, quando entrei em uma das muitas vans em que ele morou quando tivemos mais do que algumas semanas de folga e encontrei dois deles no chão, embaixo de uma caixa de pizza. Depois disso, comecei a depositar tudo em uma conta que abri para ele para facilitar as coisas para Bodhi e para que eu não tivesse um ataque de pânico pensando em todo aquele dinheiro coberto de borra de café e só Deus sabe o que mais. Pelo que sei, ele nunca mexeu nessa conta. Bodhi arranja bicos para ganhar dinheiro por onde quer que esteja nas pausas da minha agenda; como dar aulas de surf, vender frutas em uma barraca de beira de estrada e até mesmo cantar em uma recepção de casamento uma vez no México. Ele é um cara simples que só precisa de dinheiro para comer, beber e para uma camiseta irônica sobre golfe. A camiseta de hoje é amarela vibrante com a imagem de uma sacola de tacos ao lado de um emoji vomitando.

Alinhando meu taco na bola, relaxo na posição, olhando para onde o buraco está e levo um segundo para avaliar a direção e velocidade da brisa leve que vem do oceano. Olho novamente para a bola, relaxo os ombros e deixo a mecânica que foi gravada em meu cérebro e minha memória muscular assumir o controle, meu taco bate na bola enquanto Bodhi dá outra mordida forte em sua maçã e fala novamente:

— Ah, certo. Bem, eu só não quero dar uma de *caddie*. Estou em uma parte boa do meu livro. Está ficando picante.

Levo um segundo para ver minha bola voar rapidamente no ar e cair no *green*, rolando lentamente antes de cair no buraco. Depois de quase duas semanas sem golfe, descobri durante meu primeiro jogo, há alguns dias, que não fiquei enferrujado. Com um sorriso satisfeito, subo a colina e atravesso o gramado para pegar a bola antes de voltar para o carrinho e para Bodhi, que está quase terminando com a maçã mais barulhenta e crocante do mundo, e bem no meio de um livro com um homem sem camisa na capa.

Meu pai achou que eu tinha perdido a cabeça quando, no meio de uma partida na Costa Rica, despedi meu *caddie* e contratei o jovem que parecia não tomar banho há uma semana, não cortava o cabelo decentemente há anos e definitivamente entrou de penetra no campo de golfe sem comprar um ingresso porque ouviu que poderia ter cachorro-quente de graça. Eu estava voltando para minha bolsa, e meu *caddie* estava me entregando um taco — não me lembro mais qual — e esse surfista que parecia morar na rua e que estava com um cachorro-quente em cada mão estava parado atrás da corda dos espectadores gritando para mim com a boca cheia de comida e com mostarda na bochecha, que era o taco errado e que meu *caddie* tinha tentado me ferrar durante toda a manhã, dando-me péssimos conselhos. Não sei o que o cara tinha, mas confiei nele imediatamente. Eu o fiz colocar uma polo extra que eu tinha na minha bolsa sobre sua camiseta desbotada e surrada, e saí do décimo sétimo lugar para terminar a partida em segundo.

Essa decisão provou ser a melhor da minha vida até agora. Por mais que Bodhi odeie golfe, ele sabe muito sobre o assunto. Ele é um gênio da matemática e um aficionado do clima. Em menos de um minuto, pode fazer um cálculo de cabeça com a direção atual e velocidade do vento e ajustar para umidade e pressão barométrica ou alguma merda do tipo e me dizer exatamente o que preciso fazer e com que força devo usar no taco para que a bola caia o mais perto possível do buraco. Bodhi foi a única coisa em que bati o pé com meu pai. Eu não jogaria golfe se ele não pudesse ser meu *caddie*. E como meu golfe melhorou muito depois de trazer Bodhi para a equipe, ele não podia discutir. Ao menos não muito. Ele ainda dizia quase todos os dias o quão pouco profissional Bodhi era e o quão ruim ele era para a minha imagem.

Não precisei da ajuda de Bodhi para estragar minha imagem, então toma essa, pai.

— Presumo que, depois que você saiu da loja de artigos esportivos atrás da Birdie, alguns dias atrás, teve uma longa e agradável conversa com ela, certo, Pal? — Bodhi pergunta, enquanto entro no carrinho. Ele guarda o livro e nos leva ao oitavo buraco.

— Se você tivesse voltado para o chalé naquela noite ou em qualquer noite desde então, já saberia dessa informação.

— Awww, me desculpe por não ter voltado para casa, querida. Foi apenas uma vez e ela não significava nada para mim — Bodhi diz, tirando os olhos do caminho do carrinho para focá-los para mim e lhe mostro o dedo do meio. — Devo dizer que você está muito mais divertido agora que sentiu o cheiro do ar salgado do mar e de uma certa mulher. E já sei que você não fez merda nenhuma com ela, de novo. Fiz alguns amigos e ficamos bebendo na praia naquela noite. Soltei alguns fogos de artifício, tomei algumas cervejas e me atualizaram sobre os acontecimentos do dia em Summersweet, que incluía você jogando golfe o dia todo, *sem* falar com Birdie.

Ele franze a testa para mim quando para o carrinho logo na saída da área de *tee* do oitavo buraco.

— Sinceramente, nem me lembro onde estive nas duas noites seguintes. — Ele finalmente ri.

Foi definitivamente bom e relaxante me familiarizar com este campo novamente nos últimos dias, já que Birdie fugiu de mim e continua a me evitar, especialmente quando o campo do lado privado está quase vazio e consegui jogar golfe em paz. Na verdade, eu não tenho conseguido jogar golfe sem uma multidão de pessoas assistindo a cada movimento meu e segurando seus celulares para fotos e vídeos assim que entro em um campo desde a última vez que estive aqui. Foi a maneira perfeita de voltar ao jogo e lembrar por que eu adoro isso. Por um tempo, parecia até que Birdie fez isso de propósito quando me enxotou três dias atrás e deixou um bilhete para mim todas as manhãs desde então, dizendo para continuar a *me familiarizar com o campo*. Porque ela sabia que eu precisava disso e não apenas para se livrar de mim. Toda aquela paz e relaxamento foram aos poucos desaparecendo quando, ao final de cada rodada de quatro horas de dezoito buracos, não importa a hora do dia em que eu os inicie, volto para a sede do clube e sou informado de que Birdie saiu mais cedo. O que me diz que ela *definitivamente* me mandou jogar golfe nos últimos três dias para não ter que lidar comigo, e só tive alguns vislumbres dela aqui e ali quando ela está dirigindo pelo campo.

— Ela fugiu de mim de novo naquele dia e continua a me evitar. Isso está ficando ridículo — reclamo, enquanto saio do carrinho e olho para minha bolsa.

— O vento está soprando a oito kilômetros por hora com cinquenta e dois por cento de umidade, então use o taco 3-wood. E o que é ridículo é que você fica *deixando* ela fugir e o evitar — Bodhi zomba, enquanto tiro o 3-wood da bolsa e vou em direção ao *tee*. — Ela tem cerca de um metro e sessenta e um e uns cinquenta quilos. Para quê você tem malhado nos últimos anos? Basta jogá-la sobre o ombro e colocá-la onde quiser.

Bodhi ri, sabendo muito bem que se eu ou qualquer outra pessoa tentarmos pegar Birdie e colocá-la onde a queremos, não estaremos mais respirando.

— Além disso, dê um tempo a ela. Ela passou por algumas merdas recentemente além de você surpreendê-la do nada depois de dois anos sem contato — ele acrescenta, quando estou levantando o taco.

Eu vacilo, e meu taco bate errado na bola quando lembro de Bodhi perguntando a Birdie sobre as férias e como ela parecia triste. Murmuro um palavrão quando minha bola atinge uma árvore, mas pelo menos ela salta de volta para o campo e eu não tenho que procurar por ela.

Virando, caminho de volta ao carrinho e ignoro a risada de Bodhi quando guardo o taco e me sento no carrinho.

— As pessoas vão realmente pagar para ter aulas com você? Coitadas. — Bodhi bufa, dirigindo o carrinho de golfe em direção à minha bola.

— Vá se catar. E me fale sobre essa merda que Birdie passou e sobre as férias que você mencionou para ela na loja no outro dia — eu ordeno, enquanto as árvores ao longo do caminho de carrinho passam zunindo.

— Além disso, fique à vontade para continuar deslumbrando Tess com seus encantos para que ela possa lhe dar mais informações sobre Birdie, para que eu saiba com o que estou lidando e como devo abordar essa situação.

— Ah, eu definitivamente continuarei deslumbrando a adorável Tess Powell, mas isso é para meu benefício, e não seu — Bodhi me informa, alcançando o console sob o painel quando para o carrinho a poucos metros da minha bola, pegando o livro de romance do cara sem camisa, e o batendo no meu peito. — Aprenda a deslumbrar e lidar com a sua própria merda. Marquei a página cento e vinte para você e destaquei as partes que irão lembrá-lo para que servem essas coisas perigosas dentro da sua bermuda.

Pegando o livro, jogo-o de volta no console.

— Eu sei para que servem, idiota. Não posso simplesmente aparecer aqui depois de dois anos e tentar levá-la para cama. Não é disso que se trata, e você sabe muito bem. Primeiro eu preciso colocar nossa amizade de volta nos trilhos.

— Mas, para fazer isso, você terá que dizer a ela por que a abandonou como se fosse nada há dois anos — ele me lembra.

— Sim. E esse é o problema. Se eu contar isso, ela saberá de tudo. Eu já a assustei ao aparecer aqui sem qualquer aviso. Não quero que ela tenha um ataque cardíaco além de tudo isso. — Solto um suspiro. — Eu não posso seguir em frente com ela até que consiga nossa amizade de volta. Não posso recuperar nossa amizade, a menos que consiga fazer com que ela me perdoe. E não posso fazer com que ela me perdoe, a menos que lhe dê uma explicação válida de por que parei de falar com ela. É apenas uma grande bola de neve.

Sentamos no carrinho, olhando para o oitavo *fairway* em silêncio por alguns minutos.

— Ah, e ela estava toda irritada por eu acusá-la de ser uma *stalker* ou algo assim, então isso é algo novo em seu ódio por mim — eu finalmente falo, ainda me perguntando do que aquilo se tratava.

— Aaah, sim, acho que sei um pouco sobre isso — Bodhi diz timidamente, com uma careta.

— Explique — ordeno, com um olhar furioso quando ele não me diz imediatamente tudo o que sabe, porque aquela acusação estúpida me manteve acordado todas as noites desde então, perguntando-me se Birdie realmente estava passando por algum tipo de perda de memória e aquela piada que eu tinha feito na loja de artigos esportivos de repente não era tão engraçada.

— Ok, então, em minha defesa, descobri sobre isso na época em que o bloqueio e a mudança de número estavam acontecendo, você estava uma merda, ferrando completamente a *Miles Cup* e a sua cabeça não estava muito boa — Bodhi explica. — Não achei que adicionar mais uma coisa além disso fosse uma decisão sábia, e então nunca pudemos falar sobre ela...a curva... de novo, e meio que esqueci tudo sobre isso até agora.

Dou um soco na coxa de Bodhi o mais forte que posso quando ele faz uma nova pausa.

— Conte a história mais rápido!

— Cacete, isso dói! — Bodhi reclama, esfregando o topo de sua coxa e fazendo uma careta para mim enquanto continua. — Lembra daquela assessora que seu pai contratou como teste por alguns meses naquela época? Acho que o nome dela era Candace.

— Era Callie.

— Tem certeza? Não me lembro dela parecendo uma Callie.

Fecho a mão em um punho e levanto-a.

— Certo, então *Callie*, que não deu certo, porque não se importava em ficar cuidando da sua publicidade e só se importava em ficar em cima do seu pau.

Ela era muito boa em seu trabalho, mas seus avanços começaram a me afetar depois de um tempo, especialmente depois que ouvi de alguns caras do circuito profissional que isso era típico de Callie. Apenas assinava contratos com clientes com quem ela queria dormir. E ela conseguiu, até que foi contratada para a minha equipe e não demonstrei nenhum interesse.

— Meu pai mal piscou quando eu disse a ele para demiti-la, e ela foi embora em uma hora. Ele nunca fez nada que eu pedisse sem antes dar um sermão — lembro em voz alta.

— Sim, ele não resistiu, porque já havia recebido algumas reclamações sobre ela — Bodhi fala. — Eu o ouvi conversando com alguém. Ela havia se conectado às suas contas de redes sociais e enviado mensagens suas para os fãs que considerava uma ameaça, dizendo que o entusiasmo excessivo deles estava deixando você desconfortável e estava começando a parecer coisa de *stalker*, e disse que se eles não dessem uma maneirada, você envolveria as autoridades. Acho que me lembro do seu pai dizendo que essas mensagens foram mandadas para, tipo, cinquenta mulheres. A lista de fãs femininas para as quais as mensagens foram enviadas ainda estava em sua mesa quando entrei no escritório mais tarde naquele dia para pegar um pouco de água em seu frigobar. Só vi a página de cima, mas estava em ordem alfabética, então vi os nomes com a letra B.

— Ah, não — eu murmuro, já sabendo exatamente o que ele vai dizer a seguir.

— Ah, sim. — Bodhi assente com a cabeça. — Tudo aconteceu ao mesmo tempo. Callie enviou as mensagens privadas sobre *stalker* que pareciam vir diretamente de você, já que todos sabiam que você administrava todas as suas próprias redes sociais naquela época, uma dessas foi para Birdie, e então você entrou em suas contas uma hora depois e a bloqueou lá e depois no seu telefone. E seu pai decidiu convenientemente deixar Birdie de fora da turnê de desculpas com o resto das fãs femininas que Callie ofendeu, porque ele é um idiota oportunista que decidiu que você estava muito bem com uma distração a menos em sua vida.

Aquele idiota arrogante...

Merda! Isso é muito pior do que eu simplesmente não falar com ela nos últimos dois anos. Estou surpreso por ela não ter puxado uma faca do bolso e me apunhalado quando apareci aqui.

— Puta meeeeeerda.

— Pois é — Bodhi fala, antes de continuar —, você está ainda mais ferrado do que eu pensava. A que horas você deve encontrá-la para o trabalho hoje?

Olho para o relógio.

— Em cerca de vinte minutos. Se ela aparecer.

Eu queria jogar um pouco para me aquecer antes do trabalho, porque de acordo com outro bilhete de Birdie, tenho minha primeira aula marcada para hoje à tarde. Eu saí na minha hora favorita — ao raiar do dia, quando começa a clarear, o chão está molhado de orvalho e você tem que usar mangas compridas porque ainda há um leve frio no ar sem o sol estar alto no céu para aquecer tudo. É tudo quieto e calmo, e você sente que pode fazer qualquer coisa, quem sabe até mesmo conseguir com que uma mulher teimosa e bonita fique em um lugar tempo suficiente para falar com você.

— Você pode, pelo menos, me dar uma luz sobre o... *Brad*.

Na verdade, engasgo um pouco quando digo o nome dele. Acho que isso é progresso, já que geralmente acabo vomitando. A falta de um anel na mão esquerda de Birdie era a única coisa que me fazia continuar e me deu esperança. Só porque eu a bloqueei nas redes sociais, não significa que eu não fosse um bastardo doente que espionava *Brad* sempre que estava com pena de mim mesmo e ficava sozinho depois de tomar muitas bebidas. Aquele cachorro vaidoso compartilhava mais selfies por semana do que qualquer adolescente no mundo, mas deixava cair a máscara de babaca de vez em quando nos últimos dois anos para compartilhar uma foto dele com Birdie. Prova de que eles ainda estavam juntos e o carma me dizendo para parar de espioná-lo, porque eu veria algo que não queria.

Eu sabia que deveria ter deixado o chalé nas últimas noites como Bodhi. Em vez de ficar sentado, me escondendo e remoendo em tristeza, eu poderia ter saído para bater um papo com os moradores locais e ouvir todas as fofocas de Summersweet. Que erro de pricipiante.

— Surpreendentemente, não ouvi nada sobre nosso administrador de fundos favorito. Mas, mesmo se tivesse, eu não diria a você. Faça uma oferta de paz desta vez. Algo para embelezá-la, que funcionará como uma arma de choque e a manterá no lugar por tempo suficiente para você falar alguma merda — Bodhi sugere, ligando o carrinho de volta e fazendo uma curva, de modo que estamos voltando para a sede do clube. — Temos vinte minutos. Que tipo de arma você pode conseguir em vinte minutos?

Sorrindo e agarrando a barra de segurança enquanto o carrinho voa pelo caminho, sei exatamente o que posso conseguir em vinte minutos ou menos, porque eu coloquei tudo em uma bolsa térmica e trouxe comigo esta manhã.

— Você foi criado por um pai que colocou um taco de golfe em suas mãos aos três anos de idade. Isso sempre o deixou amargo em relação a ele?

Reviro os olhos, agradecido que o repórter do outro lado da linha não pudesse me ver enquanto ando de um lado para o outro na calçada em frente ao clube.

— Eu... eu não sei. Eu só gostava de jogar golfe. — Reviro os olhos de novo com o quão estúpido pareço, me perguntando por que diabos decidi atender uma ligação de um número desconhecido. Birdie estava atrasada, o que eu já esperava, e eu não tinha nada melhor para fazer enquanto aguardava por ela. Quando percebi que o cara ao telefone era de uma grande fonte de notícias que me entrevistou várias vezes antes e nunca uma vez me citou erroneamente ou tirou coisas de contexto, decidi quebrar meu silêncio com ele, já que tinha tempo para matar. Provavelmente o dia todo, uma vez que presumo que Birdie está me evitando de novo.

Eu sabia que não deveria ter concordado com essa entrevista. Não tenho a menor ideia do que dizer a essas pessoas.

— Você falou com seu pai desde o jogo nas Bermudas? Como foi? Você se desculpou? Alguma chance de compartilhar conosco onde esteve se escondendo?

— Ele não... Eu não... Eu não estou... Podemos falar sobre algo além do meu pai?

De repente, meu celular é arrancado da minha mão.

— Sem comentários. Muito obrigada por ligar — Birdie diz docemente no meu telefone antes de encerrar a ligação e devolver o aparelho para mim. — Nunca, sob nenhuma circunstância, fale com *ninguém* sem primeiro falar comigo sobre isso.

Leva um minuto para meu cérebro entender e perceber que Birdie está parada a trinta centímetros de mim, me olhando bem nos olhos e realmente falando comigo. Bem, *para* mim, já que estou em estado de choque. Ela está vestindo uma camisa justa rosa de mangas compridas que se molda às suas curvas e uma saia de golfe supercurta rosa, branca e verde, suas pernas tonificadas em plena exibição dos tornozelos até o topo das coxas nuas. *Santa mãe de Deus, acho que vou desmaiar.* Ela empurra uma agenda na minha direção, e tenho tempo suficiente para segurá-la antes que caia no chão.

Observo com fascinação raivosa, tentando não ofegar como um cachorro, enquanto ela usa os dedos para pentear todo aquele cabelo loiro ondulado em um rabo de cavalo alto, a frente de sua camisa se esticando firmemente sobre seus seios, uma imagem de dar água na boca, enquanto puxa um elástico de seu pulso para prender o cabelo antes de arrancar a agenda de volta da minha mão e falar comigo novamente.

— De agora em diante, simplesmente não atenda nenhuma ligação de números desconhecidos — Birdie continua, puxando uma caneta da espiral da agenda e clicando nela antes de rabiscar algo em um dos quadrados datados no papel. — Se você receber pedidos de entrevistas por e-mail, encaminhe as mensagens para mim, e elaborarei uma resposta automática sobre como você não está falando com ninguém neste momento. Depois que terminarmos com um treinamento de habilidades no *green* e você terminar as aulas que agendei para hoje, pode me dar todos os seus logins e senhas e eu começarei a responder às mensagens e fazer uma lista do que deveria ser abordado depois disso.

Estou atordoado, olhando para sua boca enquanto ela se move, seus lábios cobertos por alguma porcaria brilhante que eu só consigo pensar em lamber, até que percebo que sua boca não está mais se movendo e Birdie está batendo um pé contra a calçada.

Acorde, idiota!

— Desculpe, você vai ter que me desculpar. Estou um pouco atordoado esta manhã, porque minha chefe se atrasou. Além disso, fico feliz em saber que você decidiu concordar com a questão de consertar minha imagem pública. Eu sabia que você não seria capaz de resistir aos meus encantos. — Sorrio para Birdie e vejo-a cerrar os dentes por alguns segundos.

— Só estou resistindo ao desejo de sufocar você. Não force a barra. E eu não estou tão atrasada — protesta.

— Dezessete minutos. É bem tarde.

Tento lhe dar um olhar severo, mas é muito difícil, porque ela está superirritada, e é adorável.

— Olha, eu tive que correr até a delegacia bem rápido para pagar uma multa idiota, ok? Podemos apenas voltar ao trabalho, já que é por isso que estamos aqui?

— Sim, não. Vou precisar de mais informações sobre essa multa. — Girando meu boné de golfe na cabeça para que a aba não proteja meus olhos e eu possa vê-la melhor, cruzo os braços em frente ao peito.

Ouço-a murmurar algo baixinho que soa como uma data, já que a única coisa que consigo entender é 2018, antes de ela pigarrear e encontrar meus olhos novamente.

— Tess e eu fizemos uma pequena fogueira na outra noite. Estamos proibidas de fazer fogueiras na praia por mais um mês e os policiais descobriram. — Ela suspira, revirando os olhos. — Foi idiota da primeira vez e continua a ser idiota.

— Ahhh, uma fogueira de rompimento. — Balanço a cabeça com uma risada, bastante familiarizado com a necessidade de Tess de limpar o que é ruim, colocando fogo em coisas e removendo-as de suas vidas. — Quem era a pobre alma desta vez que Tess amou e foi embora, e que se pergunta onde foi parar seu moletom favorito?

O rosto de Birdie fica completamente inexpressivo.

— Ah, merda — sussurro. — *Eu* sou a pobre alma? Não consegui encontrar meu boné de golfe da sorte esta manhã, e sei que Tess sabe como abrir uma maldita fechadura.

Paro de me preocupar com quantas coisas minhas podem ter pegado fogo ontem à noite e me esqueço de como respirar quando, muito lentamente, o canto da boca brilhante e lambível de Birdie se inclina para cima. Em seguida, o outro canto sobe também até que a covinha que ela tem em sua bochecha direita está aparecendo e os sons de uma risada baixa saindo dela fazem minha nuca formigar.

Seu sorriso e risada somem tão rápido quanto apareceram, como se alguém tivesse pressionado um botão, e quase choramingo como um bebê quando seus lábios voltam a formar uma linha reta e a covinha some.

— Não se preocupe, não foi nada seu. Não nos importamos o bastante com suas coisas para queimá-las.

Ai, essa doeu.

— Pegue suas coisas e vamos trabalhar. Sua primeira aula é em uma hora, e eu preciso ter certeza de que você não será uma merda e não terá um ataque de raiva por causa de um obstáculo de água.

Caramba, é golpe atrás de golpe.

— Espere! — grito, já que ela já se afastou de mim e começou a caminhar em direção ao campo de golfe.

Quando ela para com um grande suspiro e olha por cima do ombro para mim, eu rapidamente corro até o carrinho de golfe que Bodhi deixou estacionado em uma vaga na frente da sede do clube antes que ele desaparecesse no bar para encontrar Tess. Pegando a pequena bolsa do chão, caminho até Birdie e subo na calçada para ficar na frente dela, abrindo a tampa enquanto isso.

Minhas mãos estão tremendo e de repente estou duvidando dessa decisão enquanto estou na frente de Birdie. Parece que ela está a dois segundos de me acertar com a caneta que está clicando e girando em sua mão. Todos nesta ilha sabem que Birdie mataria sua família pelo que está nesta bolsa, que você só consegue no continente. Ela tem um... namorado que mora no continente. E vai rir na minha cara e achar que isso é ridículo, porque é claro que a porra do *Brad Mochilinha* provavelmente está alimentando o vício dela no meu lugar.

Antes que eu possa rapidamente fechar a bolsa e inventar algum tipo de mentira sobre o que está nele, como se eu estivesse carregando um frasco com a minha urina para o teste de drogas dos funcionários — porque isso não seria estranho — eu vejo o segundo exato que o cheiro — que *não* é meu mijo, muito obrigado — chega ao nariz de Birdie. Ela se contorce como um coelho, seus olhos se iluminam e sua agenda e caneta escorregam de suas mãos e caem no concreto a seus pés.

Meu pau endurece sob a bermuda, e tenho que engolir um gemido quando Birdie lambe os lábios e se inclina para mais perto enquanto eu lentamente levanto a tampa. Quando ela vê que seu nariz não a enganou e que eu cuidadosamente enchi a bolsa com uma dúzia de donuts de bacon com cobertura de caramelo do Dolphin Donuts, ela geme baixinho, e eu quase gozo ali mesmo.

A localização do único Dolphin é um pouco mais de uma hora de distância e, considerando que primeiro você ainda tem pelo menos uma viagem de balsa de vinte minutos até o continente, além do tráfego louco da Virgínia, Birdie raramente conseguia chegar tão longe, e sempre foi dependente de mim para ajudá-la. Quando o Dolphin Donuts abriu a dois quarteirões da minha escola particular no verão anterior ao nosso segundo ano e os alunos começaram a vender os donuts com bacon para seus amigos mais do que cocaína e maconha, eu sabia que tinha que levar um para Birdie em minha próxima viagem à ilha. Juro que ela chorou o tempo todo em que comeu e gritou comigo pelas duas horas seguintes sobre por que eu faria algo tão estúpido a ponto de trazer apenas *um* para ela. A partir daquele momento, todas as vezes que eu ia à ilha, mesmo que tivesse se passado apenas dois dias desde minha última visita, eu levava para ela nada menos que uma dúzia, e ela comia todos eles.

— Ah, agora você está jogando sujo, Campbell — Birdie sussurra.

Meu coração começa a bater forte no peito quando ela me chama pelo sobrenome. Ela só me chamou de Campbell no dia em que nos conhecemos e teve que dar uma de *caddie* para mim, me ajudando a acertar dezoito buracos e tornando um dia de treinamento divertido pela primeira vez, ao mesmo tempo tornando-o... *difícil*.

No dia em que conheci Birdie Bennett foi a primeira vez que tive que me trancar no banheiro de um campo de golfe e me masturbar no meio do dia para poder terminar de jogar sem estremecer cada vez que dava um passo. Me chamar de Campbell foi a maneira de Birdie me avisar imediatamente que eu estava na *friendzone* por toda a eternidade, então foi ótimo. Independentemente de quantas vezes eu sonhei em ouvi-la sussurrar, gemer ou gritar *Palmer*, pelo menos neste momento ela não está me chamando de Putz, então os donuts parecem estar funcionando.

— Eu gosto de sujeira — brinco, forçando Birdie a parar de despir os donuts com os olhos para olhar para mim e revirá-los.

Nossos rostos estão a apenas alguns centímetros de distância, e posso sentir seu perfume tropical em cima do cheiro delicioso de caramelo e bacon, e juro por Deus que meus joelhos ficam fracos. Seus olhos azuis estão olhando para mim, e eu noto sua boca começar a se mover e a ouço murmurar novamente o que parece ser uma data antes de pegar a bolsa das minhas mãos, abraçá-lo contra o peito e dar um passo para trás.

— Faz anos que não como isso — Birdie fala, ainda lambendo os lábios e me deixando louco enquanto olha para a bolsa aberta em seus braços.

Bem, isso é novo!

— Aaaah, o Brad Mochilinha deve estar dando trabalho. Que bom que estou aqui. — Eu sorrio, sabendo o quanto ela odiava quando eu o chamava assim.

Não era minha culpa que o idiota não soubesse tirar uma selfie sem usar uma daquelas mochilas ridículas de caminhada com a porra do tubo de água saindo dela e indo até a boca. Tipo, é muito difícil pegar uma garrafa de água e levá-la até sua boca idiota, *Brad*?

Só encontrei o cara uma vez da última vez que estive em casa e alguns de nós foram para o continente para jantar e beber. Para minha sorte, eu estive lá quando os dois se conheceram. Passei os seis meses seguintes desencorajando Birdie de namorar o idiota até que percebi que estava sendo egoísta.

Como eu esperava, seus olhos se estreitam e ela finalmente pega um donut e coloca metade daquela coisa gigante em sua boca, migalhas e pedacinhos crocantes de bacon caindo na frente de sua camisa e na bolsa térmica aberta que ela ainda estava abraçando enquanto mastiga.

— Vá *pra poa* do *ampo*! — Birdie faz o pedido com a boca cheia de donut, apontando o meio comido em sua mão para a área de treino, o que me leva a acreditar que ela acabou de dizer "vá para a porra do campo".

Ainda bem que ainda sou fluente no idioma "Birdie comendo donuts".

Correndo de volta para o carrinho, pego minha bolsa de golfe na parte de trás e jogo a alça por cima do ombro. Cumprimentando Birdie enquanto passo por onde ela ainda está parada na calçada, já na metade do segundo donut, vou para o *green* enquanto ainda tenho açúcar e bacon do meu lado e ela não está fugindo de mim.

CAPÍTULO 9

"ESSE BURACO É MEU."

birdie

— Você vai dizer algo além de me dar ordens ou apenas continuar colocando donuts na boca e me deixar falar? — Palmer pergunta, com humor em sua voz, disparando uma tacada de três metros e explicando a mecânica do que ele está fazendo, exatamente como faria durante uma aula com um cliente, como eu o mandei fazer repetidamente na última hora.

Eu o fiz dar uma centena de tacadas entre o *green* e o primeiro buraco, fazendo com que ele fingisse me ensinar e repetisse as mesmas lições indefinidamente apenas para irritá-lo. Só que não é irritante para ele; está apenas me irritando. Quanto mais tempo eu passo com ele, com nós dois ignorando o óbvio, mais eu quero gritar e arrancar meu cabelo. É exatamente por isso que o estou evitando há três dias.

— Estou tentando ser profissional no trabalho e não bater com um taco na sua cabeça — eu o lembro, enquanto ele caminha até o buraco e recuperar a bola, trazendo-a de volta para onde estava a poucos metros de mim e caindo no gramado a seus pés.

Tateio cegamente e alcanço a bolsa que pendurei por cima do ombro e pego outro donut, colocando-o na boca e deixando-o lá quando Palmer muda seu taco de uma mão para a outra para levantar as mangas da camisa até os cotovelos, para que seus antebraços musculosos fiquem expostos. O donut enfiado na minha boca felizmente abafa meu gemido.

Todas as "conversas" a que Palmer estava se referindo não são apenas sobre as lições falsas que venho fazendo com que ele me dê para "provar" que pode ser um jogador decente, mas sobre todas as perguntas idiotas sobre Bradley que ele tem feito cada tacada e que venho ignorando.

Não apenas engoli um donut toda vez que me distraí com pensamentos inadequados sobre Palmer, começando por levantar o olhar para os seus braços quando ele fez aquele comentário sobre gostar de coisas sujas e eu percebi o quão perto nossos rostos estavam e fiquei ocupada olhando para sua boca. Mas tenho ignorado suas perguntas sobre Bradley mantendo minha boca cheia de donut, deliciando-me naquele paraíso.

Toda vez que pergunta sobre Bradley, ele o chama de *Brad Mochilinha* e presume que o estou ignorando e até agora engoli cinco donuts porque sempre odiei esse apelido, e não porque não quero ter que lhe dizer a verdade e parecer uma completa fracassada. O fato de que ele não ouviu a fofoca de Summersweet até agora é um milagre. Quando você está secretamente apaixonada por seu melhor amigo por metade da sua vida e ele a deixa e vai embora, e de repente aparece do nada dois anos depois, não importa se você não está mais apaixonada por ele e se recusa a ter esses sentimentos de novo. Você ainda quer mostrar que seguiu em frente e se deu bem desde que ele foi embora. *Vá se ferrar, amigo! Veja como minha vida é incrível sem você, embora eu não o queira mais e você nunca me tenha desejado. O que você acha de mim agora? Toma essa!*

— Não acredito que o Brad Mochilinha nunca trouxe Dolphin Donuts para você. Especialmente com as mãos livres — Palmer comenta, enquanto se ajeita para dar outra tacada.

Adeus, donut número seis.

Palmer acerta outra tacada de três metros, se vira para me encarar enquanto se apoia no taco e me vê mastigar agressivamente.

— Sabe, já que ele nunca tem que pegar a bebida, o bastardo sortudo.

— Ele tirou duas fotos com aquela mochila quando fez uma caminhada em Utah. Será que podemos passar para o próximo assunto? — murmuro com a boca cheia, terminando o donut em tempo recorde. Mas o que diabos eu estou fazendo defendendo aquele idiota só porque não quero que Palmer pense que sou uma fracassada? Tenho certeza que essa é a definição exata de fracasso, pelo amor de Deus. Além disso, Bradley tirou umas dezessete fotos com aquela mochila ridícula e com o tubo na boca.

Fico andando por aí, fingindo que não estou pronta para sair correndo toda vez que Palmer olha para mim, fingindo que não quero gritar a cada segundo que passamos sem falar sobre o que *deveríamos* estar falando. E é minha própria culpa, porque continuei fugindo, e agora estou presa com ele no trabalho, onde eu absolutamente não posso perder minha cabeça. E ele está andando por aí fazendo a mesma maldita coisa, pensando que uma bolsa de donuts vai deixar tudo magicamente melhor e me tornar mais agradável.

— Ahhh, finalmente algumas palavras além de me dar ordens com a boca cheia — Palmer comenta, suas covinhas à mostra.

Aquela última mordida deliciosa que dei de repente fica presa na minha garganta, e levo algumas tentativas para engoli-la quando Palmer se aproxima até que estamos apenas a trinta centímetros de distância. Na última hora, consegui manter uma distância decente dele, mas agora estamos muito perto um do outro, e de repente meus pés parecem que estão enraizados na grama, e não consigo me mover.

— Olha, só porque você me trouxe donuts, que são praticamente feitos de asas de unicórnio e beijos de anjos, não significa que eu quero ficar por perto e bater um papo com você.

Palmer ri, e o velho e familiar som flutua sobre mim como uma brisa quente, me irritando em vez de me excitar, como de costume. Puxando a alça da bolsa do meu braço, eu a jogo a alguns metros de distância antes de ficar tentada a apenas enfiar minha cabeça dentro da coisa e terminar o resto dos donuts.

— Isso não é engraçado! — grito, o sorriso imediatamente desaparecendo de seu rosto quando eu rapidamente olho em volta e noto alguns jogadores de golfe parados não muito longe se alongando antes de começarem a jogar, e baixo minha voz. — De repente, você está... *aqui*, e eu devo agir como se estivesse tudo bem e fazer o meu trabalho e falar sobre *besteiras* só porque você trouxe donuts? Isso é difícil para mim, ok?

Não se atreva a chorar, Birdie Bennett! Engula o choro!

— Você não acha que isso é difícil para mim também? — responde baixinho, jogando o taco para o lado e chegando ainda mais perto... tão perto que eu poderia simplesmente envolver meus braços em volta dele e sentir seu calor e cheirar sua pele. *Ai, meu Deus.*

Dou um passo para trás, mas ele apenas dá outro para frente, não me deixando colocar qualquer distância entre nós, e isso está me matando, mas também estar andando neste maldito campo de golfe, trabalhando lado a lado com ele e tentando me manter firme e ser profissional, quando eu só quero gritar com todas as minhas forças e perguntar a ele *por quê*.

— Não foi tão difícil para você se afastar e ficar longe, foi? — sussurro, com raiva, sentindo que vou sufocar até a morte engolindo as lágrimas.

— Não foi fácil, Birdie. Não foi nem um pouco fácil. — Ele rosna, um músculo pulsando em sua mandíbula lisa e angulosa, seu rosto está de repente mais perto do meu até que posso sentir seu hálito fresco de menta do chiclete que ele mastiga obsessivamente quando joga golfe, e tudo o que posso pensar é sobre a língua dele na minha boca.

Agora não é hora de ficar excitada. Você está brava e magoada, lembra?

Sua frustração desaparece tão rapidamente quanto surge, suas feições suavizando e seus ombros relaxando.

— Eu sei que parece que estou sendo irreverente e que não me importo, mas estou tentando me controlar aqui também, ok? Já me humilhei na frente do mundo inteiro; eu realmente não quero fazer isso aqui também, em meu lugar seguro, com minha pessoa segura.

Ah, isso é ainda mais jogo sujo do que os donuts.

Tirando o boné da cabeça, ele passa a mão pelas mechas grossas cor de chocolate, mantendo o boné longe do rosto de forma que não fique parcialmente sombreado e eu possa ver seus olhos. Eles parecem tão sérios e tristes, e Palmer parece ter um milhão de coisas a me dizer. Eu só quero bater em seu peito e dizer para ele falar de uma vez. Mas posso ouvir as pessoas conversando e carrinhos de golfe se movimentando, e sei que o campo está se enchendo rapidamente ao nosso redor. Sou uma idiota por pensar que poderia parar de evitá-lo, vir trabalhar hoje, deixar tudo de lado e apenas fazer o meu trabalho até estar pronta para ter uma conversa séria com ele.

— Sei que temos muito o que conversar, e não podemos fazer isso aqui, e não temos tempo antes que minha primeira aula comece — Palmer finalmente volta a falar, dando uma rápida olhada ao redor. — Posso pelo menos esclarecer rapidamente uma coisa para que possamos terminar este dia de trabalho sem que eu perca um membro? Então, você sabe toda essa coisa de *stalker*? É uma história engraçada...

Ele para de falar, e pela primeira vez na minha vida, eu realmente quero saber como é quebrar o nariz de alguém.

— Ok, não tão engraçada assim — ele continua rapidamente, quando vê a raiva nos meus olhos e provavelmente como eu comecei a ir em direção ao taco que ele jogou no chão. — Para encurtar a história, meu pai contratou uma assessora que era um pouco sacana e muito ciumenta, embora eu não quisesse nada com ela. Você foi pega no fogo cruzado, porque ela pensava que você era apenas uma fã qualquer, e ela enviou cerca de cinquenta dessas mesmas mensagens para outras fãs. Meu pai mandou mensagens explicando o ocorrido e desculpas a todas, mas como ele é um idiota e não gostou do quão distraído pensava que eu estava quando vinha aqui, e ele nunca mandou nenhuma para você. Eu não tinha ideia disso até esta manhã. Eu juro por Deus, você pode até perguntar para o Bodhi.

Um pouco da minha raiva diminui e, por mais ridículo que pareça, acredito no que ele está me dizendo. Não apenas porque posso ver a honestidade em seus olhos, mas porque claramente vou perguntar ao Bodhi sobre isso na primeira chance que tiver, e Palmer sabe disso. Eu não sou idiota.

— Sinto muito. Me desculpe por isso, Birdie. Não consigo nem imaginar como você deve ter ficado chateada e magoada — ele me diz baixinho, e lá vou eu ficar de novo com raiva.

— É bom saber que você só sente muito por *isso* — eu respondo sarcasticamente como uma vaca e nem mesmo me importando.

— Birdie, por favor — ele implora, sua voz vacilando, sua arrogância desaparecendo em um instante, levando um pouco da minha dor junto com o fôlego dos meus pulmões.

De repente, sou jogada de volta no tempo, e ele é aquele doce e adorável adolescente parado na minha frente com uma mecha de cabelo escuro caindo em seus olhos, implorando para que eu fale sério mesmo rindo enquanto tento distraí-lo durante o treino. Ele é aquele menino dolorosamente quieto e tímido que ansiosamente absorvia todo o amor e atenção que minha família lhe dava como se nunca tivesse tido antes. Ele é o cara de vinte e poucos anos que despertou todas as fantasias sexuais dentro de mim apenas segurando minha mão para me puxar para algum lugar ou envolvendo seus braços em volta de mim por trás para me mostrar como dar uma tacada correta sempre que jogávamos juntos. Ele é o cara para quem eu ligaria às duas da manhã quando voltasse da casa de Wren depois que ela teve uma noite particularmente difícil como mãe solo e precisava de um ombro amigo para chorar, e ele me daria o seu, mesmo estando a milhares de quilômetros de distância.

Ele é meu melhor amigo, e meu tudo, e me quebrou ao meio e depois foi embora. Mas ele está *aqui*, parado na minha frente, implorando, e o que diabos eu devo fazer? Nunca fui capaz de negar nada a ele.

— Eu sei que você não me deve absolutamente nada, mas, por favor, me dê um tempo — ele continua, voltando a passar a mão nervosamente pelo cabelo. — Eu prometo que vou contar tudo. Vou explicar tudo, mas, por favor, Birdie, apenas... me dê um pouco mais de tempo.

Fechando os olhos, respiro fundo algumas vezes antes de abri-los novamente, me perguntando se estou cometendo um erro. Não há um adolescente sério e tímido parado na minha frente, ou um homem de vinte e poucos anos que nunca falou um palavrão em voz alta e só baixaria um pouco a guarda se eu implorasse. Mas ele ainda me deixa fraca, e ainda quero cuidar dele tanto quanto fazia quinze anos atrás, não importa o que tenha acontecido desde então.

— Tudo bem. Mas o tempo está passando e você vai ter que pagar por mais uma tonelada de donuts se quiser que eu continue agradável. Uma dúzia, só isso? — eu zombo, ignorando como meu coração palpita quando seus lábios se contraem e ele começa a sorrir para mim. Eu me afasto para recuperar a bolsa que joguei para o lado. — Ah, desculpe. Esqueci que agora você é pobre, porque ninguém quer que você jogue golfe profissional. Você precisa de dinheiro emprestado?

Palmer ri e balança a cabeça para mim em vez de ficar irritado como eu esperava.

— Você acha que o Brad Mochilinha não vai se importar que o seu melhor amigo devastadoramente bonito esteja de volta?

Minha mão coça com a necessidade de pegar outro donut, mas resisto. Um quilo em uma hora provavelmente basta para um dia. Em vez disso, rio desconfortavelmente, já que não tenho nada para enfiar na boca.

— Bradley? Ah, eles não estão mais juntos!

Assim que ouço a voz culta com sotaque sulista da primeira aula de Palmer que agendei, um quilo de donuts reaparece na minha garganta enquanto vejo sua cabeça girar para longe de mim.

— Bem, Palmer Campbell, você parece ainda melhor do que na televisão, e do que eu me lembrava da última vez que você estava em casa. — Dona Abigail sorri enquanto para ao nosso lado, olhando Palmer de cima a baixo como se ele fosse um pote caro de caviar em um de seus vestidos de cafetã coloridos e arejados combinados com centenas de milhares de dólares em joias. — Kelly, do *Salão Cabelo Volumoso*, contou a Mable, da livraria *Sótão dos Livros*, que *me* contou que Bradley a traiu com a secretária e levou aquela destruidora de lares nas férias dos sonhos de Birdie no Havaí.

— Era a estagiária dele! — Jeff, um zelador da escola, grita para ela, enquanto amarra sua bolsa de golfe no carrinho a alguns metros de distância.

— Quem era a estagiária? — dona Abigail grita de volta para ele, enquanto vejo a cabeça de Palmer virar de um lado para o outro como se estivesse assistindo uma partida de tênis, e seu sorriso fica cada vez maior enquanto o vômito de donut na minha garganta fica cada vez mais espesso.

— Bradley traiu Birdie com a estagiária, não com a secretária! — um cara que eu nem conheço, que está sentado no carrinho de Jeff, grita gentilmente de volta.

— Bem, desculpe-me por cometer um erro honesto! Mable foi bastante clara quando disse secretária, e...

— Ok, bem, isso foi divertido, mas é hora da sua aula, dona Abigail. Tenho certeza de que estará em *ótimas* mãos com o senhor Campbell — eu interrompo, meu rosto parecendo tão quente que tenho certeza de que está da mesma cor do cabelo ruivo vibrante de Tess.

Quando ouço Palmer gemer baixinho em algum lugar próximo a mim, porque eu absolutamente me recuso a olhar para seu rosto e ver o quanto ele está se divertindo às minhas custas, um pouquinho da minha mortificação vai embora.

A dona Abigail está em algum lugar na casa dos setenta — ninguém realmente sabe — seu marido possui uma frota de iates de luxo e ela tem feito aulas de golfe aqui no CGIS todos os dias desde em que foi inaugurado, mas não aprendeu absolutamente nada além do tamanho e forma da bunda de cada um dos jogadores profissionais de golfe.

Palmer de repente solta um grito, e eu não tenho escolha a não ser dar uma olhada e ver que a dona Abigail já testou a mercadoria e a considerou aceitável, a julgar por seu sorriso coberto de batom vermelho e Palmer esfregando as bochechas de sua bunda suavemente com as mãos.

— Ah, Palmer e eu vamos nos divertir muito! — dona Abigail ronrona, as pulseiras em seus pulsos tilintando enquanto desliza a mão pela curva do cotovelo de Palmer e pisca os cílios para ele.

Seu rosto se parece com a careta de um emoji quando olha para ela, e como meu trabalho aqui acabou e eu preciso me trancar em um armário, enfiar uma toalha na boca e gritar a plenos pulmões, eu rapidamente me viro e sigo em direção à sede do clube.

Estou sorrindo e acenando para alguns frequentadores regulares enquanto caminho pela calçada, meu coração desacelerando quanto mais me afasto de Palmer, quando, de repente, uma mão envolve meu braço e sou forçada a parar.

De repente, Palmer está novamente invadindo meu espaço pessoal, cara a cara comigo, o aperto quente e gentil que ainda tem no meu braço fazendo parecer que ele está tocando cada parte de mim e eu não consigo respirar.

— Sinto muito pelo Brad Mochilinha — ele diz suavemente, seu hálito quente e mentolado flutuando sobre mim, tão perto que tudo o que eu teria que fazer era ficar na ponta dos pés e minha boca estaria na dele.

Já que estou ocupada olhando para a boca de Palmer, vejo um canto dela se inclinar e percebo o que ele acabou de dizer, finalmente me lembrando de como respirar e falar.

— Não, você não sente — respondo, as palavras saindo roucas e fracas, porque, *meu Deus*, esse homem me faz sentir tão fraca, mesmo quando quero estrangulá-lo e quando não sei o que diabos está acontecendo.

— Você está certa. — Ele sorri abertamente enquanto olha para mim, seus olhos verdes brilhando. — Eu realmente não sinto. Posso mandar uma cesta de frutas para ele.

Suspiro profundamente e quero cruzar os braços na frente do meu corpo, mas Palmer está muito perto. Se eu tentar cruzar os braços, eles roçarão em seu estômago, e não posso tocar nenhuma parte deste homem ou vou querer tocá-lo por inteiro. Já é ruim o suficiente a mão dele ainda estar tocando meu bíceps.

Amigos, amigos, amigos, lembra? Isso é tudo que você vai deixar acontecer se puder perdoá-lo por qualquer desculpa que ele vá dar a você... "com o tempo".

Amigos. Ponto final.

— Mas realmente lamento pelo Havaí — ele diz baixinho, sério, honestamente, e sei que preciso me mover para poder pensar direito, mas não faço isso.

Ficamos a centímetros de distância, o campo de golfe fervilhando ao nosso redor, mas parece que estamos em uma bolha e somos apenas nós, bloqueando o mundo, como sempre costumávamos fazer quando estávamos juntos.

— Está tudo bem. Você estava certo. Ele não fez nada além de me fazer perder tempo, e descobri que fiquei muito mais arrasada com a questão do Havaí do que com ele me traindo, e na verdade continuo me esquecendo dele e de que me traiu até que alguém toca no assunto.

Caramba, Birdie, cale a boca! Por que você está dizendo tudo isso para ele, e por que, de repente, ele parece tão feliz?

— Bom saber. — Palmer sorri e assente lentamente com a cabeça.

Ele dá um aperto suave no meu braço antes de afastar sua mão, e quando eu quase salto na direção dele para escalá-lo como uma árvore, sei que preciso acordar e dar o fora daqui, porque há algo naquele sorriso malicioso em seu rosto que me deixa nervosa.

Felizmente, Palmer é quem começa a se afastar primeiro, já que acho que meus malditos pés se esqueceram de como funcionar, mais uma vez. Enfiando as mãos nos bolsos da bermuda, aquele sorriso irritante ainda está em seu rosto enquanto ele começa a andar lentamente para trás, para longe de mim.

— Isso vai ser *ótimo*! — ele fala, com um grande sorriso. — Agora que sei que sua vida social não existe, teremos muito tempo para atividades!

Ele está muito longe agora para ouvir meu rosnado, mas como o idiota continuou a andar para trás, ele caminha com sua bunda suculenta direto para as mãos abertas e ansiosas da dona Abigail.

Palmer solta outro grito e pula, sua cabeça girando para trás para olhar para mim quando solto uma gargalhada, pego a bolsa e tiro um donut.

— Eu acredito que foi literalmente o carma beliscando sua bunda — digo a ele, dando uma grande mordida no donut enquanto acrescento uma pequena reverência. Eu me viro e sigo para a loja de artigos esportivos para encontrar Tess e fazer uma chamada de reunião para um Bebidas e Reclamações de emergência.

CAPÍTULO 10
"UMA CUNHA ENTRE NÓS."

palmer

— Você não parece tão traumatizado como pensei que estaria depois de lutar contra os avanços de uma mulher rica e cheia de tesão nas últimas duas horas. — Bodhi, ri enquanto me ajuda a pegar todas as bolas de golfe espalhadas pelo *green* e colocá-las em um balde.

— Eu não acho que vou ser capaz de sentar por pelo menos uma semana. — Gemo, um dos lados da minha pobre bunda ainda doendo do beliscão de despedida que a dona Abigail deu uns minutos atrás. — Aquela mulher tem um aperto *muito* forte.

Não posso deixar de rir, apesar da dor, sabendo que Birdie acabou de marcar outro ponto. Ela sabia exatamente o que estava fazendo, ao agendar uma aula com a dona Abigail e como eu passaria mais tempo fugindo de suas mãos ansiosas do que ensinando a mulher a jogar golfe. A dona Abigail também se encarregou de me acompanhar na aula marcada *depois* da sua, subornando o turista que queria algumas dicas sobre como sair dos obstáculos de areia, entregando-lhe um maço de dinheiro para que ele pudesse levar a esposa para jantar. Tive que lidar não com uma, mas com *duas* horas de abuso, em que toda vez que me inclinava ou me afastava dela, eu começava a suar e tensionar minha bunda.

Sentindo uma gota de chuva na minha mão enquanto pego uma bola do buraco e a jogo no balde, eu literalmente agradeço aos céus por não ter que passar o resto do dia olhando constantemente por cima do ombro enquanto a dona Abigail suborna aluno após aluno com aula agendada comigo. Uma tempestade de verão começou a cair à tarde, as nuvens escuras cobrindo quilômetros e quilômetros de céu ao redor da ilha. Com o sol agora escondido e tudo parecendo escuro e cinza, junto com uma forte brisa fresca que está soprando, o campo praticamente fica vazio, a não ser por alguns jogadores obstinados que continuarão jogando golfe até o primeiro trovão soar, quando um dos *starters* do CGIS terá que dirigir um carrinho até eles, em qualquer buraco que estejam jogando e dizer para saírem do campo. Um campo de golfe vazio significa um clube vazio, o que significa que posso começar a usar o tempo que Birdie está me dando, a meu favor, e encontrá-la antes que ela sequer pense em sair mais cedo, só para me evitar.

— É difícil ficar traumatizado com muita coisa quando Birdie concordou com uma trégua para me dar tempo de confessar tudo a ela — lembro a Bodhi, depois de dar a ele um rápido resumo da minha última interação com Birdie assim que ele veio para me ajudar quando viu a tempestade chegando. — Hora de mostrar a ela que ainda pode confiar em mim, e que ainda sou a mesma pessoa e não vou decepcioná-la de novo… antes de jogar a bomba.

— E ter o Brad Mochilinha fora de cena com certeza ajuda — Bodhi acrescenta, pegando meu taco caído no gramado para apontá-lo para mim, um sorriso lento se espalhando pelo meu rosto.

Esse foi definitivamente um bônus que eu não esperava. Já era ruim o suficiente passar os últimos dois anos sabendo que ele estava fazendo tudo o que eu deveria estar fazendo com ela, se eu não fosse tão medroso. Mas voltar aqui com o único plano de tirar a mulher de outro homem não era exatamente algo que me deixaria dormir à noite, não importa o quanto esse homem fosse um idiota. É bom saber que posso dormir como um bebê, especialmente porque Birdie deixou escapar que ela não está de luto pelo término com o Brad Mochilinha e seu estilo de vida de mãos livres.

Pegando o taco de Bodhi, eu o levo até minha bolsa apoiada no carrinho e o coloco ali enquanto ele joga a última bola no balde.

— Não consigo acreditar que você realmente deixou Tess para vir aqui e me ajudar. Você me mandou uma longa mensagem de texto quando minha aula com a dona Abigail começou, dizendo que estava apaixonado, que ia se mudar para a ilha para sempre, e que já estava cumprindo o aviso prévio.

Bodhi segura a alça do balde cheio, deixando-o balançar ao seu lado enquanto pego alguns outros tacos do chão usados na minha segunda aula e os coloco na bolsa.

— Aquela mulher é fascinante. Não tenho certeza se continuo flertando com ela porque tenho medo que ela coloque fogo nas minhas bolas se eu parar, ou se realmente estou atraído por ela. Acho que é uma mistura de ambos e é a coisa mais divertida que já tive nos últimos anos.

Rio, enquanto coloco um pacote de *tees* de volta em um dos compartimentos com zíper.

— De qualquer forma, eu teria adorado continuar sentado no bar, ficando de pau duro e ao mesmo tempo temendo pela minha vida, mas fui mandado embora assim que Birdie entrou lá com um grande sorriso no rosto e um daqueles donuts que você trouxe nas mãos. Bom trabalho, por falar nisso. Birdie até sorriu quando disse a Tess de onde vinham os donuts, em vez de vomitar imediatamente.

Minha mão paralisa dentro da minha bolsa de golfe e minha cabeça lentamente vira para encarar Bodhi, enquanto mais algumas gotas de chuva caem em minha bochecha.

— Há quanto tempo exatamente você deixou Birdie, a quem tornei feliz e agradável com donuts, sozinha com Tess, que me odeia e não pode ser feliz ou agradável com outra coisa a não ser com as almas de seus inimigos? — pergunto baixinho.

Eu esperava ser capaz de ver Birdie e falar com ela novamente e começar a construir essa confiança um pouco mais antes de Tess se envolver — sempre o diabinho no ombro de Birdie...

Meu coração começa a bater nervosamente no peito, mas sabendo que Bodhi só está aqui comigo há uns dez minutos, não tem como Tess arruinar completamente o que eu fiz naquele curto espaço de tempo, certo?

— Ah, foi há bastante tempo, cara. Tipo, logo quando sua primeira aula com aquela mulher com tesão começou. Assim que Tess viu os donuts, ela me disse para dar o fora da porra do bar. Foi excitante. Fiquei sentado no deck, entediado, esperando você terminar. — Ele encolheu os ombros.

O maldito encolheu os ombros. Como se ele não tivesse deixado uma Birdie feliz e de barriga cheia de donuts sozinha por *duas horas* com Tess, onde qualquer coisa poderia ter acontecido. Tirando minha mão da bolsa, rapidamente pego a alça e a jogo por cima do ombro enquanto as gotas de chuva começam a cair com um pouco mais de frequência, e vejo que as nuvens escuras estão quase em cima de nós.

— Por acaso alguma delas ligou para a irmã da Birdie?

Eu posso ficar bem se não houver uma ligação para um Bebidas e Reclamações de emergência.

— Ouvi Tess dizer algo sobre a Wren, mas não entendi tudo. Eu já tinha saído pela porta e estava no deck quando literalmente esbarrei naquele cara, Murphy, indo para o bar. Tinha esquecido de como ele é ótimo. — Bodhi ri enquanto meu sangue gela. — Ele me disse para ir embora e tomar um banho porque eu parecia sujo. Me lembro por causa daquela única vez que o encontrei que ele é um cara muito sensato. Tenho certeza de que não vai deixar a Tess pilhar a Birdie.

Eu o encaro a poucos metros de distância, meus olhos arregalados e em pânico, por tempo suficiente para a chuva começar a nos atingir, as gotas caindo do meu cabelo e em meus olhos porque guardei o boné na bolsa hoje mais cedo.

— Ah, merda — Bodhi murmura, de repente, finalmente percebendo o que fez.

O balde de bolas escorrega de suas mãos, e todas elas caem no gramado aos seus pés enquanto nós dois saímos correndo em direção à sede do clube, Bodhi praticamente voando bem ao meu lado, já que tenho que correr com a minha maldita bolsa de tacos batendo no meu corpo.

— A culpa é *sua* por me dizer que não cabia duas dúzias de donuts naquela bolsa de merda! — grito para ele, enquanto corremos pelo vento uivante e a chuva.

— Íamos mandar alguém buscá-lo, Putz.

Felizmente, estou muito encharcado e ninguém notaria se eu me mijasse um pouco enquanto Tess me encara por trás do balcão do bar, onde ela está batendo suas longas unhas vermelhas como garras no topo da madeira.

Não mais do que cinco minutos atrás, eu estava grato pela tempestade e pelo campo vazio. Com a chuva batendo nas janelas e nenhum cliente no bar, já que todos foram para casa em vez de escolher esperar aqui, estou meio que desejando que o sol ainda estivesse brilhando e houvesse mais algumas testemunhas para evitar o banho de sangue que tenho certeza que está prestes a acontecer.

Escuto uma série de estalos e olho para o final do bar, onde Murphy está parado com as pernas bem abertas e um punho na mão, estalando os nós dos dedos enquanto me encara. Os sons são como tiros em meus ouvidos enquanto ele faz o mesmo com a outra mão.

— É bom ver você de novo, Murph — eu digo, com um sorriso fraco e uma voz ainda mais fraca, me amaldiçoando quando tenho que pigarrear porque minhas palavras saem estridentes.

— Vá se catar. Podemos nos livrar dele agora? — Murphy suspira e depois olha para Tess.

— Acabamos de entrar em um episódio de "Família Soprano"? — Bodhi sussurra ao meu ouvido, atrás de mim, de onde estamos parados, bem na porta do bar.

Com a chuva caindo e as nuvens escurecendo o ambiente já mal iluminado, já que todas as luminárias têm tons verdes para criar um ambiente suave, junto com o oscilar de velas eletrônicas no centro de cada mesa, *parece* que acabamos de entrar em um restaurante italiano em uma série de mafiosos, e o ambiente suave de repente parece ameaçador.

Tess e Murphy são os músculos do bar, esperando uma palavra para distribuírem socos e me ensinarem uma lição por desafiar a família. Wren é uma associada da organização da máfia, bebendo uma Coca-Cola nervosamente do outro lado do bar, com medo de ser espancada se não seguir as regras. E bem no meio, andando para frente e para trás na frente do bar, está a chefe. Aquela cujo longo cabelo loiro está agora livre de seu rabo de cavalo e espalhado sobre os ombros, a faixa de cabelo provavelmente fora arrancada como quando uma mulher tira seus brincos antes de entrar em uma briga.

Eu gostaria de passar um minuto apreciando o quão sexy é a Birdie com raiva, queixo erguido e determinado, braços balançando e prontos para uma briga enquanto ela caminha. Mas então ela para e me encara, e eu noto que a bolsa, que ainda tinha meia dúzia de donuts sobrando quando Birdie fez uma reverência e se afastou de mim, agora está vazia e virada em cima do balcão atrás dela.

Sim, estou prestes a morrer.

Atravessando rapidamente o bar, paro bem em frente de Birdie, surpreso por ela não se afastar de mim imediatamente. Também me xingo novamente quando posso sentir o cheiro de sua pele e percebo que provavelmente deveria ter ficado atrás da porta que leva à loja de artigos esportivos e tentado falar com ela a vários metros de distância para salvar minha sanidade. Minha mão direita ainda está formigando de onde eu toquei a pele macia e lisa de seu braço hoje mais cedo. Foi apenas um pequeno toque, e eu tive que usar toda a minha força de vontade para me impedir de envolver meus dois braços completamente ao redor dela e puxá-la contra mim para que eu pudesse sentir seu pequeno corpo quente e torneado pressionado contra o meu.

— O que há de errado? O que diabos aconteceu desde a última vez que a vi? — pergunto a ela em voz baixa, ficando momentaneamente preso em seus olhos azuis, da cor do oceano, e longos cílios escuros enquanto eles piscam e me encaram como se eu fosse um idiota.

— Ah, você quer dizer sobre o que aconteceu entre o momento em que você me colocou em um coma de bacon e carboidratos até agora? — Birdie pergunta, com um sorriso doce no rosto que definitivamente parece um pouco mais homicida do que doce, e dou um passo para trás. — Clareza! Foi isso que aconteceu!

Ela diminui a distância entre nós até estarmos novamente cara a cara, cutucando meu peito por cima da minha camisa de golfe encharcada que está agarrada à minha pele e é nojenta.

Tess solta um grito de trás do bar quando Birdie grita comigo, e Wren bate seu copo de refrigerante no tampo de madeira da outra extremidade.

— Achei que você tivesse dito à Birdie que cabia a ela decidir como lidar com Palmer — Wren interpõe Tess, que ainda está dançando e balançando a bunda atrás do balcão. — Você me disse especificamente que falou que ela poderia lidar com isso da maneira que quisesses, e que você apenas a apoiaria.

Tess para de dançar tempo suficiente para bater a mão no balcão e apontar para mim.

— Isso foi antes de esse idiota aparecer aqui subornando nossa garota com metanfetamina em forma de donut e transformá-la em uma idiota que faz escolhas ruins.

— Ei! — Birdie reclama, momentaneamente afastando sua raiva de mim para olhar para Tess.

— Ah, me desculpe. Você se esqueceu de como ainda não teve um pedido de desculpas ou uma explicação e ele pensou que dois quilos de donuts fariam você se calar por tempo suficiente para ele inventar uma desculpa do nada? 24 de maio de 2018!

Os olhos furiosos de Birdie voltam para os meus.

— 24 de maio de 2018 — ela rosna, seus olhos se estreitando em mim.

Então é isso o que ela tem murmurado baixinho. Pelo amor de Deus...

— Birdie, por favor — eu imploro, tentando manter minha raiva sob controle e lembrar que ficar chateado com ela não é maneira de fazê-la me perdoar.

— Nem pense nisso. Apenas admita. Você se transformou em um grande babaca famoso que não queria ter nada a ver com uma velha amiga de uma pequena ilha de merda, embora jurasse que isso nunca aconteceria, até que sua carreira no golfe fosse à merda e você não tivesse mais para onde ir. Não sei por que precisa de tempo para admitir algo que todos nós já sabemos.

Caramba. Que droga.

— O que o grande ego tem a dizer? — Tess brinca, levando a mão ao ouvido, e escuto Bodhi rir atrás de mim, sentindo todo o controle que tenho sobre minha raiva fugir pela janela e sendo levado com a tempestade.

É claro que ela ainda pensa honestamente que deixei de ser amigo dela porque, de repente, me transformei em um grande babaca com cifrões nos olhos e amizades com celebridades ocupando um lugar de destaque em relação às que eu tinha desde criança. E por que ela não pensaria isso? Por que ela pensaria que havia qualquer outra razão para eu perder minha cabeça e sair da vida dela dois anos atrás naquela maldita data? Isso só prova que o filtro que sempre mantive no lugar fez seu trabalho um pouco bem demais, e agora estou no inferno.

— Não é nada disso, Birdie, qual é — murmuro, balançando a cabeça para ela, olhando em seus olhos e tentando fazê-la ver que me conhece bem melhor do que isso.

— Posso dar um chute nas bolas dele agora? — Murphy pergunta, com uma voz entediada, enquanto passo minha mão pelo cabelo molhado para afastá-lo para trás e tentar não arrancá-lo pela raiz.

Sempre soube que esse era um risco que eu correria ao afastar Birdie sem nenhuma explicação e sem nunca dizer a ela como me sentia. Eu sabia que essa era a desculpa que ela tinha aceitado e seguido a vida, e nunca sequer considerado a possibilidade de outro motivo. Ela nunca se sentaria e realmente olharia para aquela data e ligaria os pontos.

— Você disse que estava ok em me dar um pouco de tempo — eu digo o mais baixinho possível, não precisando de nenhum comentário extra dos malditos membros da máfia Bennett, que não iriam embora.

— Sim, bem, descobri que não estou nada ok com isso.

Meu coração começa a bater tão rápido no meu peito que acho que posso ter um ataque cardíaco. *Droga*, isso não pode acontecer agora; ainda mais em um bar cheio de gente intrometida. Quando pedi mais tempo, não estava pedindo algo ridículo como alguns meses. Alguns dias, *no máximo*, já teria sido bom. Pensei em pelo menos conseguir mais do que algumas horas. Minhas mãos começam a suar e minha pele encharcada fica gelada com ar-condicionado ligado no ambiente.

— Você teve muito tempo. Dois anos para ser exata. Que se dane a sua necessidade de mais tempo! Você teve desde 24 de maio de 2018! — Birdie argumenta, enquanto abro e fecho minhas mãos em punhos ao lado do meu corpo e tento não virar uma mesa.

Ela não é a única que está irritada com essa data pelos últimos dois anos, e só o fato de ela dizer isso de novo faz meu corpo ficar tenso enquanto aperto meus punhos com mais força e cravo minhas unhas mais profundamente em minhas palmas. Só depois que Tess resmungou aquela data cinco vezes, com o punho erguido acima da cabeça e minha raiva cada vez mais forte, é que de repente me ocorre algo sobre a raiva de Birdie por causa da data.

Um pouco da minha frustração e raiva se dissipam tão rápido quanto surgem enquanto relaxo os ombros, abro os punhos e coloco as mãos nos bolsos, e sinto o canto da minha boca inclinar em um sorriso enquanto olho para Birdie.

Rio baixinho quando penso em como ela fica murmurando baixinho aquela data quando está comigo, provavelmente para lembrar a si mesma o quão brava ainda está comigo.

Isso é quase melhor do que um abraço de Birdie. Quase? Porra, eu a quero em meus braços agora, mas primeiro preciso me divertir um pouco. Eu mereço depois de quinze anos de bolas roxas.

— O que diabos é tão engraçado? — Birdie exige, seu corpo inclinado em minha direção enquanto vibra com fúria e mantém o queixo erguido, seu rosto está vermelho com a força de sua raiva.

Está tão sexy que quase esqueço por que estou rindo.

Quase.

— Ah, acho engraçado você se lembrar de 24 de maio de 2018 como a data em que a bloqueei e parei de falar com você. — Sorrio, balançando meu corpo para frente e para trás.

Birdie bufa e revira os olhos para mim, adoravelmente sem ter a mínima ideia.

— Considerando que foi essa a data em que aconteceu, eu realmente não vejo por que você achar tão divertido que eu me lembre.

Inclinando minha cabeça para o lado, dou a ela um sorriso.

— Bem, porque também é a data em que você tornou as coisas oficiais nas redes sociais com o Mochilinha Filho da Puta, com uma foto super fofa dele beijando sua bochecha em frente a uma fonte.

— Era uma cachoeira — Bodhi corrige, ainda atrás de mim.

— Tem certeza? — pergunto a ele, olhando por cima do meu ombro.

— Ah, com certeza. Lembra como o sol estava brilhando bem no spray de água e aquele arco-íris mágico atrás deles enquanto a água batia nas rochas?

— Isso mesmo! — Estalo meus dedos. — As árvores eram tão verdes e viçosas. Foi um belo dia.

— Dia perfeito para oficializar as coisas, eu diria! Muito bem! — Bodhi bate palmas, ambos virando a cabeça para olhar para Birdie, que está em um alarmante tom de verde que quase combina com o tapete.

— Você precisa se sentar? Precisa de um minuto? — pergunto, ainda reprimindo minha necessidade de rir enquanto estendo minha mão para Birdie, e ela a afasta.

— Você está mentindo — ela murmura, desviando o olhar de mim para Tess. — Diga que ele está mentindo.

Tess já está mexendo furiosamente em seu celular, e eu continuo me balançando para frente e para trás em meus calcanhares, assobiando baixinho até que Tess encontra exatamente o que sei que está procurando.

— Ah, merda. Ele não está mentindo — Tess diz, levantando o olhar do telefone com os olhos arregalados antes de voltar a olhar para a tela. — Naquela manhã você postou uma foto de vocês dois na frente de Saffron Falls com a legenda "ele perguntou de novo e eu finalmente disse que sim! Estamos oficialmente namorando!".

Eu continuo assobiando para mim mesmo até que os olhos de Birdie lentamente voltam para os meus e sua boca fica aberta em choque. Não tenho certeza se ela já ligou todos os pontos, mas não importa. Pelo menos tirei essa merda do meu peito e ela pode parar de andar por aí agindo como se fosse a única que se machucou naquele dia.

— Talvez seja por isso que o seu relacionamento não deu certo, hein? — comento, com sinceridade simulada e um aceno de compreensão. — Homens não gostam muito quando você não consegue se lembrar do aniversário de namoro.

Eu ouço Wren rir de sua extremidade do bar e sei que, pela maneira como Birdie arfa, sua irmã vai pagar por isso mais tarde.

— Você... Eu... Você me disse que não se importava — Birdie finalmente fala, tropeçando nas palavras, já que seu cérebro provavelmente está à ponto de explodir. — Eu perguntei se você se importava se eu começasse a sair com ele, e você disse que não e que estava de boa com isso.

Afastando o sorriso do rosto, tiro as mãos dos bolsos e avanço em sua direção até que Birdie não consegue mais se afastar e suas costas estão pressionadas contra a borda do balcão. Inclinando em direção a ela, coloco minhas duas mãos em cima da madeira, prendendo-a entre meus braços. Sua respiração arfa quando meu rosto fica a alguns centímetros do dela, tentando desacelerar meu coração que está batendo rapidamente, e não colar minha boca na dela para que eu possa finalmente saber qual é o seu gosto.

— Você me disse que estava tudo bem — ela sussurra novamente, e eu morro um pouco por dentro quando ela lambe os lábios nervosamente, e estou tão perto que posso ver cada pequena papila gustativa na ponta de sua língua.

Fechando os olhos, relaxo meus cotovelos tensos e me inclino para mais perto dela, acariciando sua bochecha com meu nariz, respirando seu cheiro até chegar perto de sua orelha.

— Sim, bem, acabou que *eu não estava nada bem com isso.*

Sua respiração fica arfante de novo quando jogo suas palavras de volta para ela.

Afastando-me do balcão, saio de perto de Birdie e de todos os rostos chocados que me encaram. Birdie precisa de tempo para processar o que eu acabei de dizer e, com sorte, para que tudo faça sentido em sua cabeça.

E eu preciso de tempo para liberar a dor latejante no meu pau depois de estar tão perto dela e não beijá-la.

CAPÍTULO 11

"PULE AS PRELIMINARES."

birdie

— Eu sou a *pior* amiga de todos os tempos. Não posso acreditar que fui tão idiota. Como não notamos isso? — Tess suspira dramaticamente, tomando um grande gole da sua raspadinha de cereja enquanto se senta no banco da nossa mesa roxa de piquenique.

— Você quer calar a boca? Você não é idiota, porque você não perdeu nenhum sinal ou o que quer que você tenha feito nas últimas horas — eu murmuro, levando o canudo da minha própria raspadinha até a boca com os braços pendurados para baixo da mesa, onde estou atualmente deitada de barriga para baixo. — O que quer que tenha acontecido no CGIS não significa que Putz gostava de mim todos esses anos, isso é ridículo! Ai, meu Deus, que bosta!

Minha voz fica tão aguda no final que acho que sinto meus ouvidos começarem a sangrar, e tomo outro grande gole da minha raspadinha meio derretida de framboesa azul, esperando que faça meu coração parar de tentar pular para fora do meu peito. Voltei a chamá-lo de Putz, porque isso coloca outra camada de proteção entre aquele homem e meu coração, assim como chamá-lo de Campbell na cara desde o dia em que o conheci.

— Você pode falar mais alto? Não estou com meus aparelhos auditivos.

— Pelo amor de Deus, Ed, cale a boca, beba seu milkshake de caramelo e cuide da sua vida! — Tess grita, apontando seu copo de isopor branco com uma tampa de plástico para o homem mais velho sentado na mesa de piquenique vermelha não muito longe de nós.

Ed decidiu bem no momento em que Wren começou a cantar a parte de Lil John na música *Shots,* de LMFAO, a plenos pulmões, que não queria passar a noite inteira bebendo milkshake em seu carrinho de golfe no estacionamento. Ele preferia ter um assento na primeira fila para qualquer coisa que estivesse acontecendo sob o toldo do outro lado da Girar e Mergulhar.

Essa *coisa* é que esquecemos totalmente a nossa regra de nunca misturar bebida alcoolica com raspadinha nas nossas noites de Bebidas e Reclamações, porque são tempos difíceis, meu amigo!

— São tempos difíceis, meu amigo! — eu grito, meus pensamentos internos se transformando em pensamentos externos enquanto vejo o copo de raspadinha azul e vodca na minha mão balançando para frente e para trás abaixo de mim.

Depois que Palmer se afastou de mim no bar e me deixou pegar meu próprio cérebro espalhado por toda a parte quando explodiu, todos nós ficamos em um silêncio atordoado e esperamos passar a tempestade. Quando o sol saiu, Murphy foi embora para verificar qualquer dano que pudesse haver no campo com folhas e galhos caídos, enquanto Tess, Wren e eu nos amontoamos no carrinho de golfe de Wren e fomos para a cidade, fazendo uma parada rápida na loja de bebidas no meio do caminho. O sol se pôs, a garrafa de vodca está quase acabando e não há mais nada da tempestade além de algumas gotas de água que caem de vez em quando do telhado nas poças na calçada.

E os danos e escombros deixados para trás dentro de mim depois do que Palmer disse antes de sair do CGIS:

"Sim, bem, acabou que eu não estava nada bem com isso."

Lembrar da sensação do seu hálito quente acariciando minha orelha, sua mandíbula forte pressionada contra minha bochecha e o cheiro de *homem* quente e molhado ao meu redor faz minha pele arrepiar novamente, assim como da primeira vez. E isso me deixa confusa de novo, assim como da primeira vez, me perguntando por que ele se meteu no meu espaço pessoal e passou o nariz na minha mandíbula daquele jeito, e disse o que disse. Toda essa vodca em que o meu cérebro está nadando e a porcaria que sai da boca de Tess e Wren também não está me ajudando a dar sentido a nada.

— Você não é uma amiga ruim, eu não sou uma irmã ruim, e não é nossa culpa não termos visto o que estava bem na nossa frente — Wren diz de... algum lugar.

Virando em cima da mesa de piquenique e me sentando, abraçando a raspadinha contra meu peito e desejando que minha cabeça parasse de girar, eu olho ao redor e encontro Wren deitada de costas no cimento no meio de todas as mesas de piquenique, olhando para o toldo acima de nós.

— Bom Deus, mulher, você precisa sair mais de casa — murmuro, balançando a cabeça e tomando um gole da raspadinha. — Levante-se do chão sujo, sua idiota.

Wren rola de barriga para baixo com uma risadinha e se levanta, limpando a parte de trás de seu short enquanto seu coque bagunçado cai para o lado de sua cabeça, ainda mais bagunçado do que antes, com fios caindo em seu rosto. Ela então tropeça até nossa mesa, empurrando Tess para o lado para abrir espaço para ela no banco.

Mesmo com toda a tontura e a vodca causando estragos em mim agora, não posso deixar de sorrir, rir e pelo menos me sentir bem em ver minha irmã mais velha se divertindo um pouco. Ela sempre era a mãe do nosso pequeno grupo, mesmo antes de se tornar mãe, mas pelo menos ela sabia como relaxar de vez em quando. Já que seu ex doador de esperma continua a sugar a alma e a diversão dela toda vez que aparece por aqui, e a sua melhor amiga se mudou da ilha anos atrás; faz muito tempo que eu não vejo minha irmã rir, e eu gosto disso. Mesmo que ela esteja rindo por causa de toda a vodca que bebeu por causa da minha sofrência.

— Como eu estava dizendo — Wren continua, sentando-se ereta na mesa de piquenique e cruzando as mãos em cima dela enquanto cruzo as pernas, chupo ruidosamente minha raspadinha e olho para ela. — Tess, você não é uma amiga ruim, e eu não sou uma irmã ruim só porque não vimos que Palmer tinha uma queda pela Birdie esse tempo todo.

Tento bufar do quão ridículo é o que Wren está dizendo, já que tenho ouvido isso a noite toda, desde que chegamos à Girar e Mergulhar, mas vodca e gelo ficam presos na minha garganta e meu maldito coração fica preso lá também. Começo a tossir tanto que Tess tem que se inclinar para frente para me dar um tapinha nas costas.

"Sim, bem, acabou que eu não estava nada bem com isso", a voz rouca e magoada de Palmer ecoa na minha cabeça, e tusso ainda mais forte enquanto Wren continua falando durante minha morte lenta e dolorosa.

— Não vimos o que estava bem na nossa frente, porque não estávamos olhando para o Palmer — Wren explica, soltando suas mãos para apoiar uma delas no meu joelho dobrado e me dando um sorriso suave. — Estávamos olhando para a Birdie. Estávamos *vendo* Birdie, aquela que adoramos. Vimos o amor *dela* e a dor *dela*, porque *ela* é a nossa pessoa, não Palmer. Estávamos apenas focadas nela. Não estávamos prestando atenção nele ou no que estava em seu olhar ou em seu coração. Agora que mudei meu foco e vi a maneira como ele olhou para ela no bar esta tarde…

Wren para de falar, ela e Tess compartilhando um olhar cúmplice no banco à minha frente que me faz querer gritar, especialmente enquanto vejo minha irmã e minha melhor amiga se abanando.

— Quer dizer, puta merda, Birdie — Tess fala, balançando a cabeça enquanto me encara com os olhos arregalados. — Eu quase engravidei atrás daquele balcão só pelo jeito que ele estava olhando para você.

— Quem está grávida? — Ed grita da mesa de piquenique vermelha.

Ninguém responde a ele, e eu fecho os olhos e balanço a cabeça para frente e para trás, recusando-me a seguir por este caminho novamente. Passei metade da minha vida analisando cada olhar, cada sorriso, cada toque e cada palavra da boca de Putz, separando-os e tentando encontrar algum tipo de sinal de que ele poderia sentir algo mais por mim do que apenas amizade. Perdi anos ansiando pelo meu melhor amigo, e não vou fazer isso de novo, não importa que tipo de merda Tess e Wren pensam que viram. Não importa que eu finalmente tenha uma explicação de por que ele parou de falar comigo, e é só porque ele nunca gostou de Bradley e ficou irritado por eu ter perdido meu tempo com ele. Não por causa de qualquer tipo de *sentimento* idiota que Tess e Wren estão imaginando que estava lá o tempo todo. Só porque posso conseguir perdoá-lo agora por ser um idiota e me deixar no escuro por dois anos, não significa que vou dar uma caminhada pela Rua das Ilusões novamente e pensar que algum dia ele iria querer algo mais do que amizade de mim.

"Também é a data em que você tornou as coisas oficiais nas redes sociais com o Mochilinha Filho da Puta."

"Sim, bem, acabou que eu não estava nada bem com isso."

Quando a voz irritante do idiota do Putz não sai da minha cabeça, enfio o canudo de volta na boca e engulo apenas a vodca que afundou no fundo do copo de raspadinha para tentar apagá-la da mente.

— Birdie e Palmer no pátio da escola, B-E-I-J-A-N-D-O... *Eita, merda*!

O canto desafinado e bêbado de Wren chega a um fim abrupto quando ela cai da ponta da mesa de piquenique, já que sentiu a necessidade de adicionar uma dança de corpo inteiro à sua música idiota.

— Eu sabia que Tess estava mentindo quando ela continuou vindo para pegar mais raspadinha, dizendo que vocês três estavam realmente com sede depois que a tempestade trouxe toda essa umidade. — Minha mãe vem atrás de Wren, e eu continuo bebendo vodca sem dizer nada enquanto Tess ri, observando minha mãe deslizar as mãos sob as axilas de Wren e levantá-la do chão. Nossa mãe nos levantou do chão durante várias

Bebidas e Reclamaçõeses e se transformou em uma expert. Ela realmente deveria estar nos agradecendo por toda essa força extra da parte superior do corpo.

— Sente-se, Laura. Estávamos prestes a dar a sua filha alguns conselhos sobre como colocar a cunha do Palmer no *rough* dela. — Tess bufa, dando tapinhas no lugar vazio no banco ao lado dela que Wren desocupou.

— Ai, meu *Deus*, Tess, você não pode falar sobre a cunha do Palmer dessa maneira. Birdie não gosta quando mencionamos as partes perigosas dele. — Wren ri, e eu agressivamente envolvo meus lábios em torno do canudo e chupo novamente, me perguntando por que diabos eu estava tão feliz por Wren falar.

— É bom ver que não estou atrasado para o Bebidas e Reclamações e outras coisas perigosas — vem de algum lugar atrás de mim.

Meu. Deus. Do. Céu.

Wren e Tess gritam a plenos pulmões quando se assustam com a voz profunda de Putz cheia de humor perto de nós. Viro a cabeça lentamente, o canudo na minha boca colado ao meu lábio inferior repentinamente seco e saindo do meu copo enquanto minha cabeça se move, para ficar pendurada enquanto olho para o homem parado a poucos metros de distância no meio do corredor de mesas, onde Wren estava deitada alguns minutos atrás.

Ele trocou todas as roupas molhadas, até mesmo a camisa apertada de mangas compridas que se agarrava e delineava cada contorno e músculos em seu peito, braços e abdominais que ficavam destacados através do material encharcado, que quase tornou difícil para eu formular palavras quando estávamos no CGIS e ele estava bem na minha frente... molhado... pingando... e *musculoso*...

Mesmo que ele esteja de pé não muito longe da minha mesa, completamente seco, vestindo uma bermuda esportiva de algodão cinza e uma camiseta branca com uma característica logo cinza em toda a extensão de seu peito, pensamentos sobre como ele parecia antes na chuva fez minha respiração engasgar, junto com o fato de que ele está bem na minha frente quando não estou pronta para enfrentá-lo.

Aquela lufada nervosa de ar faz com que o maldito canudo ainda pendurado no meu lábio inferior volte para minha boca e voe para o fundo da minha garganta, me fazendo engasgar e tossir até que finalmente consigo desalojar o tubo de plástico, que sai voando de mim para atingir a frente da camiseta de Putz e cair no chão.

Putz ri e depois se abaixa para pegar meu canudo. *Deus o livre de o gostosão deixar qualquer lixo no chão por mais de dois segundos.*

— Já estava na hora de você vir dar um oi para mim — minha mãe diz para Putz, nem mesmo se importando com meu nível de mortificação neste momento enquanto caminha ao redor de Wren e passa por mim, abrindo os braços enquanto caminha.

Putz se inclina e joga meu canudo na lata de lixo do outro lado dele antes de pegar minha mãe em seus braços fortes e musculosos quando ela chega até ele, fazendo-a gritar. E *me* deixando repentinamente com ciúme da minha própria mãe e com vontade de chutar suas pernas quando Putz a coloca de pé.

Eu nunca mais vou beber.

Assim como minha irmã, minha mãe sempre teve uma queda pelo cara, já que a mãe dele morreu quando Putz era bebê e seu pai nunca lhe deu nenhum tipo de amor ou carinho. Sua personalidade quieta, solitária e tímida falou ao coração maternal dela desde o primeiro momento em que o conheceu, quando eu o trouxe aqui para uma sobremesa após seu primeiro dia de treino no CGIS. Ele imediatamente colocou um avental e foi para trás do balcão quando viu como ela estava ocupada. Agarro meu copo de isopor com força enquanto observo os dois compartilharem alguns minutos de palavras sussurradas com suas cabeças próximas, até que sinto meus dedos começarem a se espremer através do isopor, e rapidamente coloco meu copo quase vazio na mesa ao meu lado.

Calma, Birdie. Ele está falando com sua mãe!

Os dois finalmente se separaram, mas não antes que minha mãe lhe desse um tapinha carinhoso na bochecha. Caminhando de volta para a mesa de piquenique onde Wren novamente se sentou ao lado de Tess em algum momento, minha mãe dá a cada uma de nós um beijo no topo de nossas cabeças, tirando as chaves do carrinho de golfe do bolso do avental enquanto se dirige para trás do prédio, levantando a mão com as chaves e tilintando no ar acima de sua cabeça em um aceno de adeus.

— Façam boas escolhas que não incluam ligar bêbadas para mim às três da manhã!

— Não podemos fazer esse tipo de promessa tão cedo, Laura! — Tess grita para ela, o sorriso em seu rosto diminuindo e seus olhos se arregalando quando ela se vira e olha por cima do meu ombro.

Eu me viro para ver o que ela está olhando e fico surpresa, porque tudo o que vejo é o peito de Putz a alguns centímetros do meu rosto, já que ele caminhou até a beirada da mesa de piquenique, e eu estou sentada em cima dela. Seu peitoral firme, musculoso e com um cheiro delicioso está bem na frente do meu rosto, meus olhos demorando muito para chegar até seu rosto. Ele está sorrindo para mim, e meu coração palpita quando abro e fecho minha boca como um peixe, com meu pescoço ligeiramente inclinado enquanto olho para ele. Tento encontrar o canudo da minha maldita bebida para a vodca tão necessária, quando percebo que cuspi aquele canudo idiota em seu peito gostoso alguns minutos atrás, e meu copo não está nem em minhas mãos.

Ok, então definitivamente a vodca não é tão necessária assim.

Rapidamente fecho minha boca e olho para cima para ver que ele não está usando um de seus habituais bonés de golfe, e posso ver que seu cabelo castanho está ligeiramente úmido. Sei que não é da chuva mais cedo e, quando respiro fundo, o cheiro do sabonete e uma pequena sugestão daquele perfume caro, que faz todos os tipos de pensamentos sujos flutuarem na minha cabeça, como toda aquela água com sabão deslizando pelo seu corpo nu durante o banho que deve ter tomado depois que saiu do CGIS, e ele passando a palma da mão em seu abdômen e sobre o caminho da felicidade para se envolver em torno de seu grosso e duro...

Deus me ajude... estou morrendo.

— Tudo bem para vocês, senhoras, se eu pegar Birdie emprestada por um minuto? — Putz pergunta, seus olhos nunca deixando os meus, embora ele esteja falando com minha irmã e Tess.

— Um minuto? — Tess bufa. — Cara, eu estava começando a gostar de você de novo, e agora você está dizendo que só precisa de um minuto? Corra, Birdie, *corra*!

Wren e Tess estão bufando e rindo, mas Putz e eu as ignoramos, e ele silenciosamente acena com a cabeça em direção à parte de trás do prédio onde minha mãe desapareceu e onde ouvi seu carrinho de golfe ganhar vida e disparar logo em seguida. Descruzo as pernas e deslizo para fora da mesa como se estivesse em transe quando ele se vira e começa a andar naquela direção, seguindo atrás dele e ignorando minha irmã quando ri do banco novamente assim que eu passo por ela.

Quando estamos na parte de trás do edifício e fora da vista e do alcance dos ouvidos de Wren e Tess, Putz para na porta trancada dos fundos da *Girar e Mergulhar* e se vira para mim, e eu paro a poucos metros dele, cambaleando um pouco. Ele começa a vir em minha direção com os braços estendidos, mas rapidamente bato uma mão contra a parede ao meu lado e seguro a outra no ar para pará-lo. Eu não preciso dele em qualquer lugar perto de mim, e definitivamente não preciso que ele coloque as mãos em mim.

— Estou bem — murmuro, respirando fundo algumas vezes antes de abaixar a mão, a que o está mantendo à distância, mas mantenho uma na parede apenas para o caso de a vodca fazer o caminho contrário.

— Dois Bebidas e Reclamações em um dia deve ser difícil — Putz comenta, colocando as mãos nos bolsos da frente da bermuda quando percebe que não vou cair.

— Sim, bem, nós só reclamamos no primeiro, já que estávamos no trabalho — eu o lembro. — Compensamos a falta de bebida neste. Talvez um pouco demais.

Há uma pequena luz na varanda acima da porta dos fundos da loja entre nós. Não fornece muita luz, mas é o suficiente para eu ver que Putz não tirou os olhos do meu rosto e um de seus pés calçados com tênis está batendo nervosamente no concreto.

Lembro da sua voz sensual contra o meu ouvido hoje mais cedo me dizendo que ele realmente não estava ok comigo saindo com Bradley, e tenho que pressionar minha palma com mais força contra a parede antes que meus joelhos cedam, seus olhos ainda estão fixos nos meus.

E então me lembro daquele telefonema, dois anos atrás, em que pedi a ele que me desse um bom motivo pelo qual eu não deveria ficar sério com Bradley e disse a ele para me dar o nome de *qualquer* outra possibilidade de namoro, e ele não disse *nada*. Ele me deu sua bênção e então saiu da minha vida.

— O que está acontecendo nessa sua cabeça? — Putz pergunta, tirando uma das mãos do bolso tempo suficiente para esfregar a nuca, parecendo nervoso e adorável, mas eu tenho que permanecer forte.

Não vou ir por esse caminho de novo, lembra? E Tess e Wren ficaram falando alto, bêbadas, a noite toda com todo aquele absurdo.

— Bebida. Muita bebida. É praticamente a única coisa que está ocupando meu cérebro agora, Putz. Obrigada por perguntar — eu respondo, levianamente.

De repente, estou tropeçando nos meus pés ao me afastar quando ele diminui a distância entre nós em um piscar de olhos, minhas costas batendo na parede e as mãos de Putz apoiadas nela, uma de cada lado da minha cabeça, me prendendo como ele fez mais cedo no bar. Todo aquele nervosismo adorável se foi e um pouco daquele aborrecimento sexy e irritadiço desta tarde está voltando. Mas ele está mais perto desta vez, ou talvez meu cérebro bêbado apenas *queira* que ele esteja mais perto, mas, de qualquer forma, posso sentir o calor de seu corpo forte enquanto ele se mantém sobre mim, seu peito roçando no meu com cada inspiração que ele dá, meu mamilos endurecendo, desejando que fosse sua língua roçando contra eles. Meus olhos se fecham e minha cabeça inclina para trás contra a parede quando ele aproxima seu rosto, e sua boca está bem contra a minha orelha.

— Pare de me chamar de Putz. Achei que já tínhamos passado disso.

Hálito quente, um pequeno rosnado. Fico arrepiada, aperto as coxas e me seguro com força na maldita parede atrás de mim. O que diabos está acontecendo agora?

— O que... o que você está fazendo? — sussurro, sentindo ele esfregar o nariz contra aquele ponto sensível logo abaixo da minha orelha, me fazendo soltar um pequeno gemido e esfregar minhas coxas.

Tudo está quente e dolorido... meus seios, minha pele... Meu clitóris está pulsando, meus dedos cavando na parede onde mantenho minhas mãos paralisadas ao lado do corpo, desejando poder agarrar sua nuca e tomar seus lábios, que ainda pairam perto da minha orelha, na lateral do meu pescoço, e deslizar meus dedos entre minhas coxas, sentindo toda a umidade que ele criou para esfregar a dor pulsante em meu clitóris até eu gozar, gritando seu nome. *Puta merda, ele precisa se afastar.*

Ele repete o que fez no bar mais cedo, deslizando sua bochecha contra a minha enquanto inclina a cabeça para trás até que está novamente olhando para mim, e posso ver um tique muscular em sua mandíbula.

— O que estou fazendo é absolutamente nada até que você esteja sóbria e possa se lembrar de cada maldito segundo.

Todo o ar em meus pulmões me deixa com um *puft* quando Palmer empurra a parede e se afasta de mim. Ele leva todo aquele calor e cheiro delicioso junto consigo e deixa para trás uma tonelada de "mas que merda" e a minha calcinha molhada.

— Posso confiar que vocês três *não* vão voltar para casa dirigindo seus carrinhos de golfe?

Quero revirar os olhos e dizer a ele que estamos bêbadas, mas não somos idiotas, mas tudo que posso fazer é assentir com a cabeça.

— E se por acaso vocês se encontrarem no meio do lago Summersweet e não tiverem ideia de onde foram parar as suas roupas, deixe sua mãe dormir e me ligue em vez disso — ele acrescenta, começando a se afastar.

Ele está alguns passos atrás de mim quando finalmente me lembro de como usar minha voz.

— Você me bloqueou, lembra?

Ele para, olhando para mim.

— Sim, bem, agora eu desbloqueei você.

Meu corpo perturbado, confuso e excitado ainda está completamente colado contra a parede de tijolos da Girar e Mergulhar enquanto ele se vira e volta para a área da mesa de piquenique, onde percebo que Tess e Wren ainda estão rindo como idiotas.

Quando ele desaparece na esquina, meus joelhos finalmente cedem e eu deslizo para baixo na parede até minha bunda bater no cimento, puxando as pernas contra o meu peito e envolvendo meus braços em torno delas.

— Birdie! — Wren grita, aparecendo alguns minutos depois. — Ligue para a mamãe! Não consigo encontrar nossas bicicletas e precisamos de uma carona para casa!

CAPÍTULO 12
"COLOQUE ISSO NO BURACO."

palmer

— Como vou sair com a Tess em nosso encontro mais tarde com uma barriga dessas? Se arrependimento matasse — Bodhi lamenta, esfregando o estômago.

Eu rio, apoiando meus pés na grade à nossa frente, cruzando-os nos tornozelos e tomando um gole da minha cerveja gelada.

— Só porque o Eddy's tem patas de caranguejo à vontade, não significa que você deva comer tudo o que puder — eu o lembro, virando a aba do meu boné para trás para que eu possa aproveitar plenamente o pôr do sol sobre o oceano.

Depois que terminei o trabalho hoje, Bodhi me encontrou na Doca do Eddy para jantar. Localizado em uma das extremidades de Summersweet, o restaurante é cercado por chalés e não muito longe da escola, hospital e outras instalações da ilha. Ele fica bem no cais para os residentes e, embora eles não expulsem nenhum turista, os de fora acabam parando tão longe da cidade. O local é bastante conhecido como um lugar apenas para os moradores locais relaxarem e se afastarem de estranhos.

— Você não pode simplesmente me provocar com algo como patas de caranguejo à vontade e esperar que eu não me esbalde — ele diz, balançando a cadeira para trás sobre as pernas traseiras. — O molho de caranguejo quente, os melhores nachos, mexilhões, mariscos, ostras e tacos de peixe podem ter sido um exagero.

A Doca do Eddy é um dos melhores bares de frutos do mar em que já estive, e olha já estive em restaurantes de frutos do mar em todo o mundo.

A melhor coisa sobre ele é que é discreto e rústico com artefatos náuticos pendurados em todas as paredes de madeira incompatíveis e um enorme deck coberto, com alguns ventiladores de teto correndo ao longo de toda a parte traseira que dá para o mar. O local parece ter sofrido o impacto de todos os furacões que já passaram por aqui, e a coisa toda se inclina um pouco para a esquerda, mas é relaxante e confortável. Jimmy Buffett costuma tocar suavemente no sistema de som e é o melhor lugar para relaxar no final do dia e acompanhar as fofocas locais. A alguns metros de distância, em outra mesa, há até um homem que reconheço que trabalha na balsa, terminando seu jantar de bolinho de caranguejo com seu cachorro basset hound de olhos tristes sentado perto das pernas de sua cadeira ao lado de uma tigela de água que a garçonete trouxe para o cão ofegante há alguns minutos.

— Eu estive ocupado subornando Tess nos últimos dias para ir nesse encontro comigo esta noite, e você esteve ocupado tendo seu traseiro beliscado pela dona Abigail. Não tive a chance de perguntar como foi quando você foi atrás da Birdie naquela outra noite na sorveteria.

Sorrio contra a garrafa de vidro pressionada em meus lábios quando penso em quão adoravelmente passiva e agressiva Birdie está sendo ao me programar aulas diárias com aquela mulher de mãos ávidas. Meu sorriso desaparece quando tiro a cerveja da boca para responder à pergunta de Bodhi.

— Não foi. — Suspiro, observando um morador local amarrar seu barco ao cais, ajudar a esposa a sair do barco e os dois subirem de mãos dadas a rampa até a porta do bar. — Eu a encontrei na Girar e Mergulhar, mas ela estava bebendo vodca com raspadinha como se fosse água e claramente ainda não estava processando as coisas. Não foi possível ter uma grande conversa com ela naquele momento.

Quando me afastei de Birdie dois dias atrás no CGIS, voltei para o meu chalé e tomei um banho para me refrescar, depois me senti um idiota por sair daquela maneira. Eu não aguentaria ficar andando de um lado para o outro a noite toda até que pudesse vê-la no trabalho no dia seguinte. Eu só queria saber se ela tinha entendido por que terminei nossa amizade há dois anos e que não estava inventando teorias idiotas em sua cabeça.

Não quero apressá-la. Já é ruim o suficiente saber que a assustei por ser agressivo e encurralá-la contra a parede de tijolos. Assim que ela me chamou de Putz, perdi a cabeça. E então perdi o controle novamente quando eu simplesmente *precisei* me aproximar dela, sentir seu corpo quente e acariciar ao longo de sua mandíbula com o meu nariz, forçando a língua a não sair para sentir o gosto de sua pele, cerrando os dentes com tanta força que quase os quebrei.

— Tenho certeza de que a assustei jogando tudo em cima dela de novo — murmuro, irritado comigo mesmo por não conseguir manter minha distância como um ser humano totalmente desenvolvido e agir como um homem das cavernas.

— Ah, eu não acho que vi qualquer surto acontecendo quando você a encurralou no bar e a cheirou como um cão farejador de drogas. — Bodhi ri, soltando um arroto alto e, em seguida, um suspiro de contentamento enquanto esfrega sua barriga cheia de frutos do mar. — Ela ficou arrepiada, eu vi. Você foi uma fera sexy. Eu também ficaria arrepiado se você me acariciasse daquela forma. Chega mais e vamos experimentar.

Rindo, dou um tapa em Bodhi quando ele se inclina sobre o braço de sua cadeira para tentar me puxar para mais perto de si. E então eu engasgo um pouco com a minha risada quando me lembro de como Birdie estremeceu e fez um pequeno som de choramingo atrás da Girar e Mergulhar quando acariciei aquele pequeno ponto macio de pele bem abaixo de sua orelha, com o meu nariz.

Porque você a assustou pra caralho, seu idiota!

— Pelo menos ela não tem fugido de mim no trabalho nos últimos dias. — Dou de ombros, terminando minha cerveja e trocando-a por uma nova garrafa do balde de lata que antes costumava ter gelo e seis cervejas e agora está cheio de água fria e bem menos cerveja.

Birdie está mais ocupada do que nunca no campo de golfe, preparando-se para um enorme campeonato anual de três dias que o Conselho de Educação organiza para todos os professores de Summersweet e para qualquer pessoa que trabalhe para a escola e suas famílias. *Todos* os funcionários do CGIS estiveram mais ocupados do que nunca, preparando-se para este evento para torná-lo o mais especial possível para agradecer aos professores e funcionários da escola por todo o trabalho árduo ao longo do ano anterior, e para mantê-los animados para o próximo ano letivo.

Uma vez que a promoção de Birdie exigirá que ela cuide do planejamento, organização e marketing deste evento daqui para frente, Greg está permitindo que ela tome as rédeas este ano como outra forma de provar sua competência. Tem sido incrível vê-la nos últimos dias, mesmo que isso signifique que mal passamos algum tempo juntos. Eu observei à distância o quanto ela estava dando duro enquanto eu dava minhas aulas e encontrava novas maneiras de evitar a dona Abigail, e tivemos algumas conversas relacionadas ao trabalho quando ela pediu minha ajuda para preparar algo quando estive entre clientes e esperando no bar.

Quando penso em como Birdie pula toda vez que ouve minha voz e sempre dá um passo para trás quando me aproximo para falar com ela, me amaldiçoo novamente por ter sido assertivo com ela *duas vezes*. É como se, assim que eu admiti que menti sobre não me importar que ela namorasse o Babaca Mochilinha e ser essa a razão pela qual eu a afastei, alguém abriu as comportas e não há como evitar de demonstrar tudo que sinto e quero fazer com ela.

— Birdie!

Quase como se todos na Doca do Eddy estivessem assistindo a uma transmissão ao vivo do meu cérebro nas televisões de dentro em vez de um jogo de baseball, todos os clientes do bar gritam o nome da protagonista de cada pensamento em minha cabeça.

Bodhi e eu nos viramos em nossas cadeiras e, como não há paredes na parte onde fica o deck, podemos ver o interior e tudo o que está acontecendo. E, neste momento, uma linda loira está andando pela Doca do Eddy, virando cabeças e sendo cumprimentada como se fosse uma celebridade.

— Ah, esqueci de mencionar que meu encontro com Tess começa aqui, e meu suborno também incluiu fazê-la trazer sua garota com ela esta noite? — Bodhi comenta, ao meu lado. — Só queria lembrar que estou do seu lado, mas você ainda tem que trabalhar um pouco.

— Com que diabos você subornou Tess para fazer *isso*?

Eu nem me incomodei em virar para olhar para ele, já que apenas respondeu com uma risada que provavelmente deveria me deixar nervoso. Eu mal noto Tess e Wren também caminhando pela Doca do Eddy. Meus olhos estão grudados em Birdie, e minhas pernas e pés de repente criam vontade própria, fazendo-me levantar lentamente da cadeira até ficar de pé para ter uma visão melhor.

Seu cabelo loiro está caindo todo suave e ondulado, solto ao redor de seus ombros, e eu a vejo tirar uma longa mecha da frente do rosto e colocá-la atrás da orelha antes de abraçar uma mulher mais velha que se levanta de uma mesa para cumprimentá-la. Vi a pele de Birdie ficar um pouco mais dourada sob o sol quente trabalhando ao ar livre nos últimos dias, e com a peça única, branca e que deixa os ombro de fora que ela está usando e acho que as mulheres chamam de macacão, sua pele beijada pelo sol está exposta, fazendo Birdie parecer uma deusa praiana.

Ela é deslumbrante e me deixa sem fôlego, e está ficando cada vez mais difícil lhe dar tempo para processar as coisas, embora tenham se passado apenas alguns dias. Eu quero atravessar o deck e ir para dentro do bar, e quero beijá-la até ficar sem fôlego para que ela pare de processar e comece a entender. Tenho mantido as coisas leves, casuais e fáceis no trabalho para que ela não surte, mas talvez seja *eu* que estou surtando.

Passei os últimos dois anos reprimindo esses sentimentos e esquecendo o ser humano incrível que ela é, para que eu pudesse tentar seguir em frente com minha vida e não sentir sua falta a cada segundo de cada maldito dia. Pensei em voltar aqui e, aos poucos, conhecê-la novamente e deixar esses sentimentos crescerem, mas enquanto a vejo caminhar pelo bar, parando para conversar com todos, até mesmo para ajudar a garçonete a sair e limpar uma mesa, eu deveria saber que nunca teria a chance de voltar aqui e não me apaixonar rapidamente. Por que alguma vez pensei que ela mudaria e se tornaria outra pessoa que eu teria que voltar a conhecer ou me apaixonar de novo?

Birdie sempre trabalhou pra caramba, mesmo quando a conheci e ela era uma *caddie* de quinze anos que mal conseguia levantar uma bolsa de tacos de golfe, mas insistia que podia fazer tudo que um garoto fazia e melhor. E ela fez. Todos os malditos dias, ela ganhava mais gorjetas do que seus colegas do sexo masculino, e não era apenas porque ela era jovem e gostosa, e velhos nojentos gostavam de olhar para ela. Birdie trabalhava duas vezes mais do que todo mundo, sempre se oferecendo para ajudar em outros departamentos, fazendo trabalhos extras e aprendendo diferentes ocupações no campo durante os intervalos, sem receber remuneração, só porque não gostava de não saber como algo funcionava. Ela ficava louca se alguém lhe fizesse uma pergunta no CGIS e ela não soubesse a resposta.

Vejo Birdie ser puxada em centenas de direções diferentes enquanto caminha pela Doca do Eddy, seu sorriso nunca vacila e seus cumprimentos com abraços nunca param, embora ela esteja tentando relaxar depois de um longo dia de trabalho, como todo mundo. Penso em como ela faz o mesmo no CGIS, sempre sendo afastada de algo que está fazendo e como nunca reclama ou diz não para ninguém. Ela ajuda onde for necessário e dá o seu melhor em tudo o que é pedido, mesmo que isso tire tudo dela.

Mesmo com o quão ocupada ela está no CGIS, eu também a observei levar uma pilha de trabalho com ela e sair correndo da sede do clube para levar seu sobrinho Owen ao continente para um jogo de baseball ou ao outro lado da ilha para treinar quando Wren está muito ocupada com a sorveteria. Algo que Birdie fez centenas de vezes ao longo dos anos e provavelmente continuará a fazer, sempre colocando sua família em primeiro lugar e fazendo o que pode para tornar a vida de sua irmã mãe solo mais fácil.

Porque isso é quem Birdie Bennett é. E é por isso que me apaixonei por ela quando era um garoto de quinze anos que não distinguia uma bunda de um cotovelo. Ela sempre cuidou de mim, sempre se certificou de que eu soubesse que seus amigos eram meus amigos e sua família era minha família, e ela fez o possível para garantir que eu nunca sentisse um segundo de solidão quando estivesse em Summersweet. Ela até conseguiu fazer isso a centenas e milhares de quilômetros de distância, por meio de ligações, mensagens de texto e videochamadas, checando se eu estava bem e se sabia que tinha um lar e pessoas que se importavam comigo, não importando quão longe eu estivesse.

Até mesmo agora. Mesmo quando ela está assustada e confusa, e ainda tentando me perdoar pela dor que lhe causei ao terminar nossa amizade, e mesmo com o quão ocupada e agitada sua vida é, ela ainda está me ajudando; ainda está cuidando de mim. Um carrinho de golfe apareceu em minha cabana na manhã seguinte ao incidente na Girar e Mergulhar, com as chaves em um envelope sob o console, e sei que aquilo foi obra de Birdie. Mas não era qualquer carrinho de golfe. Era o meu *bebê*. Meu odioso carrinho de golfe e a primeira grande compra que fiz com o primeiro grande prêmio que ganhei.

Meu pai ficou muito irritado porque queria que eu gastasse meu dinheiro em algo que ele achava que eu deveria, como um barco ou um carro. Não, obrigado. Eu queria um carrinho de golfe preto com chamas azuis brilhantes pintadas na lataria, um sistema de som modificado que colocou Birdie e eu em apuros mais de uma vez por tocarmos Dr. Dre pela cidade, pneus de vinte e três polegadas com aros de quinze polegadas, bancos de couro preto e azul e luzes LED multicoloridas passando por baixo do teto do carrinho e ao longo do chassi que brilhava contra o asfalto enquanto dirigíamos ao redor da ilha. Fiquei de joelhos e chorei quando o vi na calçada de minha casa, grato por Birdie não ter estraçalhado o couro, quebrado os faróis com um taco número nove ou deixado Tess tacar fogo quando fui embora. Baby Blue estava tão bonita quanto a deixei, estava com o tanque cheio e até parecia que tinha acabado de ser lavada e polida.

Tenho deixado Bodhi me levar ou pegado emprestado seu carrinho quando ele não está usando, porque sempre me esquecia de descer até o depósito ao lado de onde se aluga carrinhos perto do cais da balsa para assinar a papelada. Algo que nunca me lembrei ou tive tempo de fazer quando cheguei à Summersweet, e era algo que Birdie sempre cuidou para mim, porque ela sabia que eu iria esquecer.

Ela respondeu a todos os meus e-mails e enviou cartas de desculpas a todos os meus patrocinadores em meu nome, e sei que poderia dizer que ela está apenas fazendo isso porque é o seu trabalho, mas todo mundo sabe que isso não é verdade, até mesmo *Birdie*. Greg sabe muito bem que ela já conquistou aquela promoção, e não há outra pessoa com suas qualificações ou seu tipo de dedicação ao CGIS que poderia ser melhor para a vaga. Ele só não quer tentar encontrar alguém para substituir Birdie, porque também sabe que nunca encontrará ninguém melhor do que ela para dirigir a sede do clube. Ela está me ajudando porque *quer*. Porque ela nunca pode dizer não, nem mesmo para mim, porque esse é o tipo de pessoa que ela é.

As três mulheres finalmente conseguem chegar à nossa mesa no deck, todos se cumprimentando ao mesmo tempo, enquanto Bodhi puxava mais algumas cadeiras de uma mesa vazia. Continuo parado aqui, esquecido de usar as palavras, apenas assentindo a cabeça como um idiota, meus olhos ainda grudados em Birdie, que nem olha para mim, porque provavelmente tem medo de que eu a encoste contra o parapeito do deck e tente farejá-la de novo. *Bom Deus, precisamos de mais cerveja.*

— Você cheira maravilhosamente bem. É perfume novo? — Bodhi pergunta para Tess, inclinando-se sobre o seu cabelo ruivo brilhante enquanto puxa uma cadeira para ela.

— Esse é o cheiro da vitória. — Ela sorri para ele.

— Esse é o cheiro de suborno e fumaça — Wren murmura baixinho, ao meu lado, puxando uma cadeira e sentando enquanto eu finalmente tiro os olhos de uma Birdie nervosa e inquieta para olhar para Bodhi.

— Aquele boné de golfe da sorte pegou fogo muito rápido. Foi bem anticlímax, mas ainda valeu a pena cada pedaço de cinza que grudou na minha camisa e no meu cabelo — Tess afirma, inclinando-se para a frente em sua cadeira para pegar uma das duas garrafas de cerveja restantes do balde e abrir a tampa.

— O quê? — Bodhi ri para mim, sentando do outro lado de Tess até que Birdie e eu sejamos os únicos em pé ao redor da mesa. — Você honestamente achou que algo como dinheiro funcionaria com ela? Eu tive que pensar em outra coisa. Ou naquela mochila que você ainda não desempacotou no armário do corredor do seu chalé.

Birdie ri baixinho do outro lado da mesa, finalmente encontrando meus olhos. Ela está de pé, bem contra a grade e bem na frente do minúsculo raio de sol que acaba de desaparecer abaixo da superfície do oceano, ao longe, atrás dela. Ela está cercada por um suave brilho alaranjado, e com seu halo de cabelo loiro e o macacão curto, branco e esvoaçante, Birdie parece um anjo.

Um anjo que quero profanar de mil maneiras diferentes. Caramba, vou direto para o inferno.

O canto de seus lábios macios e rosados está inclinado para cima em um sorriso quase imperceptível enquanto ela continua a sustentar meu olhar. Eu a vejo limpar as mãos na lateral da roupa e morder o lábio inferior, e odeio que ainda a esteja deixando nervosa. Eu não quero que ela tenha medo de mim; quero que saiba que ainda sou a mesma pessoa. Ainda sou o mesmo melhor amigo em quem ela pode confiar, contar, conversar, se divertir e relaxar, que sempre foi apaixonado por ela. Está tudo bem! Podemos ficar relaxados. Isso não precisa ser estranho.

— Eu comi um quilo e meio de mexilhões esta noite. Vou ficar me cagando por uma semana.

Todos na mesa olham para mim e as sobrancelhas de Birdie se erguem um pouco.

Ok, isso foi estranho.

— Bem, eu *estava* morrendo de fome, mas ei, obrigada por falar sobre as suas entranhas. — Birdie quebra o silêncio alguns segundos depois, dando um sorriso sarcástico e com um polegar para cima antes de puxar sua cadeira e finalmente se sentar. Não posso deixar de rir junto com todos os outros enquanto faço o mesmo e me sento, grato por ela pelo menos não parecer ficar dando pulinhos de nervosismo estando bem do outro lado da mesa e podermos brincar como costumávamos fazer.

— Já que arruinei seu apetite, posso lhe oferecer um pouco de álcool para também arruinar seu fígado? — pergunto, puxando a última garrafa de cerveja do balde de água e deixando pingar na mesa enquanto eu a entrego para Birdie, nossa garçonete magicamente voltando com um balde novo, cheio de gelo e seis garrafas.

Bodhi se inclina para frente e o pega da minha mão quando Birdie estremece e balança a cabeça para frente e para trás.

— Eu e o álcool estamos dando um tempo.

— Laura nos fez limpar o vômito de raspadinha multicolorida que deixamos no estacionamento no último Bebidas e Reclamações. Não sei como eu estou bebendo de novo agora — Tess reclama, franzindo o nariz enquanto olha para a cerveja, depois encolhe os ombros e toma um grande gole.

Os olhos de Birdie encontram os meus por cima do balde no meio da mesa enquanto Wren pede um refrigerante à garçonete, e eu me pergunto se ela ao menos se lembra do que aconteceu atrás da Girar e Mergulhar. Vejo sua língua surgir para lamber os lábios, e posso jurar que seus olhos focam na minha boca quando faço o mesmo depois de tomar um gole da minha cerveja e meu pau começa a ficar duro. Percebo que talvez eu tenha bebido também além da conta, já que agora estou imaginando coisas. Coloco a garrafa na mesa.

Chamando a atenção da garçonete antes que ela se afaste, eu rapidamente peço a bebida não alcoólica favorita de Birdie, nada menos que um Arnold Palmer, é claro, parte chá gelado e parte limonada, ambos caseiros feitos pela Doca do Eddy. O sorriso suave e doce no rosto de Birdie quando ela olha para mim quando faço algo tão simples como lembrar da sua bebida favorita teria feito meus joelhos cederem se minha bunda já não estivesse plantada em uma cadeira. Quero que ela continue a me olhar assim, quero que continue se sentindo confortável comigo, e quero que se lembre de todas as milhares de outras noites em que nos sentamos neste mesmo lugar, apreciando a vista, conversando e apenas sendo *nós*. Eu preciso que ela se lembre de que não importa o quanto eu possa assustá-la com o que estou sentindo por ela, ainda somos *nós*.

Bodhi de repente bate palmas, afastando o foco dos olhos de Birdie de mim enquanto todos olhamos para ele.

— Tudo bem, quem quer saber sobre a época em que o tio Bodhi aqui trabalhou como coveiro em El Paso e deixou um colega de trabalho tão louco em cogumelos que acidentalmente quase o enterramos vivo?

CAPÍTULO 13
"FALE SUJO COMIGO."

palmer

— Meu Deus, homem, você é péssimo neste jogo. — Birdie ri, o som musical aliviando a dor de sua reclamação enquanto meu saquinho de peso passa voando direto pela tábua de madeira com o alvo e vai parar do outro lado na areia com um *plop*.

— Posso colocar uma bola de quatro centímetros de diâmetro em um buraco de dez centímetros a mais de cento e quarenta metros de distância em uma tacada, acertando-a com um minúsculo pedaço de titânio. Você e seu alvo idiota podem se ferrar — murmuro, tentando não rir junto com Birdie enquanto nós dois caminhamos lado a lado pela areia para pegar nossos sacos.

Meus sacos amarelos estão espalhados por toda a areia, e todos os quatro vermelhos de Birdie estão dentro do maldito buraco no meio da placa de madeira retangular com uma inclinação de dez graus pintado com o logotipo amarelo e vermelho da Doca do Eddy, sobre a areia.

— Você só conseguiu isso uma vez, dez anos atrás. Eu acredito que coloquei muito mais coisas no meu buraco nos últimos dez minutos.

Os pés de Birdie param na areia assim que as palavras saem de sua boca, e eu solto uma risada. Mesmo que o sol tenha se posto há horas, o Eddy tem algumas luzes amarradas às grades do deck junto com as grandes e antigas lâmpadas de filamento penduradas sob o teto do deck que me permitem ver muito bem aqui na areia, as ondas quebrando não muito ao longe, incluindo um rubor adorável cobrindo as bochechas de Birdie.

— Não se atreva — ela me avisa, levantando o dedo entre nós e apontando para mim.

Envolvo a mão em torno de seu dedo e puxo para baixo até que estou balançando nossas mãos entre nós, segurando apenas aquele dedo. Se eu tocar em qualquer outra parte dela neste momento, tenho medo de que possa jogá-la na areia e descansar entre suas coxas macias, com as quais fui torturado a noite toda, enquanto caminhávamos para frente e para trás entre uma tábua com o alvo e a outra, com cerca de oito metros entre elas.

— Eu não me *atreveria* nem a pensar em fazer uma piada sobre o quão grande é o seu buraco com todas essas coisas que você enfiou nele. — Sorrio, Birdie gemendo e afastando o dedo do meu aperto.

E então é a minha vez de gemer enquanto ajusto meu pau dolorosamente duro na bermuda pela centésima vez nas últimas horas quando Birdie caminha com os pés descalços pela areia e se inclina para pegar seus sacos de dentro da tábua. O já muito curto macacão sobe ainda mais, até que eu posso ver uma pequena parte da curva da bochecha da bunda de Birdie.

Pooooorra. Pare de olhar para ela como um pedaço de bife suculento que você quer dar uma mordida e lembre-se do que você deveria estar fazendo aqui esta noite — relaxar e fazer com que ela se sinta confortável de novo com você, seu imbecil excitado.

Enquanto Birdie e as garotas jantavam, Bodhi agraciou a todos com histórias ridículas, uma após a outra, de suas aventuras, todos nós rimos e interferimos de vez em quando com histórias próprias e apenas nos divertindo, em um momento descontraído. Wren pediu licença logo após o jantar para pegar Owen no treino de baseball, e Tess e Bodhi desafiaram Birdie e eu para um jogo de alvo. Depois que perdemos as duas primeiras partidas de forma ridícula porque eu não conseguia acertar meu saco no buraco, nem se a minha vida estivesse em perigo, e continuei batendo nos sacos de Tess e Bodhi para dar a eles mais pontos, Birdie se recusou a continuar sendo minha parceira, jogando seus sacos na areia e cruzando os braços com uma bufada, porque ela é a pior perdedora do mundo.

Tess e Bodhi desapareceram para algum lugar para continuar seu encontro depois disso e, surpreendentemente, Birdie ficou para trás, sozinha comigo. Não tenho cem por cento de certeza se ela fez isso porque queria passar mais tempo comigo ou só porque queria uma chance de acabar comigo repetidamente nas últimas dez partidas que jogamos. Pelo menos ela não está me evitando ou pulando toda vez que eu falo, então vou deixá-la me humilhar a noite toda se for o caso.

— Aqui estão seus sacos de perdedor. — Birdie bufa.

Meus dedos roçam nos dela quando tiro os quatro sacos amarelos de suas mãos, prestando muita atenção naquele arrepio idiota que Bodhi causalmente mencionou no início da noite. Acontece que não era tão idiota, afinal. Cada vez que mexíamos os sacos, cada vez que empurrei seu quadril para fora do caminho para que eu pudesse fazer a minha jogada, cada vez que nossos ombros se encostaram enquanto caminhávamos entre as tábuas, eu observei seu corpo estremecer quase que imperceptivelmente. Era fascinante e confuso ao mesmo tempo, e me irritou ainda mais que eu esteja aqui tanto tempo e ainda não ganhei um abraço de Birdie, ainda não consegui envolver meus braços completamente em volta do corpo dela, e nem senti-la contra mim.

— Você provou seu ponto; ainda é a rainha desse jogo idiota e eu ainda odeio isso — digo para Birdie, enquanto ela se posiciona ao lado da tábua, de frente para aquela que acabamos de esvaziar.

— Agora você sabe como cada pessoa se sente quando joga golfe com você — Birdie comenta, balançando o braço para trás e, em seguida, trazendo-o de volta para a frente, o saquinho vermelho em sua mão voando no ar em um arco perfeito antes de cair no meio da tábua, balançando bem na borda do buraco.

— Ah, qual é?! — reclamo, jogando minhas mãos para o ar, ainda agarrando firmemente meus sacos. — Você sabe que vou bater no seu saco idiota antes que o meu caia na areia. Só marque logo os três pontos.

Ela apenas ri da minha indignação, balançando a cabeça para mim e apontando para a praia, para a porra do aparelho de tortura de madeira me provocando à distância.

— Eu deveria ter apostado dinheiro com você e feito isso realmente valer a pena. Ah, espere, você é pobre, porque ninguém te deixa jogar golfe profissional de novo. — Birdie ri, me fazendo revirar os olhos, mesmo rindo junto enquanto me movo para ficar ao lado dela; respiro fundo e realmente me concentro na minha jogada.

— Você só tem uma aula agendada para amanhã, e não se preocupe, dona Abigail vai para o continente fazer compras, então sua pequena e sensível bunda terá uma folga. E vou precisar da sua ajuda com a competição Mais Perto do Pin à tarde. Você acha que devemos comprar balões? Acho que devemos comprar balões. Os balões são tão alegres e divertidos. E talvez eu até pegue uma caixa daquelas bombas de confete que usamos no Ano Novo. O que você acha?

Eu rio enquanto Birdie divaga sem parar perto do meu ouvido, tentando quebrar minha concentração.

— Você se esqueceu de quem é meu *caddie*? — pergunto a ela, meus olhos se concentrando no buraco na outra tábua e em como isso deve ser fácil. — Você pode falar o quanto quiser, e isso não me incomoda.

Bodhi nunca cala a boca quando estou treinando, e isso realmente me ajudou a bloquear todos os barulhos irritantes, como fãs sussurrando, obturadores de câmera em ação e pessoas falando sobre balões.

Quando atiro o saco para o alto, sinto-me bem e penso que ele pode simplesmente pousar na tábua e ficar lá; ele desliza direto para cima da madeira, batendo no de Birdie e jogando o dela no buraco antes de escorregar pela borda, bem como eu sabia que faria.

— Toma essa! Então você é realmente *péssimo* nisso.

Não consigo nem ficar chateado com a exuberância de Birdie, porque vê-la cantar e dançar ao meu redor na areia enquanto me provoca é tão engraçado e tão perfeitamente dela.

Jogar este jogo com ela na praia, sob o céu limpo e com centenas de estrelas brilhando e ondas quebrando, brincando e conversando como nos velhos tempos, fez desta uma das melhores noites da minha vida em muito tempo, mesmo que meu pau tenha tentado dar uma de Hulk e sair da minha bermuda a noite toda. Também é algo que nem percebi que precisava desesperadamente. Tenho estado muito tenso com o que fiz com a minha carreira, tenho estado no limite sobre o que aconteceu com meu pai e tenho enlouquecido tentando descobrir como consertar as coisas entre mim e Birdie, quando nós só precisávamos *disso*. Só nós dois sozinhos, sem nenhuma influência externa, nem culpa pelo passado, nem amigos com opiniões. E *eu* precisava disso. Uma noite sem ter que me preocupar com nada além de curtir a companhia da mulher parada ao meu lado, de quem eu senti tanta falta.

— Está ficando tarde. Eu provavelmente deveria ir para casa e parar de envergonhar você — Birdie diz, jogando seu saquinho sem realmente prestar atenção para onde está indo, já que ela está encerrando o jogo e se virando para mim, e a maldita coisa ainda afunda direto no buraco, bem no alvo.

Balançando a cabeça para ela, coloco minhas mãos nos bolsos da bermuda preta, já que de repente há um silêncio constrangedor entre nós e quero preenchê-lo deslizando minhas mãos em volta de sua cintura e puxando-a contra mim.

— A que horas você tem que estar no CGIS amanhã? — pergunto, apenas para ganhar tempo, porque sei muito bem quando ela tem que estar lá.

— O de sempre, às seis da manhã — ela responde, enquanto tiro a mão esquerda do bolso tempo suficiente para olhar para o meu relógio e perceber que é quase meia-noite.

— Merda — murmuro. — Eu não deveria ter mantido você aqui por tanto tempo. Encontro você lá amanhã e ajudo com o que for preciso.

Ela fica quieta por um minuto, e bem quando acho que vai rir de mim e agradecer, mas negar a ajuda, ela sorri e balança a cabeça.

— Isso seria bom. E não se culpe, foi muito agradável acabar com você por horas e horas, partida após partida, enquanto você segurava tanto os resmungos que era quase doloroso ver, e agora toda a ilha sabe que você não consegue acertar o buraco — ela brinca, retribuindo aquele comentário sobre o buraco que fiz um pouco atrás.

— Ok, isso já é forçar — eu resmungo.

— Eu disse o que disse. — Ela encolhe os ombros com seriedade, tornando impossível eu conter um sorriso divertido enquanto ela pega seus chinelos de onde os jogou na areia há um tempo e começa a andar para trás, para longe de mim.

Meu chalé não é muito longe, e Birdie tem uma caminhada de quinze minutos pela areia até sua casa, na direção oposta. Eu pediria para levá-la até lá para ter certeza de que ela chegaria em segurança, mas já levei tanto soco no braço ao longo dos anos quando fiz essa pergunta que nem me incomodo. Vou me esgueirar até o jardim do chalé quando ela estiver longe o suficiente e seguir a uma distância segura da praia para que ela não me veja, como tenho feito há quinze anos.

— É melhor você trazer donuts amanhã de manhã — Birdie me avisa, levantando a voz enquanto começo a andar para trás na areia, dando a ela a ilusão de que também estou indo para casa.

— Nem sonharia em aparecer de mãos vazias! — grito, continuando a recuar e esperando para me virar até que ela me dê um último aceno de despedida.

Meu coração afunda quando caminho um pouco na areia antes que eu possa sentir que é seguro o suficiente para virar e esperar em um jardim para segui-la, e os meus braços parecem vazios depois que outro dia se passou sem sentir Birdie neles. Os últimos dois anos sem ela de repente pareceram dois milhões de anos.

— Campbell!

Meus pés param na areia e tiro as mãos dos bolsos ao me virar quando ouço Birdie gritar meu nome. Ela chegou a cerca de vinte metros de distância, mas ainda posso distingui-la na escuridão com algumas das luzes da praia na frente dos chalés. Parece que tudo acontece em câmera lenta e tudo ao nosso redor para. As ondas param de quebrar, as gaivotas param de gritar enquanto voam acima de nós, a brisa do mar para de farfalhar minha camiseta e meu coração para de bater enquanto vejo Birdie começar a caminhar lentamente de volta em minha direção, seus pés lentamente se arrastando pela areia e seus chinelos caindo de sua mão conforme ela se move.

E então ela está andando mais rápido...

E então ela está correndo...

E então ela está correndo a toda velocidade, e a velocidade do tempo volta. As ondas começam a quebrar, o vento sopra o cabelo de Birdie atrás, meu coração começa a trovejar rapidamente no meu peito e eu tenho tempo suficiente para firmar os pés na areia e me preparar antes que ela voe em meus braços e suas pernas envolvam minha cintura. Escuto um soluço saindo de seu peito quando ela se envolve em volta de mim como um polvo, meus braços indo imediatamente para onde eles pertencem, prendendo-se com segurança ao redor de seu corpo e abraçando-me o mais firmemente possível. Suas longas pernas se apertam com força em volta da minha cintura, seus tornozelos se cruzam contra minhas costas e meu boné cai da minha cabeça enquanto os braços de Birdie se agarram aos meus ombros, suas mãos agarrando os fios curtos de cabelo no topo da minha cabeça enquanto ela segura meu rosto contra o lado do seu. Nem um milímetro de espaço nos separa enquanto a seguro com toda a minha força, sentindo a batida rápida de seu coração contra o meu, com nossos peitos colados.

— Eu senti tanto a sua falta. — Minhas palavras são baixas e roucas, murmuradas contra sua bochecha e cheias de emoção que eu não esperava sentir assim que a tivesse em meus braços novamente.

Mantendo um braço seguro em volta de sua cintura, deslizo o outro por suas costas e pego as mechas de seu cabelo com a mão, mantendo os fios soprados pelo vento fora do caminho enquanto enterro o rosto na lateral de seu pescoço e respiro o cheiro do meu lar. Fecho os olhos, memorizando a sensação de cada centímetro de seu corpo colado ao meu e em volta de mim, seus braços e coxas me apertando com mais força enquanto nos balanço de um lado para o outro na areia.

— Você tem que parar de ficar longe por tanto tempo, Campbell — sussurra baixinho, dizendo as palavras que sempre sussurrou em meu ouvido quando eu voltava para Summersweet e recebia meu abraço voador de Birdie, essas palavras quase me fazendo querer chorar como a porra de um bebê quando as escuto sair de sua boca.

De repente, Birdie solta suas pernas e braços do meu corpo, e eu não tenho escolha a não ser fazer o mesmo enquanto ela desliza lenta e tortuosamente pela frente do meu corpo, um dos meus braços ainda apertado ao redor dela e o outro ainda segurando o cabelo em sua nuca até que seus pés estejam de volta na areia. Suas mãos estão descansando em meu peito enquanto ela olha para mim, nossos corpos ainda estão pressionados firmemente juntos; da frente de nossas coxas até nossas barrigas, e se eu não me afastar, em cerca de dois segundos Birdie vai descobrir exatamente o quão bem posso *acertar o buraco*.

Uma mecha perdida de seu cabelo foge da minha mão e flutua em seu rosto, e Birdie dá um passo para trás, meus braços caindo frouxamente ao lado do meu corpo enquanto ela estende uma mão para segurar seu próprio cabelo para longe de seu rosto antes de se virar e rapidamente ir embora.

Se eu ainda não sentisse o peso de seu corpo em meus braços e pressionado contra mim e o cheiro de sua pele ainda não estivesse enchendo meus sentidos, eu quase pensaria que imaginei o que aconteceu... Aconteceu tão rápido.

Meu coração começa a desacelerar quanto mais Birdie se afasta de mim, e eu a vejo pegar rapidamente seus chinelos no caminho de volta, sem parar, enquanto me preparo para começar a caminhar lentamente em direção ao jardim do chalé para segui-la.

— Quase pensei que você iria passar mais quinze anos agindo como um cagão com aquela garota.

Dou um pulo quando escuto a voz de Murphy, nem um pouco surpreso que ele tenha se aproximado de mim quando eu estava ocupado olhando para a bunda de Birdie, e agora ele está parado ao meu lado, observando Birdie ficar cada vez menor na praia. Ele bate algo contra meu peito, eu olho para baixo e percebo que é meu boné que caiu quando Birdie voou para os meus braços.

— De onde diabos você veio? — pergunto, pegando o boné, sacudindo a areia e colocando na minha cabeça.

— Eu parei para jantar tarde, e Ed e eu ficamos ocupados conversando no bar enquanto ele estava fechando. Não percebi como era tarde, já que você sabe como ele é, e ele estava esperando para ter certeza de que Birdie chegaria bem em casa antes de fechar — Murphy responde, ainda olhando para a praia.

Ed Walton, ou Eddy, o dono da Doca do Eddy, começou a ir na Girar e Mergulhar para pegar milkshake todas as noites depois que o pai de Birdie e Wren foi embora, porque ele não gostava que uma mulher solteira fechasse um negócio sozinha à noite, ainda mais quando ela tinha duas meninas esperando em casa e havia tantos turistas estranhos à espreita. Ed ficava sentado no estacionamento levando a noite toda para beber seu milkshake de caramelo até que Laura terminasse, apagasse as luzes e virasse a placa indicando que a sorveteria estava fechada.

Em circunstâncias normais, eu diria que era uma paixão, mas Ed está casado e feliz com sua namorada do colégio há quarenta anos e Karen o sufocaria enquanto dorme se ele perdesse um milkshake noturno e algo acontecesse com Laura Bennett. É assim que as coisas funcionam em Summersweet. Todos cuidam uns dos outros. A essa altura, acho que Ed vai na Girar e Mergulhar todas as noites, mais para se divertir do que para a segurança de alguém. Ele aprendeu anos atrás que é onde Bebidas e Reclamações acontece e, na maioria das vezes, ele verá algo muito mais divertido e hilário lá do que assistir televisão em casa ou no seu bar.

— Então, você também não gostava do Brad Babaca, hein? — Murphy comenta.

— Não. Achei que ele era um idiota na única vez que o conheci, e ele continuou a ficar cada vez mais idiota.

Reviro os olhos com o uso brilhante do meu vocabulário, mas felizmente Murphy tem pena de mim e não me chama de idiota também.

Nós dois começamos a caminhar lentamente pela areia em direção aos chalés.

— Ele foi uma perda de tempo. Aquele babaca só veio para a ilha duas vezes em dois anos, sempre fazendo com que ela fosse até ele no continente, porque ele dizia que aqui era chato. Ele perguntou a Laura por que ela não havia tentado encontrar um trabalho diferente para poder viver em um lugar melhor e uma vez até perguntou a mesma coisa sobre Birdie quando ela não estava por perto. Laura nunca disse isso a ela; não queria que Birdie soubesse o grande idiota que ela estava namorando. — Murphy ri enquanto caminhamos, enfiando as mãos nos bolsos da bermuda.

O que eu realmente quero fazer é rastrear aquele pedaço de merda e dar um soco na cara dele, mas como não posso fazer isso, simplesmente continuo andando. Ele é o idiota da história. Laura ganha dinheiro suficiente durante os meses de verão e nem precisa abrir a Girar e Mergulhar durante os meses de inverno, mas ela o faz mesmo assim, porque ninguém consegue ficar tanto tempo sem seu sorvete. E Laura, Birdie e Wren sacrificam o espaço que teriam em casas maiores, que definitivamente podem pagar no interior ou no continente, pelo luxo de viver na praia, o que não é barato, mesmo em uma pequena ilha como Summersweet.

— Por que diabos ela ficou com ele por dois anos? — murmuro, nós dois parando bem na entrada do jardim de um chalé, e olho para a praia para me certificar de que Birdie ainda está à vista.

Murphy suspira alto, momentaneamente afastando meu olhar para longe dela para ele.

— Pelo menos algumas coisas nunca mudam e você ainda é um idiota. — Ele balança a cabeça para mim antes de se virar e voltar por onde viemos, gritando por cima do ombro enquanto caminha. — Abra os olhos e finalmente descubra, seu idiota! E não deixe Birdie ver você seguindo-a para casa ou ela vai matá-lo antes que você abra os olhos!

CAPÍTULO 14

"APERTE COM CUIDADO E ACARICIE SUAVEMENTE."

birdie

> Palmer: Há cinco carrinhos de golfe deixados no curral de carrinhos.

> Birdie: Quem é?

> Palmer: Sério? Eu ACABEI de deixar você em seu escritório não tem nem um minuto e disse que enviaria uma mensagem de texto com quantos carrinhos de golfe tínhamos disponíveis enquanto eu caminhava para as tendas do almoço.

> Birdie: Muita coisa pode acontecer em um minuto. Além disso, este contato está listado no meu telefone como Pedaço de Merda Perdedor do Caralho. Coincidentemente, também nomeei assim um número de spam que sempre liga perguntando sobre a garantia de um carro que não possuo. Tenho que ser cuidadosa.

> Palmer: Você tem sorte de dar bons abraços.

> Birdie: Eu dei um abraço, que aconteceu há dois dias, e foi só porque me senti mal por você.

> Palmer: Claro. Ok.

Birdie: Por você ser péssimo em qualquer outra coisa que não seja golfe.

Palmer: O que quer que a ajude a dormir à noite. Você sentiu falta desses braços grandes e fortes levantando e envolvendo você.

Birdie: Meu sobrinho de quatorze anos pode me levantar. Segura a onda, Thor. Você não deveria perguntar ao Ed se ele precisa de ajuda para preparar o tempero sulista que vai usar para o almoço, antes da sua aula?

Palmer: Você não deveria estar pegando os pins para o desafio Tacada à Distância? Meu DEUS, pare de me incomodar quando estou tentando trabalhar. Você é a pior chefe de todos os tempos.

Birdie: Eu gostava mais de você quando era quieto e tímido e fazia o que eu dizia sem falar nada.

Palmer: Tem certeza disso? Não me lembro de você ficar tão arrepiada perto de mim quando eu era quieto e tímido.

Birdie: Isso se chama hiplogicemia. Pode pesquisar na internet.

Palmer: Vejo que você ainda está inventando merdas idiotas na sua cabeça.

Birdie: O quê?

Palmer: Não importa. Volte ao trabalho, preguiçosa. Vejo você na competição Mais Perto do Pin às cinco. Não se esqueça de trazer o talco de bebê do armário. E um suéter para todos os seus arrepios de "hipoglicemia".

O primeiro dia do campeonato de golfe de três dias para os professores e funcionários da escola de Summersweet transcorreu sem problemas até agora, embora tenhamos adiado o dia de ontem, porque caiu outra tempestade de verão que não estava na previsão. Devemos ter mais algumas chuvas esparsas esta semana, que tenho observado de perto, mas até agora não tivemos nada além de um claro céu azul.

Mesmo que estivesse chovendo continuamente ontem e houvesse apenas algumas almas corajosas que saíram para jogar golfe em alguns buracos em vez dos duzentos que planejamos, eu ainda tinha muito trabalho a fazer, atrasando o torneio em um dia. Eu tinha serviço de bufê para reagendar, entregas de comida e bebida para reorganizar, funcionários para remarcar, datas que precisavam ser atualizadas em todos os itens impressos e em todas as redes sociais, reservas para adiar com o hotel ao lado do campo de golfe e uma lista gigante de convidados que precisavam ser notificados da mudança.

Fiel à sua palavra, Palmer me encontrou aqui às seis da manhã e estava ao meu lado durante todo o tempo, ajudando sempre que eu precisava, contando piadas para me acalmar quando eu estava particularmente estressada. Ele até mesmo trouxe do restaurante o meu wrap favorito de salada Caesar com batatas fritas para o almoço e colocou o prato na minha frente quando eu estava em um telefonema e percebi que tinha esquecido de comer, assim como ele tem feito esta manhã toda, quando estou ainda mais esgotada agora que o campeonato oficialmente começou.

A manhã do primeiro dia é quando os professores e funcionários da escola podem trazer quantos membros da família quiserem, e organizamos alguns jogos divertidos de golfe para as crianças, com prêmios, seguidos do reconhecimento de todos os professores sob as tendas que montamos, e então todos almoçam na Doca do Eddy. Depois disso, todos os menores vão embora, incluindo qualquer pessoa com menos de dezoito anos que ainda frequente o ensino médio da Escola da Ilha Summersweet e que trabalhe no CGIS.

Por *muitas* razões, uma das quais tenho certeza que está prestes a ser explicada para mim quando o sino acima da porta da loja de artigos esportivos soa, olho para o relógio e percebo que já se passaram mais de quatro horas desde o almoço.

— Tem dois carrinhos de golfe que precisam de uma higienização completa, alguém também vomitou no buraco doze e todas as garotas do carrinho no *back nine* estão sem cerveja — Mallory diz, uma das garotas do carrinho em questão, sua cabeça aparecendo no vão da porta da loja.

Olho por cima do balcão, onde estou dando ao senhor Flannigan, meu professor da terceira série, o troco do pacote de *tees* que ele acabou de comprar. Mallory mantém a porta mais aberta enquanto ele passa por ela a fim de voltar para o campo, de volta para a competição Mais Perto do Pin que vai começar logo mais e eu já estou atrasada para preparar tudo.

— De novo? — Suspiro, pegando o *walkie-talkie* do balcão.

— O quê? O vômito ou a cerveja? — Mallory ri.

Neste ponto, eu já nem sei. Esta é a terceira vez desde o almoço que alguém vomita no buraco doze, embora não seja exatamente *dentro* dele. Mas isso explica por que as garotas do carrinho no *back nine* ficaram sem cerveja nos três carrinhos de golfe que foram reformados para parecerem como os grandes carrinhos industriais prateados que os vendedores de cachorro-quente de Nova York têm e que foram presos na parte de trás deles, sem as rodas. Esses três carrinhos de cerveja podem ter garrafas e latas suficientes para hidratar toda a ilha, e já foram esvaziados duas vezes desde o almoço.

Esta é uma das principais razões pelas quais todos os menores de idade ou qualquer pessoa que frequente a escola onde esses professores moldam suas mentes jovens não pode estar no Clube de Golfe da Ilha Summersweet durante o campeonato. Essas pessoas, que Deus abençoe suas almas pelo que suportam e fazem, perdem completamente a cabeça todos os anos durante este evento de três dias assim que seus próprios filhos ou os alunos saem do campo. Eles são como mães donas de casa saindo de casa pela primeira vez na companhia de outros adultos, como adolescentes Amish soltos na cidade grande e como *qualquer* pessoa em seu aniversário de vinte e um anos[3] em Las Vegas. Nada mais é do que a devassidão completa até o pôr do sol no terceiro dia, prêmios são entregues, todas as fotos e vídeos são silenciosamente apagados dos celulares e câmeras, roupas são recolhidas de qualquer buraco em que foram descartadas e todos vão embora dizendo: "vejo você no trabalho no final do verão, Bob", como se Bob não estivesse apenas praticando a tacada no *green* quatro horas atrás com a calça em volta dos tornozelos, permitindo que as pessoas tentassem acertar as bolas em sua virilha, onde ele desenhou um grande círculo vermelho com o batom de alguém em sua cuequinha branca e apertada.

Pressionando o botão na lateral do rádio enquanto Mallory me dá um sorriso simpático, se afasta da porta e a fecha com um assobio, informo

---

3   Nos Estados Unidos, a maioridade para beber álcool é de vinte e um anos.

Murphy sobre o vômito enquanto saio de trás do balcão e vou para o bar para cuidar da questão da cerveja.

Quando o fluxo constante de xingamentos de Murphy através do rádio estático chega a ser demais até mesmo para mim, eu desligo o *walkie-talkie* no meio de seu discurso assim que meu celular vibra na outra mão. Olhando para baixo, entro mais rápido no bar, onde um grupo de funcionários da escola que não jogam golfe estão conversando, e vejo uma mensagem de Palmer.

> Palmer: Depressa. Não estamos pagando para você ficar sentada aí sem fazer nada o dia todo, docinho.

Essa é apenas mais uma coisa a acrescentar à longa lista de coisas que já me deixaram louca hoje.

Adoro que as coisas sejam relaxadas, confortáveis e fáceis entre nós, como nos velhos tempos, e ver o nome dele aparecer de novo no meu celular me deixa um pouco tonta.

Eu também *odeio* que as coisas sejam como nos velhos tempos, porque, assim como naquele tempo, Palmer ainda só quer ser amigo enquanto eu sou só suspiros e corações, e ninguém está transando. Estamos tão relaxados, confortáveis e leves neste ponto que estou fazendo aquela merda idiota que passei anos fazendo e que disse a mim mesma que não faria de novo — onde analiso cada pequena interação com ele, pensando ter visto algo que não vi. Tenho certeza de que imaginei a carícia na orelha e o calor em seus olhos, e aquilo que ele me disse quando perguntei o que ele estava fazendo atrás da Girar e Mergulhar. O que era mesmo que ele disse?

"...absolutamente nada até que você esteja sóbria e possa se lembrar de cada maldito segundo."

Ah, sim, isso mesmo. Como eu poderia esquecer? Não é como se eu não tivesse repetido essas palavras a cada minuto de cada dia desde que ele as disse para mim, atrás da sorveteria. E não é como se eu não tivesse evitado especificamente toda e qualquer bebida alcoólica desde aquele momento, como *a noite toda* quando jogamos na praia, e ontem *o dia todo* quando trabalhamos juntos, e *ontem a noite toda* quando comemos algumas fatias de pizza como jantar no *Fatia da Ilha*. Estávamos com Tess e Bodhi, ignorando os dois enquanto eles se beijavam na mesa de piquenique em frente a nós o tempo todo que comíamos, enquanto Palmer e eu conversávamos sobre os velhos tempos e eu lhe contava sobre minha mãe e Wren. Muito tempo para acariciar e rosnar no ouvido, roçar partes do corpo e uma tonelada inteira de *coisas malditamente doces* que eu poderia lembrar lucidamente. Mas não, nada!

Nada além de ser prestativo e atencioso, e garantir que eu fosse alimentada e me mantivesse animada. E me deixar toda arrepiada com seu sarcasmo e seu sorriso com covinhas, vestindo uma camiseta branca com o logotipo do CGIS, o material de algodão bem esticado sobre o peito e agarrado ao redor de seus braços e torso…

Colocando o *walkie-talkie* no bar quando chego ali, eu rapidamente digito uma resposta para Palmer:

> Birdie: Não enche.

Clicando em "enviar" e colocando o celular no balcão, não me sinto nem um pouco mal com a minha resposta quando Tess olha para mim e diz ao cliente que estava no meio de um pedido, que ele precisa esperar um minuto. O senhor Grega, coordenador de educação física da escola, apenas acena para ela com um sorriso, contente em mastigar a tigela de amendoim na sua frente e continuar assistindo *The Briars Open* na televisão do bar. Olho para o meu celular e a mensagem que acabei de enviar, e suspiro profundamente e começo a me sentir culpada.

— O que foi? — Tess pergunta, puxando a toalha branca de seu ombro, levantando meu celular e o *walkie-talkie*, e rapidamente limpando o tampo de madeira pegajoso e brilhante antes de colocar tudo de volta e acenar para que eu me sente no banco vazio atrás de mim.

— Não tenho tempo para uma pausa. Preciso que você peça a alguém para empilhar mais cerveja na porta dos fundos para que eu possa fazer Mallory e as meninas pararem lá e reabastecerem os carrinhos — digo a ela. — E o que aconteceu é que estou apenas sendo uma vaca chorona, como sempre.

Olho para a televisão quando Brock Webster faz um lançamento para fora da sétima área de *tee* e a multidão aplaude.

— Ele deveria estar naquele torneio, e provavelmente isso está em sua mente, e ele está correndo como um louco me ajudando e sendo todo fofo, doce e sarcástico. E estou confusa e frustrada e descontando nele, quando deveria estar perguntando se ele está bem.

Quando termino de divagar, Tess joga a toalha por cima do ombro e, em seguida, pega uma garrafa de vodca debaixo do balcão, segurando-a e girando o líquido um pouco com um arquear de uma sobrancelha.

— Não.

— Porque você está no horário de trabalho ou porque ainda acha que precisa manter seu corpo puro dos espíritos do diabo para quando o Palmer der o próximo passo?

Olhando a hora na tela da televisão, vejo que tecnicamente ainda tenho dez minutos antes de precisar sair para o décimo buraco. Tess diz a um dos outros *barmen* para cuidar das garotas do carrinho, e quando ela se vira para olhar para mim, sento-me na beirada do banquinho. Não estou com a bunda completamente sentada, então realmente não conta como uma pausa. *Cale a boca, não me julgue.*

— Tive que sair e ajeitar todos os jogos das crianças depois que elas saíram, porque Donovan teve uma insolação e precisou ir para casa — começo a explicar rapidamente. — Você sabe que os jogos infantis aconteciam bem ao lado do caminho do carrinho. Bem, Campbell estava lá fora dando algumas dicas profissionais para alguns de professores, mostrando a eles a maneira correta de lançar uma bola.

— Ai, merda — Tess murmura, tentando me oferecer vodca de novo, e recuso novamente.

Vi Palmer lançar uma bola fora de um *tee* mil vezes ao longo dos anos, na televisão e de perto e pessoalmente. Não há nada como estar a poucos metros daquele homem quando ele maneja um taco, mesmo quando ele era mais jovem, quinze quilos mais leve e tinha menos tônus muscular. Tess me ouviu descrever seu corpo e o quão sensual ele parece balançando um taco tantas vezes em quinze anos que ela sabe o que está se passando pela minha cabeça neste momento.

Eu estava pegando um monte de bolas de plástico que iam com o conjunto de golfe infantil que usamos durante os jogos, quando ouvi um pequeno baque de uma bola sendo rebatida, uma risada envergonhada e, em seguida, a voz compreensiva de Palmer.

Levantei e me virei bem a tempo de ver Palmer tomar o taco do vice-diretor da escola primária, que apenas bateu na bola, ficar em posição, balançando um pouco os quadris e relaxando os ombros antes de alinhar o taco no *tee* e explicar a mecânica de tudo o que ele estava fazendo para os homens que assistiam avidamente atrás dele. Talvez sejam os músculos trabalhados, ou talvez seja o fato de que estou molhada desde a primeira vez que ele pressionou seu rosto contra o lado do meu pescoço. De qualquer forma, tenho quase certeza de que tive um pequeno orgasmo quando ele levantou o taco e, em seguida, levou todo aquele poder para atacar a bola.

Quando Palmer acerta uma bola, não é nada como o pequeno baque que vem da tentativa do senhor Arnold, ou como quando eu ou qualquer outra pessoa comum acertamos uma bola de golfe. É um estalo alto e poderoso que fica suspenso no ar e ressoa em seus ouvidos por muito tempo depois de a bola ter passado. Eu nem me virei para ver o quão longe ele acertou. Todas as bolas de plástico caíram dos meus braços, e eu encarei sua postura final com as pernas cruzadas, quadris virados, torso torcido e seus bíceps grossos flexionados e tensos enquanto ele erguia o taco suspenso para trás e por cima do ombro esquerdo, ainda segurando-o firmemente.

— De quem é o taco que ela agarrou? — o senhor Grega pergunta do bar, tirando-me dos meus pensamentos.

Eu me viro e olho para ele com os olhos arregalados e, em seguida, lentamente olho de volta para Tess.

— Você ficou resmungando *agarrou o taco* — Tess me informa, calando a boca do senhor Grega ao encher rapidamente seu copo com uísque e Coca-Cola e depois voltar para mim.

— Eu tinha que pensar logo na palavra *taco*? — murmuro, enquanto ela se estica por cima do bar e dá um tapinha no meu braço. — Deixe-me usar um pouco das suas energias antes de voltar ao trabalho. Você dormiu com o Bodhi ontem à noite depois que tiveram o segundo encontro?

— Uma dama nunca conta. — Nós nos encaramos por alguns instantes. — De qualquer forma, fodi ele em todas as posições no meu sofá, onde acho que ele está morando agora. O pau é enorme, e ele deve ler livros de romances picantes, porque a conversinha suja é nota dez. Não sei o que há com esses caras que fumam maconha, mas eles são *excepcionalmente* bons com a língua — ela pondera e eu não fico com inveja... Não mesmo!

Minha testa batendo contra o balcão do bar na minha frente diz que *é* uma mentira.

Tess enfia os dedos entre a madeira e minha testa e levanta minha cabeça.

— Você sabe que não tem problema nenhum em apenas estender a mão e pegar o que quer, certo?

Um suspiro é minha única resposta quando pego o *walkie-talkie* e, em seguida, o meu celular enquanto desço do banco do bar.

— Estou me referindo ao pau do Putz, caso você não tenha percebido — Tess acrescenta, fazendo com que Grega bufe e se engasgue com um amendoim.

— Se fosse tão fácil, eu teria feito isso quinze anos atrás — digo a ela baixinho, enquanto me inclino para mais perto por cima do balcão.

— Sim, bem, a diferença é que você sabe que seus sentimentos são correspondidos desta vez. — Ela encolhe os ombros.

— Mas eu sei? Eu realmente sei? — pergunto, tentando evitar que minha voz saia aguda e histérica. — Ele não gostou que eu namorei o Bradley e parou de falar comigo. *Dois anos* atrás. Muita coisa pode mudar em dois anos. Isso não significa que ele ainda se sinta assim. Somos amigos de novo. Não é divertido? Amigos!

Desta vez, minha voz *sai* aguda e um pouco histérica.

Meu celular vibra contra a madeira do balcão, e vejo outra mensagem de Palmer me dizendo para eu me apressar. Abstenho-me de dizer a ele para não me encher o saco. Olhando para a televisão enquanto me despeço de Tess, deixo o torneio me lembrar que preciso relevá-lo um pouco, mesmo que meu corpo discorde totalmente.

— A soneca foi boa? Conseguiu afastar todos os seus devaneios da sua mente?

— Devaneios? Quantos anos você tem, noventa? — pergunto a Palmer, protegendo meus olhos do sol enquanto olho para ele, já que esqueci meu boné no escritório.

Alguns funcionários do campo de golfe e curiosos que não estão competindo começaram a se reunir ao nosso redor, metade aqui embaixo perto do buraco para ver onde as bolas chegam, e a outra metade na área de *tee* para ver os competidores darem a tacada. Um dos trabalhadores do CGIS está segurando os marcadores que usaremos nas bolas quando elas pousarem. Eles são essencialmente estacas de plástico que medem cerca de um metro de altura com uma área larga o suficiente no topo para que possamos escrever o nome de alguém nelas com uma caneta.

— Pelo menos eu não tenho doze anos. Lindas tranças.

Palmer estende a mão e puxa uma das duas tranças francesas que fiz esta manhã depois de separar meu cabelo ao meio, pensando que me manteria fresca no sol quente de verão e, não sei, talvez manter meu pescoço bem livre no caso de *alguém* querer acariciá-lo. Em vez disso, deu a ele a oportunidade perfeita de me chamar de criança o dia todo e levantar a mão bem ao lado do meu seio para puxar delicadamente uma trança, sem nem mesmo me dar a cortesia de roçar em um mamilo.

Afasto sua mão, fingindo que ele é um mosquito irritante em vez de um provocador de mamilo.

— Você ao menos se lembrou do talco de bebê?

— Merda! — Olho para o décimo buraco, onde já há um círculo de pó branco de quase dois metros de diâmetro, e cruzo os braços quando olho para trás para encontrar um Palmer sorridente.

Para qualquer tipo de competição como esta em que um jogador de golfe precisa acertar sua bola em uma determinada área para que sua tacada conte para a competição e seja medida, normalmente marcamos a área com talco de bebê, porque não estraga o gramado bem cuidado e é facilmente lavado.

— Você só tinha uma coisa para fazer — Palmer zomba de brincadeira enquanto me entrega a lista de jogadores de golfe inscritos na competição Mais Perto do Pin e a cor de suas bolas de golfe designadas que serão lançadas em nossa direção daqui a pouco. — Você tem sorte de eu manter uma garrafa de Fresh Balls[4] na minha bolsa de golfe o tempo todo e conseguir salvar o dia sem a sua ajuda, já que você não faz nenhum trabalho por aqui.

— As bolas estão roçando um pouco, não estão? — Bodhi pergunta com a boca cheia de comida enquanto se aproxima de nós.

— Não gosto de fricção na área testicular, e o suor de lá também não é muito agradável. — Palmer assente com a cabeça, alcançando a bolsa ao lado dele e segurando uma garrafa de plástico amarela, que costumava conter o... talco de *bolas* que agora está em um círculo ao redor do buraco no gramado.

— Seu suor de saco é particularmente desagradável — Bodhi concorda, limpando a mostarda da bochecha com um guardanapo enrolado na mão depois que ele dá outra mordida em seu cachorro-quente, em seguida, olha para o círculo em pó e ri. — Me lembrem de contar para vocês sobre aquela vez que estávamos em Columbia para um torneio de golfe idiota e eu estava relaxando com alguns *caddies* no final do dia depois que Pal voltou para o hotel. Jogamos Mais Perto do Pin, mas não era talco de bebê ou Fresh Balls que usamos. Ahhh, o golfe é muito mais divertido em Columbia.

---

4 Fresh Balls – desodorante/antitraspirante destinado para a área íntima masculina.

Meu nariz chega a coçar só de pensar nisso.

— Por que você está aqui? Você não é um professor, e sei que não comprou um ingresso — eu digo, bem quando escuto Adam avisar para mim pelo rádio que o primeiro jogador de golfe está pronto.

— Ahm, cachorros-quentes grátis, *dã*. — Bodhi ri. — Gosto de saborear um pouco de carne misteriosa enquanto vejo adultos agarrando seus tacos e brincando com suas bolas o dia todo.

E assim, minha cabeça vai direto para algo sujo enquanto nós três nos movemos para trás da área isolada por cordas e fora do caminho com todos os outros ali presentes, minha mente cheia de nada além do *taco* do Palmer.

Senti um pouco daquele taco na praia na outra noite depois do jogo de alvo quando estava me afastando dele e não aguentei mais, perguntando-me por que continuava me torturando e lancei-me em seus braços. Com seu corpo, seu cheiro e o aperto que ele tinha sobre mim como se nunca quisesse me soltar, e como me falou o quanto sentia minha falta com uma voz rouca e gutural, tudo se tornou demais e eu não consegui respirar sem querer beijá-lo e deixar escapar tudo o que sinto por ele. Eu rapidamente me desvencilhei de seus braços e deslizei para baixo em seu corpo. E como o Palmer estava vestindo uma bermuda fina e não havia um milímetro de espaço entre nós, senti um pouco dos seus atributos deslizar entre minhas pernas abertas que estavam ao redor de sua cintura e então roçar na minha barriga.

Jesus Cristo, de repente ficou quente aqui.

O quadril de Palmer bate contra o meu e estou segurando o pedaço de papel com a lista de jogadores de golfe em minhas mãos com tanta força que rasga no meio.

— Você está bem? Parece um pouco distraída.

— Aqui, pegue o resto do meu cachorro-quente — Bodhi diz, ao lado de Palmer, inclinando-se ao redor dele para estender sua carne misteriosa comida pela metade.

Dando um passo gigante para a minha direita e para longe dos dois homens, paro de ser distraída pelo meu *amigo* ao meu lado e começo a trabalhar. Levantando rapidamente a buzina, que me *lembrei* de trazer comigo do escritório, acima da minha cabeça e mais perto dos homens que estão ao meu lado enquanto eles estão ocupados falando sobre algo, eu pressiono e seguro o botão e deixo a explosão da buzina dar início à competição pelo campo, e sinto um pouco de prazer no fato de Palmer estremecer tão forte de susto que deixa o cachorro-quente de Bodhi cair direto na grama a seus pés.

CAPÍTULO 15
"TENTANDO AFOGAR O GANSO."

palmer

Palmer: Você ainda está acordada?

Birdie: Quem é?

Palmer: Pelo amor de Deus, Birdie.

Birdie: Ahhh, tudo bem. O outro Pedaço de Merda Perdedor do Caralho no meu telefone me chama de Robert. O que posso fazer por você, Campbell?

Palmer: Às vezes você é exaustiva.

Birdie: Já passa das onze da noite, então é melhor parar de me mandar mensagens e ir para a cama. Teremos outro dia repleto de diversão amanhã, com vômito e pessoas fazendo escolhas ruins na vida enquanto tentam jogar golfe.

Palmer: Eu só queria agradecer por me deixar sozinho no jantar da casa da Tess esta noite com ela e Bodhi. Terei pesadelos para sempre agora.

Birdie: Desculpe, você sabe que tive que levar o Owen para dormir na casa de um amigo no continente para a Wren. Além disso, você já esteve na casa da Tess antes e viu a caveira no meio do balcão da cozinha que pode ou não ser humana, daquela época em que ela namorou um cara na Virginia que se formou em Antropologia Forense. Ela prometeu nunca mais deixar aquela coisa no seu travesseiro de novo enquanto estivesse dormindo, e Tess sempre cumpre suas promessas, seu bebezão.

Palmer: Não estou falando sobre o crânio com órbitas vazias e assustadoras que seguem você aonde quer que vá, mas obrigado por me lembrar da vez em que fiz xixi na cama já adulto.

Birdie: De nada. Ei, você está bem depois de hoje?

Palmer: Você quer dizer depois de testemunhar um homem adulto se encolher em posição fetal em uma pilha de seu próprio vômito e chorar no campo de golfe? Não foi a primeira vez e nem será a última. Bodhi sabia o próprio limite de cachorro-quente grátis, e ele o excedeu, e muito.

Birdie: Não, mas obrigada. Agora terei pesadelos para sempre. Eu quis dizer sobre The Briar Open. Você teria acabado com todos naquele torneio. Eles são péssimos por não te deixarem competir. Sinto muito por você não ter ido e, em vez disso, tenha que trabalhar em um campeonato idiota de golfe.

Palmer: Tudo bem. Adorei cada minuto trabalhando naquela competição hoje, e você sabe disso. Nem percebi que Briar era hoje até que um dos caras disse quem ganhou, quando Bodhi e eu estávamos indo para a casa da Tess. Brock jogou um jogo limpo, pelo que ouvi. Ele mereceu a vitória.

Birdie: Não, ele não mereceu. Cale a boca. Você está esquecendo com quem está falando? Você não tem que ser diplomático comigo. Ele é um idiota arrogante que dá uma gorjeta a seus caddies de apenas um por cento do prêmio em vez dos tradicionais cinco a dez, põe você para baixo toda vez que é entrevistado quando você nunca disse uma palavra ruim sobre ele, e você é no mínimo umas quatro vezes melhor do ele, o que é patético. Você deveria ter estado lá e teria acabado com ele.

Palmer: Você está... me defendendo? Ai, Deus. É isso? Esse é o fim do mundo? Eu não estou preparado! Há tanto que ainda não fiz! SOU MUITO NOVO PARA MORRER!

Birdie: Tudo bem, já chega. Você só mandou mensagem a esta hora para me irritar?

Palmer: Ah, isso mesmo! Meu motivo inicial para esta conversa. Você é muito distrativa. Eu estava mandando uma mensagem para agradecer por me deixar sozinho com Tess e Bodhi, e não por causa do maldito crânio que quer a minha alma. Na verdade, eu estava me referindo a toda a demonstração pública de afeto que tive de testemunhar enquanto o jantar estava sendo preparado, durante o jantar e os cinco minutos depois que levei para encontrar as chaves do meu carrinho de golfe. A boa notícia é que não tive que pagar por pornografia esta noite.

Birdie: Você sabe que pornografia está amplamente disponível de graça na internet, certo? Não é à toa que você não tinha dinheiro e precisava conseguir um emprego no CGIS. HAHAHAHA!

Palmer: Você assiste a muita pornografia grátis, não é? É esse o verdadeiro motivo pelo qual você e o Brad Mochilinha não deram certo? Sabe que existem centros de apoio de dependência para isso? HAHAHAHA!

Birdie: Vou dormir agora.

Palmer: Mais uma coisa. Bodhi e Tess querem saber se queremos ir com eles e algumas outras pessoas ao Hang Five amanhã à noite, depois do trabalho. Acho que ela disse que Wren e Owen também vão e podem dar uma carona para você. Que tal?

Birdie: Eu poderia ser persuadida a ganhar de você em algumas rodadas de Skee-Ball[5]. Você tem permissão para voltar ao fliperama? Acho que ainda tem uma bola presa no teto da última vez que você esteve lá.

---

5 Jogo comum em fliperamas em que se atiram bolas em uma pista inclinada com argolas de diferentes pontuações.

Palmer: Haha, você é hilária. Era a porta de um armário de armazenamento, e encomendei uma nova para o Ralph antes mesmo de ir embora da ilha daquela vez. Está bem. Bons sonhos, docinho.

Palmer: 0-800-EUAMOPORNO é o número do centro de dependência.

Vir para um fliperama com todas as luzes, sinos, sirenes, apitos e telas *tilintando* e *retinindo* enquanto saem das máquinas talvez não tenha sido a melhor ideia depois de um segundo dia inteiro de confusão de bêbados no campeonato de golfe dos professores. Mas, olhando ao redor da sala de tijolos com fliperamas que leva a outras áreas de jogos, onde adultos e crianças se aglomeram em torno de máquinas de pinball, mesas de air-hockey, jogos antigos de fliperama como Donkey Kong e Pac-Man e outro jogos, torcendo uns pelos outros e rindo, indo de um lado para o outro, surpreendentemente esqueci da minha dor de cabeça. Lembro de centenas de noites como esta, estando aqui e me divertindo com a mulher sentada ao meu lado na mesa, nós dois vindo aqui apenas para nos refrescarmos e jogar alguns jogos enquanto vagávamos pela cidade, segurando sua mão e a arrastando para as mesas de sinuca, porque era o único jogo em que eu poderia vencê-la, e ainda não consigo acreditar que estou realmente aqui com ela novamente.

Espero que desta vez, com a idade, eu também esteja mais sábio.

Depois de cerca de uma hora de diversão, Birdie decidiu que era hora de trabalhar e nós dois fomos para uma das pequenas mesas que o Hang Five Fliperama colocou ao lado da área destinada para trocar os tickets por prêmios, para pais cansados que precisassem descansar. Agora, Birdie e eu nos sentimos como pais cansados, e de repente estou repensando minha ideia de querer três filhos.

— Eu preciso de mais fichas — Bodhi exige, com as mãos em concha na sua frente, ao lado da mesa onde Birdie e eu estamos sentados, e estou tentando não notar cada vez que a coxa suave e nua dela esfrega contra a minha.

— Eu *acabei* de lhe dar cinquenta fichas. O que diabos você fez com elas? — murmuro, pegando um punhado de moedas douradas do balde de plástico sobre a mesa e colocando-as nas mãos de Bodhi.

— Enfiei no rabo e caguei alguns bichinhos de pelúcia para algumas crianças. O que diabos você acha que eu fiz com elas? Pare de ser mesquinho, papai, e me dê mais.

Birdie bufa ao meu lado, e mantenho meu olhar irritado em meu amigo enquanto alcanço o balde novamente e coloco outro punhado de fichas em suas mãos estendidas. Assim que a última cai na pilha, ele sai correndo.

— Não corra, ou você vai derrubar alguém! — Birdie grita atrás dele, fazendo o mesmo com Tess quando ela de repente passa correndo pela nossa mesa atrás dele. — Meu Deus, você coloca as pessoas na frente de um monte de jogos que vão cuspir tickets que você pode resgatar por nada além de porcaria, e eles se transformam em crianças — Birdie se queixa, nós dois observando Tess empurrar Bodhi para fora do caminho para que pudesse jogar o jogo da *Roda da Fortuna* que estava diante deles.

— Não aja como se não estivesse se remexendo nesse banco, esperando para trocar seus tickets por um caranguejo de pelúcia, dezessete pacotes de bala, nove tubinhos doces e uma bola de borracha — digo a ela, afastando minha atenção de Tess e Bodhi discutindo para vê-la sorrindo para mim, um grande e brilhante sorriso de Birdie, com sua covinha aparecendo e mordendo a ponta da língua.

Porra, ela é tão linda que está literalmente acabando comigo.

Eu pude ver a hesitação em seu rosto quando caminhamos até aqui um tempinho atrás e dei um tapinha no banco ao meu lado para ela se sentar em vez de apontar para o outro lado da mesa. Quando menti e disse a ela que era apenas para não termos que gritar por causa do barulho enquanto trabalhávamos, ela rapidamente sentou ao meu lado, e desde então me arrependo dessa decisão. Eu deveria tê-la feito se sentar no meio-fio, e poderíamos ter conversado pela janela onde eu não teria que sentir o perfume tropical da sua pele, observar seus seios empurrando contra o tecido apertado de sua camisa de algodão toda vez que ela respirava, e sentir seu braço roçar no meu toda vez que ela se move.

— Já tenho ouriços roxos de pelúcia suficientes e só me faltam mais dez tickets para o abajur de lava — ela diz, guinchando um pouco enquanto olha para a pilha de tickets no meio da mesa, me fazendo rir. — Tudo isso é muito legal, mas primeiro precisamos trabalhar.

Puxando uma folha de papel da agenda que ela leva para todos os lugares, Birdie o desliza sobre a mesa bem na minha frente, e eu olho para ele.

— Sei que você viu que respondi a todos aqueles e-mails solicitando entrevistas, dizendo que você não estava falando com ninguém no momento. Também entrei em contato com aquele cara do *USA Today* com quem você conversou ao telefone, e ele concordou em não publicar nada do que você disse naquele dia, desde que déssemos a ele a primeira entrevista quando estiver pronto. Mas agora realmente precisamos fazer algum tipo de declaração pública — ela explica. — Elaborei um comunicado de imprensa e coloquei a culpa do seu... *episódio* na exaustão. "Por favor, me dêem um pouco de privacidade, blá, blá", o de costume. Espero que esteja ok. Leia e me diga o que pensa.

— Episódio, hein? — Eu sorrio para ela, pela primeira vez realmente vendo humor no que fiz.

— Parecia melhor do que "aquela vez em que você deu um piti e resolveu lavar sua cunha de lançamento na lagoa". — Ela sorri de volta, tirando outra mecha de cabelo de sua bochecha e colocando-a atrás da orelha.

Birdie prendeu de novo o cabelo naquelas malditas tranças, mas algumas longas mechas se soltaram ao longo do dia, os fios loiros finos a incomodando constantemente enquanto ela os afasta ou sopra para longe de seu rosto. Passei os últimos dois dias fazendo cálculos de matemática na minha cabeça para tentar parar de me imaginar curvando Birdie sobre a mesa em seu escritório, puxando para baixo aquele minúsculo short de algodão com o qual ela continua me torturando e segurando aquelas duas longas tranças juntas em uma de minhas mãos enquanto eu a fodo tão forte por trás que a mesa se move através da sala.

4x4 = 16x7 = 112...

Mudando de posição na cadeira e tentando não estremecer com o quão dolorosamente duro meu pau está nesse momento, na porra de um fliperama infantil, eu inspiro pelo nariz e expiro pela boca enquanto examino rapidamente o comunicado de imprensa que Birdie elaborou, pegando minha garrafa de cerveja gelada da mesa e bebendo metade dela para tentar esfriar a situação enquanto leio o que está escrito no papel. O comunicado parece mais profissional, inteligente, claro e conciso do que qualquer outro que meus assessores enviaram para mim no passado, e não estou nem um pouco surpreso.

— Está perfeito — digo a ela, deslizando o papel de volta, fingindo que ainda me lembro como engolir o próximo gole de cerveja que estou bebendo quando sua mão roça na minha enquanto ela pega o papel de volta.

— Ok, então vou me certificar de que isso seja enviado hoje à noite para a imprensa antes de eu ir para a cama — Birdie informa, colocando o comunicado em sua agenda e fechando-a lentamente antes de olhar para mim.

O sol fez surgir algumas sardas na ponta de seu nariz, e eu me pergunto o que ela faria se eu me inclinasse e beijasse cada uma delas. Provavelmente colocaria as mãos debaixo da mesa e daria um soco em minhas bolas ainda inchadas e doloridas.

— Você viu o e-mail do seu pai? — pergunta, sua voz ficando o mais baixo possível sobre o barulho do fliperama ao nosso redor.

— Ah, o que ele encaminhou de um dos meus patrocinadores que dizia apenas "dê um jeito"? — pergunto, com uma risada sardônica. — É bom ver que meu velho e querido pai ainda se importa.

Não é como se eu esperasse que a primeira comunicação do cara depois de envergonhá-lo em rede nacional fosse um romance de duzentas páginas, mas talvez perguntar se estou bem ou até mesmo onde estou teria sido legal. Embora eu tenha certeza de que ele sabe muito bem. Meu pai não sabia muito sobre mim ou o que eu queria, mas sabia que Summersweet era o único lugar que eu sempre quis estar.

— Sinto muito — ela fala baixinho, olhando para mim. — Você está bem? Tudo bem se não estiver pronto para falar sobre isso. Tenho certeza de que sua cabeça está girando e que está assustado com o futuro, mas prometo que vou fazer tudo o que puder para deixar sua imagem ótima e ter todos implorando para tê-lo de volta ao circuito.

As luzes, assobios, conversas e sirenes desaparecem quando olho para ela, desejando que eu pudesse simplesmente falar tudo e fazer com que ela entendesse que ela não tem nenhum motivo para sentir muito, porque nada mais importa na minha vida além *dela* e o que *ela* pensa de mim e que estou tão apaixonado por ela que não consigo pensar direito. Mas não digo nada. Apenas olho em seus olhos azuis focados em mim com cuidado e preocupação, e penso em como ela hesitou em se sentar ao meu lado quando no passado costumava se jogar tão rápido no banco que batia direto em mim e quase me empurrava para o outro lado. E eu me lembro que ela só precisa de mais tempo antes de eu dar o meu próprio "empurrão".

— Não sinta, docinho — falo, batendo meu ombro contra o dela, observando seus olhos estreitarem em aborrecimento com o novo apelido.

Se ela soubesse que eu dei a ela esse apelido depois de passar a noite toda na praia jogando alvo com ela, tendo vislumbres das doces curvas de sua bunda, lutando contra o desejo de afundar meus dentes nela...

— Honestamente... não tenho ideia alguma do que quero para o meu futuro, então é difícil surtar sobre algo que nem consigo imaginar agora — digo a ela, referindo-me ao golfe e não ao fato de que o que quer que o futuro tenha reservado para mim, que eu tenho certeza absoluta de que, desta vez, ela fará parte dele.

— Bem, você tem muito tempo para se decidir.

Ao contrário de você, eu não preciso de tempo. Minha mente estava decidida no dia em que conheci você, docinho.

— Se prometer ser uma boa garota, talvez o *papai* aqui tente ganhar aquele abajur de lava para você — falo para ela, arqueando as sobrancelhas.

De repente, Birdie começa a tossir, afastando minha mão quando tento dar um tapinha nas costas dela.

— Eu só... engoli errado. — Ela finalmente consegue respirar, afastando-se um pouco mais de mim no banco antes de balançar uma de suas pernas sobre ele e se levantar.

Eu a vejo pegar sua agenda e colocá-la debaixo do braço, apontando para os jogos enquanto começa a se afastar rapidamente.

Com um suspiro, eu me levanto da mesa, perguntando-me quanto tempo vai demorar para ela confiar em mim novamente. Observando seus quadris balançarem de um lado para o outro e sentindo de novo meu pau se movimentar por olhar para a bunda de Birdie enquanto a sigo; espero que isso aconteça logo antes do meu pau explodir.

— Apenas sente, Birdie. — Suspiro, batendo no topo das minhas coxas pela terceira vez.

Meu carrinho de golfe está parado no meio-fio em frente ao Hang Five, a rua quase vazia agora que as pessoas começaram ir para casa. Mais uma vez, Birdie olha ao redor, para cima e para baixo na rua, antes de morder o lábio enquanto olha para dentro do carrinho de golfe lotado, abraçando a caixa que guarda o abajur de lava, que ganhei para ela, contra seu peito junto com o ouriço de pelúcia roxo.

Desde que Wren e Owen foram embora algumas horas atrás, deixando Birdie sem carona para casa, prometi cuidar disso eu mesmo. E então eu passei o resto da noite pesando os prós e os contras de dar uma sumida por alguns minutos para me masturbar no banheiro masculino depois de ver Birdie se curvar para jogar Skee-Ball, se curvar para jogar sinuca e se curvar para amarrar a porra do sapato, o que me levou a tomar mais de uma cerveja. Bodhi esteve muito ocupado se chapando com todo o açúcar que consumiu a noite toda e não bebeu, então entreguei as chaves para ele e o cara decidiu oferecer carona para metade do fliperama.

Ok, não era *metade* do fliperama, mas gente suficiente para que todos estejam sentados uns nos colos dos outros, incluindo Tess, que tem uma de suas colegas de bar do CGIS, que encontrou esta noite, sentada em suas coxas. O único lugar que sobrou para Birdie, que foi a última a sair, fica no banco de trás comigo, ao lado de Erin e Steve, um jovem casal que é dono de um dos pequenos hotéis, e ela terá que sentar no meu colo.

— Está tudo bem. Vou caminhando — ela fala, encolhendo os ombros, dando um passo para trás, afastando-se do carrinho de golfe.

Deixe-me dizer quanta alegria está me dando o fato de ela preferir andar para casa do que sentar no meu colo por alguns minutos de merda.

— É uma caminhada de trinta minutos. Você pode parar de ser teimosa e apenas sentar? — Dou um tapinha nas minhas coxas novamente e cerro os dentes quando ela não se aproxima.

— Pelo amor de Deus, senta logo! — Tess finalmente grita com ela do banco da frente. — Melissa tem uma bunda ossuda que está acabando com as minhas pernas, e tenho certeza de que Putz vai prometer não acabar com você com a *perna* dele.

Melissa e Tess riem no banco da frente e eu finjo que é a coisa mais engraçada do mundo e não uma possibilidade real, quando Birdie finalmente se move. Ela entrega para Melissa sua caixa com o abajur de lava e seu bicho de pelúcia, dá um soco no braço de Tess, depois se move para o último banco, virado para trás, agarra a barra de segurança acima do meu ombro e sobe no carrinho.

Birdie se vira e se senta de lado, apoiando a bunda bem na ponta dos meus joelhos antes de Bodhi pisar no acelerador e decolar. Ele voa pela rua, e Birdie fica exatamente onde está, segurando firmemente o braço da poltrona com uma mão, segurando o topo de sua coxa nua com a outra, e provavelmente exigindo o máximo de todos os músculos de seu corpo para que ela não se mova um centímetro para trás, sobre as minhas coxas. Ela mal está colocando seu peso em mim, sua coluna rígida e seu perfil estóico, olhando para fora do carrinho de golfe, para a paisagem que passa à toda.

— Pode se encostar. — Indico a ela, gritando por cima da música depois que Bodhi liga o sistema de som e Eminem berra nos alto-falantes, as luzes LED do teto do carrinho iluminando com um brilho multicolorido ao nosso redor.

— Ah, eu estou bem assim! — Birdie responde alegremente, virando a cabeça para sorrir para mim antes de olhar para fora do carrinho, que se movia rapidamente.

Bodhi vira em uma curva sem desacelerar, e minhas mãos se movem rapidamente para agarrar os quadris de Birdie quando ela quase voa da ponta dos meus joelhos para fora do carrinho de golfe.

— Isso é ridículo — murmuro, com um aceno de cabeça, enquanto todos no carrinho, além de nós dois, começam a cantar *Lose Yourself* quase berrando.

Sentando para frente, passo um braço em volta de sua cintura e a puxo sobre minhas coxas até que ela esteja pressionada contra mim, com seu ombro apoiado no meu peito.

— Melhor? — pergunto, meu queixo logo acima de seu ombro e minha boca bem contra sua orelha.

A única resposta de Birdie é um aceno rápido com a cabeça enquanto ela olha para frente.

Com certeza não é melhor para mim. É a pior punição e a tortura mais doce que já passei. Ela está tão confortável e quente pressionada contra mim, e cheira como o paraíso. Quando eu a puxei sobre as minhas pernas, o movimento levantou minha bermuda, e agora a parte de trás de suas coxas nuas está pressionada contra o topo das minhas, e visões dela quente, suada e tensionada enquanto a penetro por trás enchem minha mente até que sinto que vou desmaiar.

Todos os outros no carrinho estão gritando sobre como você só consegue uma chance e é melhor não perder a oportunidade, e sinto que eles estão gritando aquilo para mim, mas o que diabos eu devo fazer em um carrinho de golfe lotado, quando tudo que quero fazer com essa mulher neste momento envolve me enterrar dentro dela, sendo que Birdie mal consegue ficar sentada no meu colo e nem mesmo olha para mim?

Ela se mexe um pouco em meus braços, sua bunda se aconchegando mais firmemente em meu colo, seu quadril muito perto do meu pau já pulsando e muito vivo, lutando contra o material da minha cueca boxer, até que mudo de multiplicação para divisão em cabeça. Meu rosto ainda está bem perto, contra o lado do seu rosto, minhas mãos apertando com a necessidade de acariciar meu nariz em sua pele enquanto meu braço que envolve sua cintura aperta, querendo fazê-la virar a cabeça para que eu possa chupar o lábio inferior que Birdie está mordendo...

— Birdie... — Seu nome é um sussurro e um apelo, embora eu não saiba o que diabos estou pedindo.

Me beija?

Olhe para mim e me veja?

Deslize esse short minúsculo para o lado e me deixe foder sua doce boceta até que ambos esqueçamos por que diabos estivemos bravos nos últimos dois anos?

Eu a sinto estremecer em meus braços quando minha respiração flutua contra sua orelha, mas estamos nos movendo rápido, está frio aqui fora, ela está arrepiada desde que entrou neste carrinho de golfe e preciso fechar minha maldita boca antes que eu diga algo estúpido como: "me deixe voltar para casa com você para que eu possa fodê-la até semana que vem".

O tempo quase para neste carrinho quando vejo a cabeça de Birdie começar a virar lentamente em minha direção até que seus olhos estão focados nos meus e nossos narizes quase se tocam.

Meu braço ainda está agarrado em sua cintura e posso sentir sua respiração ficando mais rápida, mas Birdie não se vira e não tira os olhos dos meus. Corro alguns quilômetros todas as manhãs para me manter em forma, mas agora parece que acabei de correr uma maratona para a qual não estava preparado. Meu peito está apertado e estou tendo dificuldade em levar mais ar para os pulmões quando vejo os olhos de Birdie se fixarem em minha boca.

Bodhi passa por um buraco na rua, e a bunda de Birdie quica em cima do meu colo, me fazendo segurá-la com mais força enquanto ela agarra meu braço em volta de sua cintura, puxando-a com mais firmeza contra mim, cálculos matemáticos voando pela minha cabeça em uma velocidade alarmante. Estou prestes a perder minha maldita mente, querendo beijar essa mulher com sua respiração arfante sobre meus lábios, seus olhos fixos em minha boca e sua bunda aninhada ao lado do meu pau, me perguntando se um homem pode morrer por tentar não se masturbar na parte de trás de um carrinho de golfe lotado, indo rápido demais por uma pequena rua de uma ilha.

É apenas cerca de dez minutos de viagem, mas são os dez minutos mais longos da minha vida antes de chegarmos à frente do chalé de Birdie, e ela sair voando do meu colo e do carrinho antes que Bodhi o parasse completamente. Ela murmura um adeus para todos, sem olhar meus olhos quando diz que vai me ver no trabalho amanhã, antes de pegar de Melissa seu abajur de lava e o ouriço e desaparecer dentro de sua casa.

Demora quinhentos e trinta e cinco segundos antes de Bodhi deixar todos os outros em suas casas e entrar na minha garagem, e eu contei cada um deles. Quinhentos e trinta e cinco segundos desde o momento em que

Birdie saiu do meu colo, que tive que ranger os dentes, cerrar os punhos no colo e balançar o joelho para cima e para baixo para não ficar tentado a enfiar a mão na minha bermuda e aliviar um pouco da pressão que ela deixou para trás. Quinhentos e trinta e cinco segundos de tortura até que estou sozinho em meu chalé, andando pelo corredor, abrindo a porta do banheiro e batendo-a atrás de mim, abrindo a água fria do chuveiro enquanto Bodhi e Tess desaparecem para uma caminhada pela praia antes de voltarem para a casa dela.

Minhas roupas já estão jogadas no chão, e eu solto um uivo quando entro no chuveiro e fecho a porta de vidro, a água fria atingindo minha pele e a sensação era de que estava me perfurando como facas. Apoiando ambas as mãos nos azulejos à minha frente, inclino minha cabeça para a frente, sob o jato e fecho os olhos, deixando a água gelada cair sobre minha cabeça para tentar lavar os pensamentos sobre Birdie...

O cheiro de sua pele, a forma como sua língua sai para acalmar seu lábio inferior depois de mordê-lo, sua bunda sexy esfregando minhas coxas, o número de vezes que a imaginei sentada assim no meu colo, mas ela estava montada em mim, olhando para baixo, entre nós enquanto meu pau desaparecia dentro dela, todo brilhante e escorregadio com sua umidade cada vez que eu recuava para estocar de novo...

Porra.

Caralho.

Meu pau está na minha mão antes mesmo que eu possa dar minha próxima respiração, um gemido desliza pelos meus lábios molhados assim que aperto meu punho em volta de mim e dou a primeira carícia rude até a ponta inchada e sensível. Cada fantasia que já tive sobre Birdie passa pela minha mente quando começo a me masturbar com mais força, acariciando meu pau mais rápido, as imagens em minha cabeça mais vívidas, mais nítidas, mais *sensuais* agora que estou de volta à ilha e senti seu corpo pressionado contra o meu, o cheiro de sua pele fresco no meu nariz e infiltrando-se em meus poros.

Birdie nua, esparramada na minha cama, seu cabelo loiro espalhado ao seu redor, as costas arqueadas, uma de suas mãos deslizando pela frente de seu corpo, as pernas abertas para mim.

Meu punho apertado trabalha rapidamente para cima e para baixo na base do meu pau molhado, nem mesmo sentindo a temperatura da água fria caindo sobre mim enquanto fecho os olhos e deixo as fantasias tomarem vida.

Birdie se curva sobre sua mesa no CGIS depois do expediente, a saia puxada para cima, em volta da cintura, aquelas tranças grossas enroladas em um dos meus punhos com os dedos da minha outra mão cravando na pele de seu quadril enquanto eu bombo meu pau para dentro e para fora do seu calor úmido e apertado enquanto ela geme meu nome e implora por mais.

Um gemido sai da minha boca e minhas bolas se contraem com um prazer doloroso. A pulsação lateja em meus ouvidos, meu coração bate acelerado dentro do peito, e aperto meu punho com mais força em torno do meu eixo, minha mão bombeando para cima e para baixo ainda mais rápido no meu pau molhado, minha respiração saindo ofegante enquanto a água goteja pelo meu rosto e escorre pela mão enquanto estou sob o jato do chuveiro.

Birdie de joelhos na minha frente, olhos focados nos meus enquanto eu deslizo a cabeça inchada do meu pau por entre seus lábios carnudos e rosados até chegar ao fundo de sua garganta, sua boca envolvendo em torno de mim, puxando o ar de suas bochechas e chupando com força, deixando-me estocar meus quadris para trás e foder sua boca.

Golpe após golpe, meu corpo treme enquanto movo a mão com força para cima e para baixo no meu pau, deslizando o polegar sobre a ponta a cada carícia, empurrando meus quadris e fodendo minha própria mão, desejando que fosse a de Birdie, sua boca, sua boceta apertada convulsionando em volta de mim.

— Ah, porra — eu gemo alto, batendo uma mão contra o azulejo molhado enquanto gozo com o punho apertado da minha outra mão, deixando o chuveiro lavar minha culpa e vergonha por ter me masturbado pensando em uma mulher com quem estou tentando novamente construir uma amizade.

Meu corpo todo estremece quando o resto da minha vergonha desce pelo ralo, e de repente ouço um punho batendo contra a porta do banheiro, seguido pelo grito abafado de Bodhi do outro lado.

— Você terminou de bater sua punheta aí? Preciso cagar!

CAPÍTULO 16

"PARECE BEM BOM LÁ EM BAIXO."

birdie

— Qual é o problema dela?

Escuto a voz de Murphy ao levantar minha cabeça do bar, onde eu estava batendo várias vezes, para vê-lo se aproximando.

— Ela assou a vagina se masturbando ontem à noite.

Murphy não para de andar; ele simplesmente se vira no meio do bar, voltando por onde veio assim que Tess diz "se masturbando".

— É sempre um prazer ver você, Murphy! — Tess grita para ele, enchendo meu copo de café para levar e colocando a tampa de plástico de volta no copo de isopor. — Você está pronta para o terceiro dia?

— Do jogo de golfe ou de ser lentamente torturada até a morte por um jogador de golfe gostoso e irritante? — pergunto, deslizando para fora do banco do bar e prendendo meu rádio no cós da saia de golfe curta, justa e preta, que envolve firmemente meus quadris e coxas, mas é elástica e se move comigo quando ando por todo o campo.

Infelizmente, dormi demais e não ouvi o despertador, porque era, na verdade, culpada pelo que Tess disse ao Murphy, e a única saia limpa que pude encontrar antes de ter de vesti-la com minha blusa branca do CGIS e sair correndo porta afora depois do banho era a única que não tinha um short minúsculo costurado por dentro. Tenho que me lembrar disso quando me curvar, ou vou mostrar minha bunda e a calcinha de renda branca para todos. *Maldito Campbell.*

Hoje tudo é culpa dele, principalmente depois que passei dez minutos excruciantes sentada em seu colo em um carrinho de golfe na noite passada.

Eu estava perfeitamente bem fazendo um agachamento em seus joelhos, minhas coxas gritando de dor, até que ele teve que me puxar contra si. E então eu tive que ir e fazer algo estúpido como virar e olhar para ele, minha boca pairando bem ao lado da dele, desejando a cada estrela acima de nós que ele se inclinasse para frente e me beijasse. Quando ele não fez isso, qualquer pensamento de me comportar como um ser humano em pleno funcionamento mental foi pelo ralo, e eu me afastei rápido o suficiente quando Bodhi parou na minha garagem.

— Bem, acho que estamos no dia quatorze daquele segundo, mais os quinze anos além deles, o que é matemática demais para eu calcular quantos dias são no total, mas é igual a você já ser profissional em apertar suas coxas uma contra a outra e rodear as pernas em torno dele.

— Cinco mil, quatrocentos e oitenta e nove dias — a senhora Plas, que, obviamente, ensina matemática para a sétima série, acrescenta prestativamente enquanto toma seu café e assiste ao noticiário da manhã na televisão.

Felizmente, meu rádio ganha vida, salvando-me de mais conversa.

— *Ei, docinho, você está aí? Alguém me deu um rádio. Não é divertido?*

Eu gemo quando escuto a voz estática de Palmer, e tanto Tess quanto a senhora Plas riem.

— *Agora posso falar com você o tempo todo, quando eu quiser, e não tenho que esperar você responder às minhas mensagens. Isso vai ser muito mais conveni...*

A voz de Palmer é imediatamente interrompida quando eu rapidamente giro o botão de volume até o zero no meu rádio.

— Estenda a mão e pegue o que você quer! — Tess me lembra, quando pego meu café no bar e começo a me dirigir para garantir que tudo, desde o café da manhã, tenha sido limpo das tendas, para que possamos começar a preparar a cerimônia de encerramento e de premiação no final do dia.

— Ela está se referindo ao pênis dele! — a senhora Plas acrescenta, mais uma vez, de forma prestativa.

Palmer: Me ajude. Estou morrendo.

Birdie: Acabei de ver você não tem nem quinze minutos e estava bem. Você estava enchendo a piscina infantil para a competição de driving range. Você se esqueceu de como nadar? Precisa de algumas bóias de braço para não se assustar quando precisar tirar as bolas de golfe da piscina infantil se alguém as acertar lá?

Palmer: Eu já tenho duas bóias da Frozen, mas obrigado. Você não mencionou que a dona Abigail estaria aqui hoje. Isso é golpe baixo. Maldita seja! Por que ela está aqui?? Ela não é professora de nada, só se for de como abusar de náldegas firmes, suculentas e doces. Nádegas. Nádigas? Que seja, A PORRA DA MINHA BUNDA DÓI.

Birdie: Você vai ficar bem. Esqueceu que ela dirige a Associação de Pais e Professores há uns trinta anos? Pense nas crianças, Campbell.

Palmer: Eles podem comprar seu próprio papel de embrulho e barras de chocolate do caralho. Ela derramou o café na minha camisa e, em seguida, agarrou a mangueira e tentou me afogar "para não manchar". Você tem sorte de eu ter reflexos rápidos ou ficaria encharcado da cabeça aos pés.

Palmer: Seu silêncio me diz que você se sente mal. Aceito suas desculpas. Além disso, dê uma olhada no tempo. Algumas tempestades simplesmente surgiram no radar no final da tarde e início da noite. Vamos todos ficar molhados hoje.

Palmer: Tudo bem. Acho que você está ocupada com o jogo de Frisbee Golf acontecendo no gramado da frente para os não-jogadores. Vejo você depois do almoço. Não se esqueça que você disse que queria tirar uma foto minha para alguma rede social idiota. Fiz flexões e abdominais para ficar forte e firme se precisar que eu tire a camisa. Não se preocupe, peguei uma limpa, sem manchas de café e troquei no seu escritório.

Palmer: Está vendo? É por isso que eu precisava daquele walkie-talkie e você não deveria tê-lo tirado de mim.

— Coloque O Frango Assado no colo, segure O Abajur no braço direito e traga O Chevy Tahoe para mais perto do rosto. O Droguinha pode ficar lá na grama por enquanto.

Palmer balança a cabeça para mim enquanto tento fazer a câmera do meu celular focar nele, que está sentado na grama de pernas cruzadas e o campo vazio está atrás dele. O fundo parece suficientemente comum para que ele pudesse estar em qualquer buraco, em qualquer campo de golfe do mundo, e os fãs ainda não saberão para onde ele desapareceu.

— Não há muitas frases que você acha que nunca ouvirá na vida, e essa deve estar no topo delas. — Ele ri, aproximando O Chevy Tahoe; o gato malhado laranja e branco que perambula pelo campo e afugenta gansos, gaivotas e qualquer outro verme com seus companheiros felinos. — Então, "O" é realmente parte do nome próprio?

Tiro rapidamente algumas fotos quando Palmer se vira e ri de O Abajur, um gato cinza com patas brancas, quando ela dá uma patada em seu rosto.

— Obviamente, "O" faz parte dos nomes deles, ou não faria sentido. Se eu lhe disser para ir lá fora e alimentar Abajur, isso não é uma gramática adequada — explico, tirando mais algumas fotos e desejando que meu coração pare de derreter enquanto vejo Palmer acariciar os gatos em seu colo.

O Droguinha começa a subir em seu colo, passando pela frente da camisa CGIS apertada e suada de Palmer. É um algodão macio e cinza que eu quero agarrar para como o maldito gato, e saber que ele ficou sem camisa e a vestiu no meu escritório só me dá vontade de voltar para o bar e bater minha cabeça na bancada mais uma vez.

— Acho que estou começando a sangrar. Já conseguiu as fotos que queria? — Palmer pergunta.

Assinto com a cabeça, indicando que terminei e tento parar de babar enquanto fico olhando para ele quando afasta todos os gatos de si, depois de tentarem subir em seus ombros. Decidindo que é melhor manter a cabeça baixa enquanto Palmer se levanta da grama e os gatos saem correndo em busca de algo para caçar, adiciono alguns filtros à imagem que mais gosto, onde um dos gatos está cobrindo o logotipo do CGIS na camisa dele.

Já que Palmer me enviou por e-mail todos os seus logins das redes sociais, eu rapidamente postei uma foto em preto e branco dele com a cabeça virada para o lado, sorrindo para O Abajur, com sua covinha aparecendo, uma imagem clara da bandeira indicando o décimo oitavo buraco atrás dele, com a legenda: "Obrigado pelo apoio. Aproveitando o tão necessário tempo de inatividade com alguns novos amigos em meu lugar favorito".

Isso vai mostrar ao mundo que ele ainda é gentil, doce e não um lunático furioso que xinga e joga coisas em obstáculos de água e que o golfe ainda faz parte de sua vida.

— Por que você saiu com ele por tanto tempo?

Tremo um pouco quando escuto a voz suave de Palmer e olho para cima para perceber que ele está parado bem na minha frente e meu celular, que ainda estou segurando entre nós, é a única distância que nos separa.

— Quem? — pergunto estupidamente, porque... foi inesperado.

Ele não pode ficar tão perto depois de eu estar apertando minhas coxas uma contra a outra todo esse tempo, e depois que eu tive que usar meu vibrador duas vezes na noite passada apenas por sentar em seu maldito colo, e me fazer uma pergunta como essa.

A resposta de Palmer à minha pergunta idiota é apenas uma leve inclinação de sua cabeça.

Deus, ele cheira tão bem. Tudo que eu tenho que fazer é parar de segurar meu celular entre nós, dar um passo à frente e pressionar meus lábios na parte de baixo de sua mandíbula lisa e recém-barbeada para ver se ele tem um gosto tão bom quanto o cheiro. Mas Palmer também não parece inclinado diminuindo a distância entre nós, e estou tão cansada de ser confundida por este homem.

— Eu não sei — finalmente digo, não admitindo a verdade. — Perdi dois anos com aquele idiota quando poderia...

Poderia, o quê? Você desperdiçou esses dois anos continuando a desejar este cara? Porque foi muito divertido da primeira vez. Além disso, você está sofrendo de novo. Pare com isso!

— Sabia que ele e eu só nos vimos doze vezes em dois anos? — eu continuo, porque não consigo parar as palavras, já que sempre funcionou tão bem para mim no passado e estou me sentindo nervosa e totalmente fora de controle, porque ele está tão perto e não me toca. — Ele disse que Summersweet era esquisita, como se fosse um insulto, e eu o deixei escapar impune, e ele dizia "RISOS" o tempo todo em vez de realmente rir alto, e adormeceu assistindo *The National Tour*. Quem cai no sono assistindo golfe?

— Literalmente todo mundo — Palmer responde, sem rodeios.

Alguns segundos de silêncio se passam, onde sei que ele quer que eu continue e realmente diga algo significativo sobre por que perdi dois anos com Bradley, mas essa "coisa significativa" está a trinta centímetros de distância de mim. Ele está esfregando a nuca e fazendo seu bíceps se contraírem, e eu só quero passar meus braços em volta de sua cintura, me pressionar contra ele e aliviar um pouco a dor que ele vem construindo em mim há *anos*.

Mas não faço isso. Porque sou uma covarde.

— Ok, bem, eu preciso ver se Greg vai querer encurtar o jogo de quartetos e fazer com que as pessoas comecem a desmontar as tendas — finalmente volto a falar, dando um passo muito necessário para trás, afastando-me de Palmer, enquanto aponto para o céu escuro. — Percebeu que, assim que todos saíram para almoçar, as tempestades que você mencionou começaram a chegar um pouco mais rápido?

Palmer não desvia o olhar de mim para mirar o céu enquanto eu dou mais alguns passos para longe dele, seu olhar feroz fazendo minha pele, já aquecida pelo sol, ficar ainda mais quente que parece estar pegando fogo.

— Tem planos para comemorar o fim dos três dias infernais hoje à noite? — pergunto, apenas para preencher o silêncio, já que não consigo descobrir como me virar e afastar meu olhar do seu enquanto dou mais alguns passos para trás.

— Nada além de relaxar no deck do meu chalé. — Ele dá de ombros, deslizando casualmente as mãos nos bolsos da frente da sua bermuda preta. — Eu realmente senti falta da vista. É de tirar o fôlego.

Não escapa da minha atenção que ele ainda está olhando diretamente para mim quando diz essas palavras, e meu cérebro analítico, que não aprendeu a lição da primeira vez, se pergunta se ele está falando sobre a vista do oceano do deck de seu chalé ou de *mim*.

— Vou terminar tudo aqui e então vou para as barracas e começo a guardar as cadeiras e mesas — Palmer diz, acenando para a pilha de latas de cerveja e garrafas que empurramos para fora do caminho, para bater a foto, e que a equipe de jardinagem deve ter esquecido durante a limpeza de ontem à noite. — Tenho certeza que Greg vai querer levar o jantar e o banquete de premiação para o restaurante, então vejo você lá mais tarde, docinho.

Finalmente me afasto de Palmer com um grunhido irritado e vou até o meu carrinho de golfe.

Sim. Ele estava definitivamente falando sobre a vista para o mar. Estou no inferno.

CAPÍTULO 17
"QUER SE JUNTAR À NOSSA SURUBA?"

birdie

— Que bom que desmontamos tudo e viemos para dentro. O negócio explodiu rápido — Adam diz ao meu lado, meus olhos vagando pelo restaurante lotado do campo de golfe enquanto a chuva começa a cair um pouco mais constante das nuvens escuras que agora estão diretamente acima do campo.

Murphy me avisou pelo rádio alguns minutos atrás, quando eu estava saindo do bar, que todos haviam saído do campo, mas ainda não consegui localizar Palmer. Eu continuo observando ao redor, o Hora do Tee decorado nos mesmos tons profundos do bar: verde e madeira cerejeira; mas as mesas aqui são cobertas com lençóis brancos e postas com porcelana fina e taças de cristal cintilante. Este é o tipo de lugar onde são realizadas pequenas recepções de casamento, jantares de formatura e, em seguida, fotos são tiradas no deck, e onde qualquer pessoa na ilha vem para qualquer celebração especial e uma oportunidade de tirar fotos boas. É onde sempre imaginei, uma fantasia boba, Palmer e eu celebrando algo especial, sentados no deck enquanto o sol se punha, brindando com nossas taças e, em seguida, inclinando sobre a mesinha para nos beijarmos. O deck tem vista para o gramado verdejante e bem cuidado do primeiro buraco do lado privado e, além disso, apenas o azul do oceano. É lindo e algo que você não deve perder quando estiver aqui.

Ninguém parece se importar que seu jantar de filé e lagosta foi transferido de fora, sob as tendas, para dentro, onde há ar-condicionado. A tagarelice das vozes felizes de todos enche o ambiente enquanto a comida está sendo servida, e eu observo mais algumas mesas.

Meu coração bate forte no peito quando finalmente vejo Palmer, logo ao lado da meia parede que separa o restaurante do deck, de pé sob a proteção do teto do deck enquanto a chuva começa a cair um pouco mais forte.

— Isto é ridículo. Vá pegar o que quer, Birdie — sussurro para mim mesma.

— O que? Você quer que eu pegue algo para você? — Adam pergunta, um pouco mais alto por causa do barulho de pratos e talheres.

Eu o ignoro, tirando o rádio do cós da minha saia e entregando ao Adam sem tirar os olhos de Palmer.

Ele está segurando um de seus tacos atrás do pescoço, na horizontal sobre os ombros, seus pulsos sobre a barra de titânio e seu torso alongado enquanto ele torce um pouco para frente e para trás, fazendo um alongamento de golfista que já o vi fazer um milhão de vezes. Só que agora estou, de repente, pensando sobre uma cena com uma barra extensora naquele filme que Wren me fez ir ao continente para assistir umas dez vezes.

Tudo bem. Então ela me fez ir uma vez e eu a arrastei outras nove. Tanto faz.

— Você está bem, Birdie? — Adam pergunta, quando solto um som que é parte choramingo, parte gemido e parte gato moribundo, e respondo a ele com um aceno distraído de minha mão.

Me deixe em paz. Tenho que pensar, caramba!

Palmer pode ser mais sarcástico, mais gostoso e ter mais confiança, mas, por baixo de tudo, ele ainda é o mesmo cara tímido que não conseguiria flertar com uma mulher nem que fosse para salvar sua própria vida. Não é como se ele risse e chegasse perto e acariciasse o pescoço de outra pessoa desde que chegou aqui. Talvez ele esteja esperando que *eu* vá até *ele*. Eu não imaginei o que ele disse atrás da Girar e Mergulhar, ou mesmo a maneira como olhou para mim na noite passada, quando fui pressionada contra seu peito e ele sussurrou meu nome. Ele estava sentindo algo, e quis dizer aquelas palavras atrás da sorveteria. Palmer realmente olhou para mim como se quisesse dar uma mordida em mim antes que sua guarda subisse.

Porque talvez seja isso. Uma proteção. Porque estou parada me perguntando o que diabos ele está sentindo, e talvez ele esteja fazendo a mesma coisa. Pelo menos ele confessou tudo sobre o que sentia sobre eu e Bradley. Já eu, nem sequer falei um terço da verdade para Palmer desde que ele chegou aqui.

Respiro fundo uma última vez com coragem antes de começar a caminhar em direção ao deck, observando Palmer tirar o taco dos ombros para apoiá-lo no chão antes de jogar a cabeça para trás e rir. O frio na minha barriga aumenta enquanto começo a me afastar de Adam, um sorriso animado tomando conta dos meus lábios, porque finalmente vou parar de ser uma covarde e dizer a ele como me sinto.

Esse sorriso desaparece do meu rosto, meus pés param e o frio na barriga se tranforma em pedra quando vejo Palmer se inclinar mais perto e pressionar a boca contra a orelha da senhorita Bradford, que o fez rir como se ela tivesse contado a piada mais engraçada do mundo.

Senhorita Elizabeth Bradford, uma jovem professora de jardim de infância que se parece com o tipo de professora que você vê em filmes pornôs sobre professoras em vez de em uma sala de aula real, com seus grandes lábios carnudos, longos e cheios cabelos ruivos, e seios que poderiam fazer os olhos de alguém cair das órbitas. Eu me formei com Lizzy e sempre a achei doce, mas agora ela precisa morrer de uma forma dolorosamente trágica. Palmer continua falando bem próximo ao ouvido dela, e mesmo daqui, posso vê-la corar e estremecer um pouco quando ele se afasta para sorrir para ela, passando uma das mãos pelo lado do braço da professora. *Ai, meu Deus, acho que vou vomitar.*

— Merda! Eu esqueci de pegar os marcadores do Mais Perto do Pin das finais no oitavo buraco com o nome de todos neles para que possamos saber quem ganhou. — Adam de repente prageja atrás de mim, onde estou paralizada a quinze centímetros de um homem que come ruidosamente seu ensopado de mariscos, ainda olhando para Palmer, não sendo nem um pouco tímido no deck. — Acho que não deve ter problema. Escrevemos os nomes com canetinha permanente, então não é como se fossem desaparecer e não vamos conseguir saber quem ganhou os dois mil dólares doados pela dona Abigail.

A mão de Palmer ainda está apoiada na lateral do braço de Lizzy, e meu próprio braço queima como se ele estivesse *me* tocando. Só que ele não está. Ele está tocando *ela*. E está rindo com *ela*, e está se inclinando novamente para acariciar *sua maldita bochecha* enquanto fala com ela, e eu tenho que pressionar minha mão na minha barriga para que o hambúrguer — que ele me trouxe mais cedo quando estávamos no quinto buraco e me forçou a comer porque pulei o café da manhã e esqueci o almoço — não saia da minha boca e caia na tigela de sopa que esse filho da puta ao meu lado está demorando sete anos para terminar de comer. *Ai, meu Deus, você tem tipo, dez colheres de sopa, não uma banheira inteira, homem!*

— Preciso sair daqui antes de matar alguém — murmuro, o homem da sopa olhando para mim, e agora percebo que é o senhor Grega.

— Você deveria ter agarrado aquele taco com um pouco mais de força, e então não se sentiria tão assassina. — Ele sorri para mim, pegando um pãozinho caseiro ao lado de sua tigela de sopa e dando uma grande mordida nele.

— ...mas o vento está começando a aumentar, então talvez eu deva sair e buscá-los. Se eles saírem voando e não pudermos dizer a todos quem ganhou dois mil dólares, eles *não* ficarão felizes.

Percebo que Adam ainda está tagarelando sobre os marcadores idiotas com os nomes dos vencedores que foram esquecidos lá fora no oitavo buraco e rapidamente me afasto do filme pornô de professora sendo filmado no deck, preferindo manter minhas partidas *em grupo* no campo de golfe, para caminhar de volta para Adam e passando direto por ele.

— Vou lá pegar essas malditas coisas.

— Birdie, está chovendo muito! — ele fala alto atrás de mim, enquanto caminho entre as mesas, tentando sair daqui o mais rápido que posso antes de começar a chorar na frente de todas essas pessoas.

— Está tudo bem! — respondo, finalmente chegando às portas francesas do outro lado do restaurante que levam para o campo, murmurando para mim mesma enquanto abro uma: — De qualquer maneira, preciso dar uma esfriada.

— Mas que *porra* você está fazendo aqui?

Eu nem me incomodo em me virar enquanto puxo outro marcador da grama, piscando para tirar a chuva dos meus olhos enquanto ela continua a cair com mais força e o céu fica mais escuro ao nosso redor. Eu deveria saber que Palmer viria aqui quando soubesse que eu saí na chuva. Por quinze anos esse idiota tem me seguido quando vou para casa, pensando que eu não sabia que ele estava espreitando atrás de mim nos jardins dos chalés, tropeçando em arbustos e xingando alto toda vez que se esquecia do chihuahua mordedor de tornozelo da senhora Mitchell que o atacava a cada vez que ele passava pelo quintal dela. Palmer ainda pensa que sou uma criança e não consigo cuidar de mim mesma.

— O que você acha? Estou fazendo o meu trabalho. — grito em resposta por cima do vento e da chuva, levando um segundo para tirar meu cabelo emaranhado do rosto para ver o que estou fazendo, enquanto finalmente arranco o último marcador do chão que tem o nome do ganhador dos dois mil.

Eu definitivamente deveria ter deixado meu cabelo preso em um rabo de cavalo em vez de arrancar o elástico e jogá-lo Deus sabe onde no caminho até aqui.

— Você não notou que tem uma tempestade tropical passando por aqui? O que há de errado com você? Esses marcadores idiotas não valem a sua vida! — Palmer grita, fazendo meu sangue ferver enquanto me viro para encará-lo, segurando as estacas de plástico na minha mão.

E, momentaneamente, esqueço o que diabos estou fazendo quando o vejo parado a quase dois metros de mim, ao lado do seu odioso carrinho de golfe de chamas azuis, encharcado da cabeça aos pés, a chuva escorrendo pelo seu rosto zangado e olhos, sua camiseta cinza colada em seu peito musculoso. Ele está tão lindo que me deixa sem fôlego. E, claro, estamos aqui em nosso buraco, aquele para o qual sempre escapamos para longas conversas em noites calmas, correndo para o galpão de manutenção a cem metros de distância para nos esconder sempre que um funcionário do campo dirigia até aqui para que não nos pegasse. Fica ainda mais difícil para eu respirar por estarmos aqui de novo depois de todo esse tempo, e tudo é tão confuso... por cerca de dois segundos, até que me lembro que ele estava de chamego com Lizzy Bradford no restaurante.

— *Você* é o que há de errado comigo, seu narigudo idiota!

Afastando meus olhos dele, eu me concentro em meu próprio carrinho de golfe estacionado não muito longe do dele e caminho naquela direção, pisando forte na grama molhada, abraçando os marcadores contra meu peito molhado. Ignoro como minhas próprias roupas agora estão encharcadas e grudadas em mim como uma segunda pele e a decisão de usar uma regata branca hoje provavelmente não foi das mais brilhantes. O sutiã de renda branca por baixo também não está ajudando em absolutamente nada, mas é tarde demais para me preocupar com isso agora.

— Eu não sei o que diabos isso quer dizer ou por que você de repente está chateada comigo, mas estar aqui no meio de uma tempestade não é a decisão mais brilhante que você já tomou, Roberta!

Isso me faz parar. Ele usar meu nome completo como se eu fosse uma garotinha que precisa ser repreendida e não uma mulher adulta de trinta anos, me faz jogar os marcadores no meu carrinho, nem mesmo me importando onde eles caem. Eu me viro para encará-lo, já que é claro que Palmer me seguiu, mantendo meus olhos nos dele em vez de em seu corpo molhado, agora que ele parece que acabou de sair do chuveiro depois de tomar um banho totalmente vestido. Mas seus olhos deixam os meus e vão direto para as *garotas* que parecem que acabaram de ganhar o primeiro lugar em um concurso de camisetas molhadas nas águas geladas do Alasca. Juro que o escuto murmurar algo como "Santa mãe de Deus, me ajude", mas o vento e a chuva ficam mais fortes e não dou a mínima para o que ele está murmurando baixinho.

— Vá se ferrar! — grito, sobre o vento e a chuva, a água escorrendo pelos meus braços nus e caindo dos meus punhos cerrados ao meu lado enquanto nos encaramos a poucos metros de distância. — É só um pouco de chuva!

Já que a mãe natureza é uma piada, um relâmpago desce do céu sobre a água, um estrondo de trovão perfura o ar naquele momento, e um pedaço de lixo amassado passa voando.

— Jesus! Não vamos conseguir voltar para a sede do clube sem sermos eletrocutados.

De repente, a mão molhada de Palmer está agarrando a minha e ele me puxa em direção ao pequeno galpão de madeira bem perto do gramado onde a equipe de jardinagem guarda os conjuntos extras de ferramentas e equipamentos. Outro estrondo alto de um trovão me acorda, e firmo meus pés na grama molhada e arranco minha mão de seu aperto.

— Pare de tentar me arrastar! Sou perfeitamente capaz de me proteger sem sua ajuda. Volte para o clube e dê a Lizzy outra fungada no pescoço.

Já virei e estou no meio do caminho de volta para o meu carrinho de golfe quando meus pés de repente deixam o chão, meu corpo balança como se eu fosse um maldito saco de batatas, e sou jogada por cima do ombro do Palmer e fico olhando para a sua bela e redonda bunda, sensual e molhada em sua bermuda colada e suas coxas musculosas enquanto ele começa a me carregar de volta para o galpão, murmurando algo sobre me colocar onde ele quer, como Bodhi disse para fazer.

Mas não antes de ele ter a *coragem* de dar um tapinha na minha bunda sobre a saia antes de agarrar com força a parte de trás das minhas coxas nuas para que eu não caia. Eu imediatamente começo a agitar minhas pernas, contorcendo meu corpo e batendo em suas costas, de cabeça para baixo, com meus punhos até que Palmer não tenha escolha a não ser parar e me soltar antes que me deixe cair no chão.

Ainda estou tonta quando sou colocada de pé até que Palmer finalmente segura minhas duas mãos e as mantém firmemente entre nós, me puxando para mais perto dele, a chuva caindo sobre nós enquanto ele respira pesadamente e um músculo pulsa em sua mandíbula. Ele se ajeita e segura minhas mãos ainda com uma das suas enquanto a outra tira o cabelo molhado da testa e, em seguida, limpa um pouco da água pingando de seu rosto. Já que estou lutando contra o desejo de ficar na ponta dos pés e lamber toda a água da sua cara, decido então gritar com Palmer no meio da chuva, afastando meus braços para fora de seu aperto e dando alguns passos cambaleantes para trás na grama molhada.

— Olha aqui, amigo! Você não pode simplesmente me arrastar, me jogar por cima do ombro e bater na minha bunda sendo que você estava naquele restaurante todo de chamego com a Lizzy! Ela cheirava bem? Quer sair com ela, não é? Ela com certeza estremeceu quando você sussurrou palavras doces em seu ouvido, e você a achou tão engraçada, *haha*, olhem como a Lizzy é engraçada!

Minha voz está estridente e machuca meus ouvidos, mas não importa. Estou tão cansada. Estou cansada de ter medo, estou cansada de analisar tudo e estou cansada de simplesmente não ser honesta. Comigo e com o homem a poucos metros de mim, de pé em um campo de golfe no meio de uma tempestade. De qualquer maneira, manter tudo preso dentro de mim nunca me deixou mais feliz.

Eu deveria ter namorado mais. Então talvez eu entendesse os sinais e as dicas e soubesse o que diabos estou fazendo.

De repente, Palmer dá uma risada, e quando eu pisco para tirar a chuva dos meus olhos e olho para ele com uma expressão assassina, ele levanta as palmas das mãos molhadas no ar.

— Me desculpe! Eu não queria rir, juro. É só que... Elizabeth Bradford? Ela é tipo... a nerd da escola, estudiosa e tímida. O que é ótimo, não me entenda mal, mas não é o meu tipo.

Ok, então talvez Lizzy Bradford não seja uma professora gostosa de filme pornô, e ela sempre usa saias jeans até os tornozelos, mesmo quando a temperatura chega a quarenta graus. E embora ela tenha seios grandes, você realmente não consegue notar, já que ela sempre usa camisas grandes e seu cabelo ruivo espesso e crespo está sempre em uma trança francesa no centro da cabeça e vai até a bunda. E agora que penso sobre isso, ela pode realmente ser uma puritana. *Puta merda, o que há de errado comigo?*

— O noivo dela estava atrasado para o jantar e ela se sentiu deslocada em entrar e sentar à mesa sem ele, então eu estava lhe fazendo companhia. O barulho estava muito alto, mesmo lá fora no deck, então tive que continuar me inclinando para que ela pudesse me ouvir e para que eu pudesse ouvi-la, já que tudo o que ela diz é praticamente um sussurro. É muito estranho. Sinceramente, não acho que ela tenha cordas vocais. Eu saí para encontrar você assim que Bill chegou.

Certo. Bill Ambers, professor de biologia do nono ano. A festa de noivado deles foi aqui no CGIS, eu organizei e fui convidada. Bem, isso não é divertido?

— Você está com... *ciúmes?* — Ele mal consegue falar a palavra. Há uma mistura de diversão e choque em seu rosto enquanto a chuva cai, e gotas de água grudam em seus cílios escuros enquanto ele pisca para mim em completa confusão. Outro estrondo de trovão ecoa ao nosso redor, mas o ignoramos.

Palmer passa a mão no rosto novamente, olhando para mim como se talvez se ele tirasse a água do rosto várias vezes, aquilo clarearia sua mente confusa e faria sentido o fato de que eu estava com ciúmes, perdi a cabeça e vim aqui no meio de uma tempestade por causa de uma mulher com quem Palmer estava apenas sendo doce e atencioso e que se parece com *Anne de Green Gables*, embora fosse uma jovem muito adorável. Mas estou pensando que não importaria quem fosse. O fato de eu estar com ciúme já diz muita coisa; embora pareça que Palmer atualmente esteja com tampões de ouvido, e eu claramente não estou gritando alto o suficiente.

Palmer ri confuso de novo e, mesmo que o som seja baixo sobre o barulho da tempestade caindo ao nosso redor, faz algo acontecer e de repente parece que uma panela de pressão, cheia de verdades e sentimentos dentro de mim, que mantive escondida ao redor de Palmer por todos esses anos, começa a ganhar mais pressão.

— Sério, me desculpe por continuar rindo. — Ele ri novamente.

Psssssss...

— É só que... Mas que *porra*, Birdie?!

Psssssss...

— Eu não pensei que você... Eu recuei, porque pensei que estava assustando você e que eu estava indo rápido demais.

Psssssss...

— Ah, acredite em mim, não tem ninguém indo *rápido* demais — eu respondo sarcasticamente, lambendo a chuva que pinga dos meus lábios enquanto pisco mais rápido para que eu possa enxergar.

E o que vejo é que os olhos verdes de Palmer ficam mais escuros e semicerrados. Suas mãos se fecham ao lado do corpo, a água escorrendo por seus braços musculosos e tensos enquanto ele dá um passo em minha direção e para logo em seguida.

Psssssss...

— *Caramba*, Birdie. — Palmer rosna, nem mesmo se preocupando em limpar a chuva do rosto enquanto me encara, aquele músculo pulsando em sua mandíbula novamente. — Diga agora tudo que eu posso ver você segurando antes que eu pule para todas as conclusões que estão voando pela minha cabeça e...

Psssssss...

Suas palavras foram interrompidas com outra trovoada, e meu coração está batendo tão rápido que tenho dificuldade para respirar e parece que estou ofegante.

— Você o quê? — eu consigo falar, meu corpo vibrando, estou toda tensa, tentando me segurar.

Psssssss...

— Porra, fale comigo! — Ele ruge sobre a tempestade. — Éramos melhores amigos e você costumava me contar *tudo*!

BUM!

— Você quer saber por que namorei Bradley por dois anos? — grito, grata pela tempestade, porque não posso aguentar mais, e pelo menos a chuva esconde as lágrimas que agora escorrem pelo meu rosto. — Porque *você não estava aqui*! E eu só queria *você*, e estava com muito medo de lhe dizer, e então você se afastou de mim com tanta facilidade, e eu não conseguia respirar, e ele me fez esquecer por apenas *um segundo* que você não me queria!

— Jesus Cristo. — Palmer arfa, olhando para mim em completo estado de choque enquanto eu continuo, agora que estou me divertindo, e já estou cansada de ficar lambendo minhas feridas.

— E então você fez aquele negócio no pescoço e ficou perto demais e rosnou no meu ouvido sobre coisas doces que você nunca fez e para as quais eu especificamente fiquei sem beber álcool desde então, e não ganhei nada mais do que "e aí, docinho", tipo, mas que merda...

Meu discurso é interrompido quando Palmer levanta o braço, sua mão envolve a minha nuca e ele puxa meu corpo para frente, inclinando sua cabeça e colando a boca na minha.

CAPÍTULO 18

"O COMPRIMENTO EXTRA ESTÁ ME AJUDANDO A CHEGAR NO BURACO."

birdie

    Minhas costas batem na parede de dentro do galpão de manutenção, e eu mal sinto. Aliás, não sinto nada além dos lábios de Palmer nos meus, a língua dele correndo pela minha boca, o corpo forte, úmido e duro de Palmer me ancorando no lugar contra a parede. Minhas pernas estão ao redor de sua cintura, minha saia molhada empurrada até meus quadris e suas mãos...

    Deus, suas mãos estão em toda parte.

    Perdi todo o sentido de tudo ao meu redor assim que sua boca tomou a minha enquanto a tempestade caía sobre nós. Antes que eu pudesse processar a explosão de sensações que dispararam por todas as terminações nervosas do meu corpo no primeiro toque de sua língua na minha boca e girando em torno da minha, ele estava agarrando a parte de trás das minhas coxas e me levantando para que eu pudesse envolver minhas pernas em volta de sua cintura enquanto ele nos conduzia pela grama em meio à chuva, nossas bocas nunca se separando.

    Os quadris de Palmer se mexem entre minhas coxas abertas, me empurrando ainda mais alto contra a parede, seu pau ereto sob o tecido molhado da bermuda deslizando direto contra meu clitóris latejante, me lembrando que isso não é um sonho ou uma fantasia. Isso está *realmente* acontecendo. Palmer está me beijando, suas mãos estão me tocando em *todos os lugares*, ele me quer, e posso sentir o quanto, porque está pressionado contra o meu centro. Minha calcinha de renda está encharcada por causa *dele* e não da chuva, enquanto me esfrego descaradamente contra ele, precisando de mais, precisando dele dentro de mim antes que eu enlouquecesse.

Está quente e abafado aqui dentro enquanto nos tocamos, nos beijamos e nos agarramos com uma necessidade frenética, mãos se movendo rapidamente sobre pele e roupas molhadas. A boca de Palmer deixa a minha por tempo suficiente para beijar apressadamente através da minha bochecha molhada, sua língua lambendo e sugando a chuva do lado do meu pescoço, minha cabeça batendo contra a parede enquanto ofego e gemo de necessidade quando ele afunda os dentes em meu ombro e mexe os quadris mais uma vez entre minhas coxas.

O cheiro de grama, graxa, óleo e gás do equipamento de gramado faz com que tudo o que estamos fazendo aqui pareça mais sujo, mais sensual. Estamos em um lugar onde poderíamos ser pegos a qualquer minuto, e *meu Deus*, isso me faz tremer de necessidade enquanto Palmer traz sua boca de volta para a minha e sua língua mergulha mais fundo em minha boca. Ele empurra seus quadris mais rudemente entre as minhas coxas e rapidamente passa a palma da mão pela minha clavícula e desce o material da regata molhada sobre o meu seio antes de continuar a agarrar minha coxa, cravando seus dedos na pele carnuda como se estivesse fazendo tudo que podia para se conter.

É sujo e sensual, e é exatamente o que preciso neste momento, depois de quinze anos desejando este homem. Não quero uma cama, nem pétalas de flores, nem palavras doces e sussurradas. Depois de anos sofrendo e *precisando*, eu quero que ele me foda como se não aguentasse mais um segundo sem estar dentro de mim. Depois de tantos anos confusa quando se tratava de Palmer, a necessidade que tenho por ele me consome, e sexo lento e doce não é mais uma opção. Talvez quinze anos atrás fosse, mas não agora. Não com a nossa história e os *anos* de preliminares. Eu quero ir mais rápido. *Preciso* ir mais rápido para preencher essa ansia dentro de mim que ele vem construindo desde o dia em que o conheci.

Relâmpagos brilham do lado de fora e iluminam o ambiente escuro por uma pequena janela a poucos metros de onde Palmer tem meu corpo preso à parede, o trovão soa logo em seguida, e ele move sua mão da minha coxa para agarrar desesperadamente uma das minhas nádegas com sua grande palma, empurrando a metade inferior do meu corpo com mais força contra ele. Eu gemo na boca de Palmer e em sua língua, agarrando freneticamente seus ombros e a camiseta molhada grudada em suas costas, minhas coxas apertando em torno de sua cintura, precisando dele mais perto, mais forte, mais *rude*. Eu esperei muito tempo e fantasiei muito sobre este momento para que ele tomasse seu tempo. Vendo a rapidez com que nos trouxe aqui para dentro e o quão forte ele está se esfregando entre as minhas pernas, sei que finalmente estamos na mesma página.

Palmer tem uma mão apoiada na frente da minha garganta, sentindo a batida frenética do meu pulso sob seu polegar, a outra mão ainda apertando minha bunda, cravando seus dedos na pele para puxar meus quadris contra si. Ele esfrega minha boceta dolorida contra ele com mais força, sua língua mergulhando mais fundo, girando mais rápido, seu beijo machucando meus lábios e me deixando em chamas enquanto a tempestade assola do lado de fora e a chuva bate contra a janela.

Nenhuma palavra foi dita entre nós desde que ele interrompeu meu discurso lá fora sob a chuva. Somos apenas uma confusão frenética de beijos desesperados, batidas nas paredes, derrubando pás e ancinhos que estavam armazenados ao nosso lado, mãos agarrando pele, puxando mais perto, sentindo, tocando, agarrando rudemente enquanto Palmer me mantem presa contra a parede... Memorizando a sensação de cada parte um do outro que nunca ousamos tocar antes. Seguro seu rosto em minhas mãos, corro meus dedos por seu cabelo molhado, minhas palmas pairam sobre sua camiseta molhada cobrindo seu peito e descem pelos músculos grossos e tensos de seus braços, em todos os lugares que posso alcançar enquanto Palmer me leva cada vez mais perto de um orgasmo, ainda completamente vestidos.

Com seus quadris me segurando contra a parede e sua boca nunca deixando a minha, a mão grande e áspera de Palmer aperta e massageia minha bunda, em seguida, desliza rapidamente pelo lado do meu corpo para roçar na minha clavícula novamente antes de mover as duas mãos até o meu peito. Por cima da minha regata molhada, ele segura e aperta meus seios, passando o polegar sobre meus mamilos enquanto ele se move, suas mãos nunca ficando muito tempo paradas, como se ele não pudesse tocar cada centímetro de mim rápido o suficiente enquanto nos beijamos e nos masturbamos contra a parede do galpão. Eu me sinto despedaçada e recomposta novamente com cada golpe de sua língua em minha boca e cada roçar de suas mãos em meu corpo.

A chuva continua a bater contra o telhado, lampejos de relâmpagos iluminam o ambiente de vez em quando; cada fantasia que já tive sobre este homem ganha vida bem diante dos meus olhos e bem entre as minhas pernas.

Estou morrendo. Estou viva. Não sei onde ele começa e eu termino, e junto com a umidade abafada nesta pequena cabana e a boca de Palmer fundida à minha enquanto seu pau esfrega contra a renda da minha calcinha molhada mais rápido e mais forte, criando uma fricção que está me levando rapidamente para um orgasmo, sinto que não consigo levar ar suficiente para meus pulmões. Minha respiração está ofegante quando ele afasta a boca da minha.

Recomponho-me rapidamente da perda momentânea de seus lábios para agarrar o material molhado de sua camiseta, puxando-a para cima e sobre sua cabeça, jogando para a direita enquanto as mãos de Palmer agarram as alças da minha regata e as baixam em meus braços até que o algodão molhado se acumule em volta da minha cintura, assim como a minha saia.

— Maldito anjo que eu quero profanar — ele sussurra, deslizando a palma da mão no centro do meu peito, entre o meu decote do sutiã *push-up* de renda branca, e para baixo, sobre minha barriga que treme rapidamente com cada respiração ofegante que dou.

Meu corpo estremece quando vejo Palmer olhar para o caminho que sua mão percorre em minha pele molhada enquanto aperto minhas coxas com mais força em torno de seus quadris e empurro meus ombros com mais força na parede atrás de mim, arqueando minhas costas.

Palmer solta um gemido gutural enquanto leva alguns segundos para olhar para mim, minhas costas estão contra a parede enquanto me contorço contra ele com a necessidade, observando-o lamber os lábios e seus olhos ficando ávidos. Minhas mãos agarram seus braços com força, minhas pernas estão travadas com segurança em torno de sua cintura, coxas bem abertas para acomodar seus quadris, boceta coberta de renda branca pressionada contra seu pau grosso e duro dentro da sua bermuda molhada. Tenho tempo suficiente apenas para deslizar meus dedos pelo seu abdômen e dar mais algumas respirações ofegantes enquanto vejo seus olhos verdes escurecerem ao encararem meus mamilos duros e rosados através da renda branca do meu sutiã, antes que ele volte a me deixar sem fôlego. Suas mãos voam para meus seios, e sua cabeça inclina rapidamente para baixo, meus dedos se enlaçam apressadamente em seu cabelo para agarrar a parte de trás de sua cabeça quando ele aperta e empurra meus seios juntos, colocando a boca sobre a renda que cobre um mamilo duro e chupando-o em sua boca.

— Puta merda — são as primeiras palavras que murmuro aqui dentro, minha cabeça batendo contra a parede enquanto ele chupa, puxa e gira meu mamilo coberto de renda com a língua.

Meus quadris estão se esfregando erraticamente contra ele, precisando gozar tanto que eu mal consigo pensar direito, mas sua boca deixa meu mamilo e seus lábios e língua rapidamente sobem pelo meu peito e pelo lado do meu pescoço até que sua boca está novamente na minha, engolindo meus gritos roucos de necessidade. Minhas pernas se soltam da cintura de Palmer, e os dedos dos meus pés pousam no chão por tempo suficiente para ele afastar sua boca da minha mais uma vez, enganchar seus polegares nas tiras da minha calcinha perto dos meus quadris e puxar a renda fina rudemente pelas minhas coxas quando ele se abaixa para que eu possa tirá-la. Ele volta rapidamente beijando meu corpo até que está novamente de pé, suas mãos estão segurando a parte de trás das minhas coxas mais uma vez, me levantando e me encostando contra a parede enquanto enlaço minhas pernas em volta de sua cintura de novo. Sua cabeça abaixa, e seus lábios e língua torturam o lado do meu pescoço com lambidas e mordidas de seus dentes até que estou ofegante e gemendo. Nós dois levamos nossas mãos para entre nossos corpos para puxar sua bermuda para baixo de seus quadris e sobre sua bunda apenas o suficiente para que seu pau fique livre.

Relâmpagos iluminam o céu, trovões estrondam acima de nós, a boca de Palmer toma a minha e meus braços envolvem firmemente seus ombros, tornozelos cruzados contra a parte inferior de suas costas, coxas apertando e puxando-o para mais perto, precisando dele agora. Chupo sua língua em minha boca, tremendo de necessidade quando o escuto gemer, sentindo sua mão se movendo entre nossos corpos, a cabeça de seu pênis deslizando pela minha umidade...

Não é um sonho. Não é uma fantasia. Isso está realmente acontecendo e, ai, Deus, ele vai acabar comigo.

Minhas unhas arranham suas costas enquanto sua cabeça se inclina para o outro lado, mudando o ângulo do beijo, uma de suas mãos subindo para se apoiar novamente na frente da minha garganta, meu pulso pesado e acelerado sob seu polegar enquanto ele gentilmente aperta, e nossas bocas se abrem mais. Sua língua mergulha mais fundo. Eu *nunca* fui beijada assim antes, como se ele estivesse roubando o fôlego dos meus pulmões, me marcando para que eu nunca mais pudesse usar minha boca sem me lembrar desse momento. E eu quero dar tudo a ele, deixá-lo tomar tudo o que eu tenho para dar, já que, de qualquer maneira, é dele desde o primeiro momento em que o vi.

Um trovão explode novamente lá fora. Estou choramingando em seu beijo, meu corpo tremendo, precisando dele para aliviar o ardor e tirar a dor. Sonhei com esse momento e fantasiei sobre isso por quinze anos, mas nada me preparou para o momento em que o braço livre de Palmer envolve minha cintura com força, ele interrompe o beijo e aperta minha garganta para me forçar a olhe em seus olhos.

— Isso vai mudar tudo — ele fala com a voz baixa e profunda, dobrando os joelhos e movendo os quadris para frente apenas o suficiente para a cabeça de seu pênis deslizar dentro de mim, nós dois gemendo alto. Minhas unhas cravam com mais força na pele de seus ombros, meus tornozelos se fecham com mais força contra sua parte inferior das costas, enquanto sinto seu próprio corpo vibrando de necessidade, tremendo sob minhas mãos e entre minhas pernas.

Quero fechar os olhos com força, as sensações são quase insuportáveis, mas não consigo tirar os olhos desse homem lindo, parado entre minhas coxas, meu melhor amigo... *meu tudo*, me segurando com tanta força que vai deixar hematomas. Seus olhos verdes estão escuros de desejo enquanto ele ofega contra minha boca, não ousando se mover nem mais um centímetro até que ele tenha certeza de que estou bem com isso, embora eu possa dizer que está acabando com ele.

— Já estava na hora — é tudo o que consigo sussurrar, trêmula.

As palavras mal acabam de sair dos meus lábios antes dos quadris de Palmer se afastarem rapidamente, e então ele enterra seu pau dentro de mim com um impulso forte e profundo, que empurra meu corpo mais alto contra a parede.

— Meu Deus do céu — ele geme alto, cerrando os dentes quando finalmente está dentro de mim, seus olhos brilhando com a necessidade descontrolada enquanto ele move seus quadris apenas um pouquinho para trás, em seguida, volta a me penetrar rudemente.

— Palmer! — Seu nome sai de mim com um grito estrangulado, a última das minhas proteções para com este homem desmoronando no chão quando o sinto quente, grosso, pesado e pulsando dentro de mim.

Seu corpo imediatamente para quando digo seu nome, o aperto que ele tem na minha garganta aumenta, os olhos verdes abrem um buraco através de mim enquanto ele ofega, mantendo-se absolutamente imóvel dentro de mim enquanto minha boceta aperta em torno dele, precisando que ele se mova.

Isso é real. Não é um sonho. Não é uma fantasia. Ele está tão cheio e perfeito dentro de mim e, ai, Deus, ele vai me arruinar.

— Então isso é tudo o que preciso fazer para você dizer a porra do meu nome. — Rosna, fazendo meu coração apertar enquanto levanto uma das minhas mãos para descansar em cima da que ele ainda está em volta do meu pescoço.

É tão malditamente incrível que não sei como vou sobreviver a isso, ou como vou passar por este local novamente sem molhar minha calcinha e precisar dele dentro de mim.

Agarrando seu cabelo com a outra mão, puxo seu rosto de volta para o meu, acabando com toda essa conversa fiada. Assim que sua boca está novamente na minha, os quadris de Palmer voltam a se mover, seu pau começa a estocar em mim, e tudo volta a ser frenético, necessitado e rápido, só que agora a única coisa que se move erraticamente é a metade inferior do corpo de Palmer.

Afastando a boca novamente da minha, com ambas as mãos ainda segurando minha garganta e nossos olhos fixos um no outro, os quadris de Palmer bombeiam entre minhas coxas, me fodendo rudemente contra a parede, cada mergulho grosso e profundo de seu pau dentro de mim, me fazendo ver estrelas atrás dos meus olhos, gemidos incoerentes e gritos por mais saem da minha boca. A pulsação em meu clitóris, que está doendo de necessidade desde o dia em que ele me encurralou contra o balcão do bar, fica cada vez mais forte com cada investida entre minhas coxas.

Nosso aperto na minha garganta aumenta novamente, e de repente Palmer inclina o rosto até que sua boca esteja bem perto da minha orelha, suas estocadas suaves e rudes nunca parando, seus joelhos dobrando para que ele possa obter mais força e entrar mais profundamente em mim.

— Você tem ideia de quantas noites eu me masturbei pensando em estar enterrado dentro de você? — Ele rosna no meu ouvido, tudo entre minhas pernas ficando impossivelmente mais úmido, escorregadio e ardente de *necessidade* ao ouvi-lo falar assim comigo, enquanto me fodia contra a parede, e não consigo mais conter meu orgasmo.

— Ah, meu Deus — sussurro, apertando os olhos enquanto a boca de Palmer ainda paira na minha orelha, seu hálito quente ofegante contra mim enquanto ele me penetra. — Palmer... Palmer...

Cada vez que digo seu nome, é como se um raio de eletricidade passasse pelo seu corpo, e seus golpes ficam mais fortes, mais rudes, seus quadris abrindo ainda mais minhas coxas enquanto ele estoca em mim repetidamente, suas palavras em meu ouvido soando mais sujas enquanto ele me leva cada vez mais para perto do orgasmo, tenho certeza de que não vou sobreviver. Palavras murmuradas saem da minha boca entre minhas respirações arfadas, com o seu nome, implorando e implorando: *mais forte, mais, não pare...*

— Meu Deus, sua boceta é tão apertada... tão malditamente perfeita. Jesus. *Puta que pariu, Birdie.* Eu não consigo...

Assim que Palmer diz meu nome, seguido por grunhidos e gemidos animalescos contra meu ouvido, enquanto cada uma de suas estocadas se torna impossivelmente mais profunda e mais poderosa, e posso dizer que ele mal está se segurando, estou voando para o precipício do prazer, gritando seu nome enquanto gozo.

Agarro-me a ele com força, deixando onda após onda de intenso prazer explodir em mim enquanto Palmer bombeia seus quadris freneticamente e me penetra com seu pau, meu orgasmo ordenhando-o, o choque molhado e suado de nossos corpos mais alto do que a chuva lá fora. O orgasmo de Palmer chega junto com o meu. Ele goza intensamente e se mantem imóvel, me enchendo profundamente e gozando ainda mais forte.

— Poooorra, Birdie. Ah, merda, você é tão malditamente perfeita. — Ele geme em meu ouvido, seus quadris estocando entre as minhas pernas, seu pau pulsando dentro de mim com seu orgasmo.

Quero dizer a ele que o amo, que estou apaixonada por ele desde o dia em que o conheci e nenhuma quantidade de tempo, ou distância, ou namoro com outras pessoas, ou mágoa, poderia ter mudado isso, e que fui uma idiota por pensar que mudaria, mas nada sai da minha boca. Meu melhor amigo, meu tudo, ainda está grosso e duro dentro de mim, seus quadris se contorcendo entre minhas coxas fortemente cerradas em torno de sua cintura com o último resquício do seu orgasmo, e já estou me preocupando com o que isso significa. Ele disse isso que mudaria tudo. No bom sentido? De um jeito ruim? Será que ele quer mais do que apenas um momento roubado em um galpão de manutenção durante uma tempestade?

Talvez seja o fato de que nos conhecemos tão bem e ele pôde sentir imediatamente o que estava se passando pela minha mente, ou talvez ele tenha passado muito tempo calado sobre como se sente, e agora que finalmente demos vazão ao nosso desejo, ele não está mais escondendo. Seja o que for, com a mão de Palmer ainda segurando minha garganta e seus lábios ainda pressionados contra minha orelha, ele empurra profundamente em mim uma última vez, fazendo-me ofegar quando outro rosnado rouco sai de sua boca contra a minha orelha.

— Minha.

CAPÍTULO 19
"NÃO ME PROVOQUE."

palmer

Frequência cardíaca acelerada... *ok.*
Dores no peito... *ok.*
Respiração superficial... *ok.*
Tontura, suor, náusea... *ok, ok, puta que pariu, ok.*
É, é um ataque de pânico!

— Onde diabos está a minha calcinha? — Birdie murmura, caminhando ao redor do pequeno galpão que agora parece estar uns noventa graus lá dentro, movendo ancinhos e olhando atrás de pás enquanto puxa as alças de sua regata úmida e amarrotada de volta aos ombros, que foi empurrada até sua cintura.

Que *eu* empurrei até a sua cintura, junto com sua saia que puxei para cima e sua maldita calcinha que arranquei como um homem das cavernas e joguei... sabe-se lá onde.

— Sério, é um pequeno pedaço de renda. Não tem como ter criado pernas e fugido — Birdie continua a murmurar, alheia ao fato de que eu ainda estou aqui com minha bermuda abaixada sobre as coxas e meu pau e minha bunda para fora, tendo um ataque de pânico desde que ela desenlaçou as pernas da minha cintura e eu tive que me tirar de dentro dela.

Que porra eu fiz?! Acabei de trepar com a minha melhor amiga... minha pessoa, contra a maldita parede de um galpão de manutenção!

Observar Birdie, tão limpa, linda e perfeita, tirando o cabelo embaraçado e molhado do rosto, ajoelhada na porra do chão imundo para olhar sob o cortador de grama sujo e nojento para tentar encontrar sua calcinha de renda que eu arranquei do seu corpo com tanta força que ouvi rasgar e, em seguida, joguei para o lado como se fosse lixo, faz com que a náusea se transforme em vômito subindo pela minha garganta.

— Me desculpe.

Minhas palavras saem baixas e roucas, e eu tenho que pigarrear para afastar a bola de vergonha que está parada bem atrás do meu pomo de adão. Pelo menos a tempestade começou a se afastar e eu não tenho que gritar por causa da chuva forte contra o telhado, já que tinha praticamente parado.

Ela merece muito mais do que isso.

— Está tudo bem. — Birdie acena para mim com um gesto distraído de mão enquanto se levanta do chão e limpa os joelhos. — Era uma calcinha da Target. Eu tenho muito outras. — Ela bufa um pouco, reajustando sua regata amassada e a saia curta em igual estado, tentando alisá-las quando fica de frente para mim a alguns metros de distância.

Ela não está usando calcinha sob aquela saia. Eu tive que dar a ela minha camiseta molhada e amassada para que Birdie pudesse limpar meu gozo pingando de dentro dela e descendo pelas suas coxas.

Uau, está ficando quente aqui dentro.

Não! Pare de ser um idiota excitado. Você acabou de fodê-la contra uma parede como se ela não significasse nada para você! Você não tem o prazer de ficar duro novamente agora.

Birdie afasta o cabelo de um ombro com a mão e um gemido baixo e miserável sai de mim quando vejo uma pequena marca avermelhada de mordida em sua pele perfeita, bem onde seu pescoço se conecta ao ombro.

Jesus Cristo, sou um maldito animal. Por que ela ainda está aqui dentro comigo?

— Birdie... me desculpe. — Minhas palavras são um sussurro que mal saem pela minha boca, minhas mãos tremendo com a necessidade de passá-las suave e delicadamente sobre cada centímetro de seu corpo que toquei ou agarrei com muita força, com muita necessidade... Ela provavelmente tem hematomas na bunda e marcas em seus quadris e coxas dos meus dedos em sua carne. E não vou nem comentar sobre o estado das suas costas, sobre quantas vezes eu a empurrei contra a parede.

Santo Deus, eu me odeio.

Eu sabia que beijar Birdie, sentir seu sabor e ter a liberdade de tocá-la como eu quisesse testaria cada centímetro de controle que eu tinha, mas nunca soube exatamente quanto até o primeiro toque da sua língua contra a minha. Até que a senti me agarrando e precisando de mim tanto quanto eu precisava dela. Até que a ouvi choramingar de desejo na minha boca na primeira vez que esfreguei meu pau entre suas doces coxas. Saber que ela me queria tanto quanto eu a queria desencadeou algo em mim sobre o qual eu não tinha controle.

Depois de quinze anos mantendo um filtro e cuidando com tudo o que eu dizia e fazia com essa mulher, ter aquele filtro arrancado de repente quando ela gritou comigo na chuva dizendo que também me queria, foi como passar fome sua vida inteira e então alguém de repente colocar uma mesa inteira de comida na sua frente. Eu não conseguia pensar direito, estava tão faminto por ela. Eu não conseguia colocar seu corpo contra o meu rápido o suficiente, não conseguia tocá-la em todos os lugares rápido o suficiente. Eu tinha que reivindicá-la, marcá-la, torná-la minha e me certificar de que ela soubesse muito bem o que eu sentia por ela para que pudesse *finalmente* parar de inventar merdas idiotas em sua cabeça.

"Isso vai mudar tudo."

"Já estava na hora."

Eu ainda posso ouvir aquelas palavras cheias de emoção saindo de sua linda boca e ressoando em meus ouvidos, ver a necessidade em seus olhos quando ela olhou para mim e sentir o quão molhada ela estava ao redor do meu pau, lembrando-me que todos os sentimentos eram mútuos.

Caramba, ela era a porra de um sonho e estava tão ardente por mim.

Isso ainda não me impede de me sentir um verdadeiro merda.

Os olhos de Birdie finalmente encontram os meus, suas mãos parando no processo de endireitar suas roupas. Ela observa meu rosto por alguns segundos tensos e silenciosos, minha pulsação ecoando em minhas orelhas, minhas bochechas ficando quentes e minha pele pinicando, esperando que ela me perdoasse por tê-la maltratado quando ela significa muito mais para mim do que isso. Meus pés nem me deixam diminuir a distância entre nós, porque tenho medo que se eu chegar perto dela novamente, vou jogá-la contra a parede e tomá-la de novo.

Nada na minha vida foi tão perfeito quanto naquele primeiro momento em que entrei em Birdie, nem mesmo a primeira vez em que lancei uma bola a mais de 300 metros. De repente, tudo fez sentido. As pressões do mundo e da minha vida pararam de pesar em meus ombros, todas as perguntas que já tive foram respondidas e eu soube automaticamente o que queria fazer e onde queria estar pelo resto da minha vida. Estou morrendo de medo de estragar tudo, só porque não conseguia controlar meu maldito pau.

Os dedos de Birdie largam lentamente a barra de sua regata, suas mãos se fechando em punhos enquanto ela as mantem abaixadas ao lado do corpo e seus olhos se estreitam em mim. Já fui alvo da raiva de Birdie o suficiente para ser capaz de reconhecer quando uma tempestade está se formando dentro de sua linda cabeça, e pelo jeito que ela inclina o quadril, cruza os braços bruscamente na frente do peito, e olha para mim como se estivesse tentando decidir qual equipamento de gramado vai usar para tirar a pele do meu corpo, sei que essa tempestade vai ser muito mais catastrófica do que aquela que acabou de cair sobre o campo de golfe.

— Seu idiota filho da puta — ela murmura; fico de boca aberta porque não era isso que eu esperava que ela dissesse, bem no momento em que a porta do galpão se abre e bate contra a parede atrás de mim.

— Caraaamba, alguém tem feito muitos agachamentos. Bela bunda, Putz.

Murmuro um palavrão ao escutar a voz de Tess e noto que minha bunda ainda está para fora e meu pau ainda está balançando na brisa. Rapidamente puxo minha bermuda para cima, enfiando tudo para dentro, deixando o cós bater contra minha barriga quando estou finalmente coberto. O som faz a cabeça de Birdie se erguer, e percebo que ela estava olhando para o meu pau enquanto eu o colocava para dentro. Aquele pau que, de repente, estava voltando à vida em minha bermuda só por ter notado ser o foco do olhar dela.

Precisando desviar os olhos de Birdie, porque olhar para seu cabelo emaranhado, lábios inchados e pele corada faz com que tudo o que fizemos aqui dentro alguns minutos atrás seja repassado na minha cabeça em alta definição, imagens extremamente vívidas; então imito a pose de Birdie, cruzando os braços sobre o peito enquanto me viro para olhar para Tess com o ombro encostado no batente da porta aberta enquanto ela sorri para a amiga por cima do meu ombro.

— Posso assumir que, pelo estado de suas roupas amassadas, a linda bunda do Putz em plena vista momentos atrás, e o fato de que ele está sem camisa e você não está mais apertando a coxa uma na outra, significa que ele finalmente fodeu você até não conseguir mais pensar, e você pode parar de reclamar sobre ele ser uma provocação e como você vai ficar com uma lesão por movimento repetitivo de tanto tocar uma pensando nele todas as noites? — Tess pergunta para Birdie docemente, piscando os cílios.

Minha cabeça lentamente se afasta de Tess para olhar de volta para Birdie, um rubor profundo cobrindo suas bochechas enquanto ela olha para a amiga, seus lábios cerrados, sem negar de forma alguma a acusação sarcástica.

Ela... Birdie... Puta merda, ela se tocava pensando em mim? Eu não... Não. Pense em outra coisa. Pense em outra coisa! 16x97 é... não sei, porra. Foda-se essa merda. Matemática é dureza, e o meu pau também!

— Por quê você está aqui? — é tudo o que Birdie diz.

Tudo o que ela diz, como se não precisássemos nos sentar e ter uma longa conversa sobre quanto tempo durou o tal toque, se havia música suave tocando, velas acesas, quaisquer fantasias específicas que ela imaginava quando pensava em mim, para que eu pudesse fazer o meu melhor para recriar. Além disso, acho melhor que ela apenas me mostre exatamente como foi o toque, para que eu possa ter uma visão adequada.

— Pela mesma razão que você... Dar uns pegas no galpão de manutenção. — Tess encolhe os ombros quando Bodhi coloca a cabeça por trás dela.

— E aí, pessoal! — Ele sorri e balança a cabeça, apoiando o queixo no ombro de Tess.

— Enfim, já que *vocês* pegaram este, tivemos que usar o abrigo contra tempestades no buraco dezessete — Tess continua, enquanto meu cérebro está prestes a explodir junto com minhas bolas. — É assustador, sem janelas, e cheira a suvaqueira lá dentro.

— Provavelmente era eu. Estou *vencido*. — Bodhi ri, o queixo ainda apoiado no ombro de Tess.

— Estou surpresa de vocês terem feito isso aqui — Tess pondera, me fazendo sentir como um porco nojento e egoísta novamente por cerca de dez segundos enquanto olha ao redor do pequeno ambiente sujo até que continua a falar quando seus olhos voltam para Birdie com um brilho malicioso neles. — Pensei que sua fantasia de primeira vez era sempre ele te fodendo por trás contra a mesa em seu escritório depois do expediente. Olhe só para você dando uma de *Dora, A Aventureira* na natureza!

Matemática, matemática, matemática, números, números, vovó tomando banho...

Com um grunhido irritado, Birdie descruza os braços e passa por mim para ficar bem na frente de Tess, agarrando a porta e começando a fechá-la.

— Ok, ótima conversa. Agora vá embora e leve seu namorado fedorento com você — Birdie fala, colocando a palma da mão contra a testa de Tess como se ela fosse uma irmã mais nova irritante enquanto a empurra para fora da porta.

Tess e Bodhi riem enquanto tropeçam para trás, e Birdie bate a porta bem na cara deles antes de se virar para me encarar.

— *Só para constar, a Birdie fica com muito tesão pensando em você pegando ela por atrás. De nada!* — O grito abafado de Tess vem do outro lado da porta enquanto ela e Bodhi se afastam.

Sufoco uma risada, embora meu repertório mental esteja oficialmente cheio e não aceite mais nenhuma imagem nova. As bochechas de Birdie ainda estão vermelhas de vergonha, e agora ela está mordendo nervosamente o lábio inferior, olhando para seus pés e se recusando a olhar nos meus olhos. Finalmente sentindo que posso respirar um pouco desde o meu ataque de pânico anterior, dou um passo para mais perto dela, ainda muito nervoso para tocá-la, com todos aqueles pensamentos sobre fodê-la sobre a mesa do escritório ainda correndo soltos pelo meu cérebro.

Depois de ouvir Tess vazar uma pequena fantasia de Birdie, meu pau está pulsando, querendo realizar qualquer uma que ela já teve sobre nós dois. Só de saber que ela já pensou em nós dessa maneira, mesmo que por um segundo, é quase demais para eu aguentar. Nunca imaginei, nem em um milhão de anos, que ela se sentiria assim. Achei que teria que gastar muito tempo para que fôssemos algo além de amigos, dar tempo a ela para me ver de uma maneira diferente. É um sonho que se tornou realidade, e tenho medo de me mexer, falar ou estragar tudo de novo por não ser lento e tomar meu tempo com ela.

— Sim, com frequência me masturbo pensando em você, e tenho tantas fantasias que provavelmente poderia escrever uma tonelada de livros eróticos e ganhar muito mais dinheiro do que no CGIS. Que seja. Não vamos fazer um alarde muito grande sobre isso — Birdie divaga, com um suspiro adorável e um encolher de ombros, finalmente olhando para mim através de seus cílios longos e escuros.

Preciso dizer algo antes que esses pensamentos sobre Birdie se tocando me transformem em um homem das cavernas novamente.

— Comecei a chamá-la de docinho na noite em que jogamos alvo na praia, porque toda vez que você se abaixava para pegar os saquinhos, com aquele macacão curto que estava vestindo, eu dava uma olhada na doce curva da sua bunda perfeita, que me dava vontade de cravar meus dentes na sua carne e me masturbei com tanta força naquela noite que acho que desmaiei por alguns minutos, e definitivamente esqueci meu próprio nome por um tempo — digo em um único fôlego, logo depois que Birdie termina, não querendo que ela se sentisse como a única que quase enlouqueceu.

Um pequeno sorriso começa a curvar o canto de sua boca quando ela levanta a cabeça para olhar completamente para mim, aquele sorriso fazendo meu coração bater erraticamente e minhas palmas começarem a suar.

— Birdie — sussurro, começando a estender a mão para tocá-la e, em seguida, rapidamente me afastando, sentindo que ainda não tenho o direito até que ela aceite minhas desculpas. — Me descul...

No mesmo segundo Birdie acaba com os poucos metros de distância entre nós e coloca a palma da mão contra minha boca, me interrompendo quando o sorriso em seu rosto some e ela volta a me encarar, a tempestade em seus olhos começando a girar novamente.

— Juro por Deus que se você se desculpar comigo novamente, vou dar uma joelhada nas suas bolas com tanta força que elas vão subir até a sua garganta e sufocá-lo. — Ela rosna, fazendo-me engolir em seco com a mão ainda cobrindo minha boca e mudo o peso do corpo de um pé para o outro e ajeito minhas partes.

E não por causa da imagem assustadora dela me dando uma joelhada na virilha com tanta força que toco meus próprios testículos, mas porque agora estou olhando para a pele de sua garganta, lembrando como ela segurou minha mão ali, forçando-me a segurá-la com mais força enquanto eu a fodia, querendo aquilo...

Afastando esses pensamentos da minha mente, envolvo os dedos em torno de sua mão e lentamente a tiro da minha boca, querendo entrelaçar meus dedos nos dela, mas Birdie se desvencilha e coloca as mãos nos quadris.

— Você merecia uma cama confortável e agradável, palavras românticas e carícias suaves — eu começo, ficando nervoso quanto mais olho em seus olhos raivosos focados em mim, minhas palavras começando a sair mais rápidas e um pouco mais histéricas. — Você é linda, perfeita e a *minha* pessoa, e você merecia muito mais do que uma foda rápida e suja em um campo de golfe público dentro de um galpão de manutenção contra uma parede nojenta. Quer dizer, pelo amor de Deus, Birdie, nem parei para tirar a sua roupa! Que tipo de animal não deixa a mulher dos seus sonhos nua para que ele possa apreciar cada centímetro de seu corpo? Eu nem cheguei a ver seus seios!

Jogo minhas mãos para cima com um bufo irritado, e estou tão ocupado perdendo a cabeça e me repreendendo que momentaneamente esqueço com quem estou falando e quem Birdie é como pessoa, e não tenho tempo para me preparar.

Com sua própria bufada irritada, Birdie de repente agarra a gola de sua regata, seus dedos também agarrando o bojo de seu sutiã, puxando tudo para baixo até que seus seios fartos, redondos e perfeitos, e mamilos rosados estejam expostos.

— *Puuuuuta que...* pariu — eu mal consigo falar, meu pau está tão duro como uma barra de aço enquanto eu olho para seus seios nus pelos cinco segundos em que ela mantém a regata para baixo antes de puxar o tecido de algodão de volta e se cobrir.

— Pronto. Agora você viu os meus seios. Será que agora podemos acabar com o seu pequeno surto? — pergunta, voltando a apoiar as mãos nos quadris. — Pare de me irritar. Seu pedido de desculpas me faz sentir como se você se arrependesse do que fizemos, e não me arrependo nem um segundo do que aconteceu aqui, ok? Se eu quisesse que você fosse mais devagar ou que fôssemos para um lugar mais confortável, tenho uma voz e sei como usá-la. Cada marca que você deixou na minha pele com a sua boca, cada pontada que sinto no meu corpo onde você me agarrou e me quis, e não conseguia ficar mais um segundo longe...

Ela faz uma pausa, e eu percebo que nós dois estamos um pouco ofegantes com cada palavra que ela diz, e de repente estou me lembrando da necessidade crua e dolorida em sua voz quando eu a pressionava contra a parede, e toda vez que a ouvia dizer: "mais... mais forte... Palmer, Palmer, Palmer..."

Birdie engole em seco algumas vezes, lambe os lábios e me olha de novo.

Eu a vejo respirar fundo, e então acabar totalmente com a distância entre nós. Com minhas mãos cerradas em punhos ao lado do meu corpo, eu a vejo deslizar as palmas das mãos no meu abdômen, sobre meu peito, e as apoiando em meus ombros. Não sendo capaz de aguentar mais, minhas mãos sobem e agarram seus quadris com força enquanto ela se inclina mais perto e desliza seu corpo contra o meu, ficando na ponta dos pés, pressionando sua bochecha na minha e esmagando aqueles seios perfeitos em meu peito enquanto ela se inclina mais para frente até que seus lábios pairam ao lado da minha orelha, fazendo meu corpo estremecer.

Maldita mulher e o que ela faz comigo.

— Por favor, Palmer — ela sussurra, seu hálito quente soprando contra minha orelha, meu pau pulsando dentro da bermuda, querendo entrar nela assim que Birdie diz meu nome. — Nunca mais se desculpe comigo sobre o que aconteceu aqui. Caso você tenha esquecido, gozei gritando seu nome contra aquela parede nojenta, dentro deste galpão de manutenção, nesse campo de golfe público.

Porra, isso é mesmo vida real? Ouvir Birdie dizer isso em voz alta é quase mais sensual do que realmente ver e sentir ela gozar ao redor do meu pau.

Meus braços estão ao redor dela e estou abraçando-a apertado antes mesmo de dar minha próxima respiração, segurando-a contra mim com força, levantando seus pés do chão enquanto ela grita. Assim que a coloco de volta no chão, Birdie inclina a cabeça para o lado com um sorriso enquanto olha para mim, seus braços ainda em volta dos meus ombros.

— Foi *incrível* — eu finalmente admito, com meu próprio sorriso, juntando minhas mãos contra a parte inferior das suas costas e puxando-a para mais perto, desejando que meu cérebro pudesse pensar em palavras melhores para descrever a experiência de fazer sexo com Birdie pela primeira vez.

— Foi perfeito. — Ela suspira, sonhadora, fazendo meu coração derreter no meu maldito peito. — Quero dizer, você me fodeu como um campeão na posição "abraço voador da Birdie". — Ela pisca, fazendo meu peito roncar de tanto rir contra o dela.

— É verdade, não é? — pergunto, arqueando as sobrancelhas para ela, uma das minhas mãos deslizando para baixo para apertar sua bunda, só porque eu posso.

Caramba... porque eu posso. Posso agarrar a bunda de Birdie, e posso segurar Birdie em meus braços, e podemos falar sobre foder contra uma parede como se fosse totalmente normal... porque agora é.

— Venha em um encontro comigo esta noite.

Eu digo a ela; não pergunto.

Porque agora eu posso.

Porque ela finalmente é minha.

— Ok. A que horas e o que devo vestir? — Ela sorri para mim sem discutir.

Porque ela não precisa mais.

Porque ela sabe que finalmente é minha.

CAPÍTULO 20

"DEPOIS DE DEZOITO BURACOS, EU MAL CONSIGO ANDAR."

birdie

Palmer: Acho que tenho um problema.

Birdie: Você bateu uma DE NOVO? Meu Deus, cara, acabamos de fazer sexo uma hora atrás. Você tem um problema. Existem centros de apoios à viciados, sabe.

Palmer: Você é hilária. Agora, você não se sente mal por negar meu pedido para tomarmos banho juntos para economizar água e me forçar a voltar para meu próprio chalé para me preparar para o nosso encontro? Além disso, lembro-me de ouvir algo sobre outra pessoa que teve um problema de assadura recentemente.

Birdie: Pare de dizer assadura. É estranho quando você diz assadura.

Palmer: Você gosta de dar uma assada de vez em quando, não gosta?

Birdie: Nunca mais vou transar com você.

Palmer: Tenho algo dentro da minha calça que acredito que fará você mudar de ideia.

Birdie: Sua carteira?

TARA SIVEC

> Palmer: Acho que gostava mais quando você estava tão cheia do meu pau gigante que não conseguia falar a não ser gemer meu nome. Lembra daquele momento divertido? Devíamos fazer isso de novo.

> Palmer: Ha! Sem resposta. Assadura diz o quê?

> Birdie: Meu Deus, pare com isso! Estou tentando terminar de fazer minha maquiagem.

> Birdie: E deslizando meus dedos quentes e ágeis para dentro da minha calcinha molhada para brincar um pouco comigo mesma. #multitarefa

> Palmer: Você quer me matar, não é?

> Birdie: Por que você ainda está me mandando mensagens de texto? Você não deveria vir me buscar em dez minutos? Ao menos você vai se esforçar para ficar bonito para este encontro?

> Palmer: Merda. Por que eu ESTAVA mandando mensagem para você? Você é uma distração, mulher. Ah, sim, isso mesmo. Eu estava verificando meu e-mail depois que saí do chuveiro e algo aconteceu que eu queria ver se você já tinha visto. De qualquer forma, podemos falar sobre isso mais tarde, sem problemas. Vou deixar você voltar ao que estava fazendo. Tenho que ir buscar uma gostosa para o nosso encontro em alguns minutos.

— Uau, um passeio pela Alameda Summersweet para o nosso primeiro encontro... que original — provoco, apertando a mão de Palmer na minha enquanto ele balança para frente e para trás entre nós enquanto caminhamos.

Na verdade, estou feliz por estarmos fazendo algo simples e casual, como comer algo na cidade e simplesmente caminhar por aí. Não vou mentir; eu estava mais do que um pouco nervosa com esse encontro, o que era simplesmente ridículo. Este homem já tinha estado dentro de mim, e eu estava pirando com ele me buscando em casa e me levando a algum lugar.

Quero dizer... um encontro de verdade com Palmer Campbell. Senti que tinha quinze anos novamente e não conseguia acreditar que meu melhor amigo gostava de mim e queria me levar para um encontro. Ou eu tinha dezessete, ou vinte, ou vinte e cinco, ou todos os anos desde o dia em que o conheci e tive que sofrer com a *friendzone*. A ficha não caiu durante o meu banho e o tempo todo em que me arrumei, mesmo tendo sonhado com isso um milhão de vezes, e mesmo que eu ainda estivesse deliciosamente dolorida pelo que fizemos naquele galpão. Cada passo que eu dava ao andar pelo meu quarto, tentando encontrar algo para vestir, me lembrava que não tinha motivo para ficar nervosa com nada. Seu pau tinha acabado de entrar na minha vagina. Isso é o mais perto que duas pessoas podem chegar, e o nervosismo já deveria ter passado.

Eu ainda gastei muito tempo me certificando de que meu longo cabelo loiro ficasse ondulado o suficiente, e que minha maquiagem fosse sutil e fizesse meus olhos azuis destacarem, meus cílios parecerem extra grossos e longos, e que o brilho da minha pele foi sutil o suficiente. Sem mencionar as vezes que mudei de ideia sobre o que vestir, terminando com um vestido vermelho curto, com estampa floral, com um decote com babados, bem ajustado na cintura, que combinei com sandálias de tiras finas, esperando que fosse bom o suficiente para um encontro com Palmer.

Quando viramos na Alameda Summersweet e ele estaciona seu carrinho de golfe na frente do Coma Isso, todo o meu nervosismo desaparece em um instante. É definitivamente menos estressante apenas fazer algo simples e fácil com ele, algo que fizemos um milhão de vezes, e que parece certo e perfeito; simples e fácil, assim como nós, em vez da pressão de um típico jantar chique no continente onde um fã poderia encontrá-lo e nos interromper ou, Deus me livre, tirar uma foto e começar a espalhar boatos, quando ainda nem consegui deixar a imagem pública de Palmer como era antes.

Passar de nada além de amigos por quinze anos para algo muito mais em um piscar de olhos deveria ter tornado tudo estranho e a conversa entre nós nervosa e afetada. Quer dizer, eu vi o pênis do meu melhor amigo! *E, caramba, que pênis incrível ele tem*. Mas nada é estranho e a conversa nunca para. Ainda somos nós... apenas uma versão mais prática e com mais língua.

Palmer para de repente de andar bem no meio da calçada em frente ao Hang Five Fliperama, apertando minha mão e me puxando de volta para ele até que bato em seu peito. Ele é sempre bonito, mas está ainda mais esta noite. Vestindo uma calça de golfe justa, na cor cinza-escuro, que se agarra a sua bunda maravilhosa e uma camisa polo branca enfiada sob o cós da calça com um cinto cinza-escuro ao redor de seus quadris, sem boné na cabeça, então eu posso ver seus olhos verdes com seu cabelo castanho curto penteado para trás e para o lado, Palmer está vestido da mesma forma que já o vi um milhão de vezes antes. Talvez seja porque finalmente vi o que está *sob* as roupas, ou talvez seja porque ele não esconde o quanto me quer quando olha para mim. Seja o que for, fico com frio na barriga quando o sinto contra mim, e acho que nunca vou me acostumar com a facilidade e a casualidade com que ele me puxa assim, como se tivesse esperado a vida toda para fazer.

Pegando nossas mãos unidas, ele envolve as duas em volta das minhas costas e me puxa para mais perto até que nossos corpos estão colados, desde nossas coxas ao nosso peito. Sua mão livre sobe para segurar suavemente minha bochecha enquanto ele olha nos meus olhos, fazendo minha pele arrepiar, embora a umidade esteja ainda pior depois da tempestade.

— Sim, eu trouxe você em nosso primeiro encontro para esta rua movimentada e cheia, no meio da cidade, que já andamos milhares de vezes antes — Palmer fala suavemente, já que a rua realmente fervilha ao nosso redor, enquanto segura meu rosto em sua mão, seu polegar roçando suavemente minha bochecha, nunca tirando os olhos dos meus.

O sol se pôs não muito tempo atrás, e todas as luzes coloridas das fachadas de lojas e restaurantes estão piscando e brilhando por todos os lados. Música está tocando no alto-falante montado acima da cabine de informações turísticas em frente a nós. As pessoas estão rindo, conversando e apreciando a vista, andando calmamente ao nosso redor enquanto continuamos parados no meio da calçada. Os sinos e assobios do fliperama e a brisa fria do ar condicionado flutuam toda vez que alguém abre a porta a alguns metros de distância. Os motores dos carrinhos de golfe passando na rua, alguém gritando o nome de outra pessoa enquanto passa por nós, e meu estômago ronca quando sinto o cheiro inebriante de frituras gordurosas como batatas fritas, anéis de cebola e outras delícias. Mas não presto atenção em nada, a não ser no homem me segurando em seus braços enquanto continua falando comigo.

— Eu trouxe você aqui, para esta rua que nós já caminhamos milhares de vezes, apenas para que eu pudesse fazer isso — Palmer diz, baixando lentamente a cabeça e pressionando seus lábios nos meus.

É suave, e é doce, e ele apenas mantem seus lábios contra os meus por alguns instantes antes de se afastar, tirando a mão da minha bochecha, desenrolando nossos braços atrás das minhas costas e me puxando para começar a andar com ele pela calçada novamente. O nervosismo e a ansiedade fazem minha pele parecer que está sendo picada por alfinetes e agulhas quando ele não diz mais nada. Palmer apenas sorri para mim por cima do ombro enquanto caminhamos um pouco mais até que ele para novamente, desta vez na frente da Summersweet Souvenirs, todas as janelas na frente da loja exibindo nada além de camisetas, toalhas de praia, caranguejos eremitas de pelúcia e pranchas.

Executando a mesma manobra novamente, ele me puxa contra si e coloca nossas mãos unidas nas minhas costas.

— E para que eu pudesse fazer isso — ele diz suavemente mais uma vez, sua mão livre subindo para deslizar ao redor da minha nuca e sob meu cabelo, que deixei solto, apertando suavemente minha nuca para me puxar para sua boca, com as pessoas passando ao nosso redor.

Leva minha mão entre nós para pressionar minha palma contra seu peito, sentindo a batida sólida de seu coração enquanto sua língua gentilmente separa meus lábios. Ele suavemente acaricia minha boca com sua língua, preguiçosamente girando e acariciando languidamente contra a minha, tomando seu tempo, fazendo meus joelhos fraquejarem e meus dedos dos pés se curvarem. Ele adora meus lábios e minha boca como se fossem flores delicadas. É o completo oposto do beijo maníaco, louco e desentupidor de pia que compartilhamos no galpão, mas deixa meu corpo em chamas da mesma forma, até que ele termina o beijo com alguns selinhos e mordidinhas em meus lábios antes de se afastar, e estou choramingando com a perda do toque de sua boca na minha.

Ele volta a apertar minha mão, me puxando pela calçada mais uma vez, e eu nem presto atenção para onde estamos indo. Apenas o deixo me levar cegamente para qualquer lugar, querendo que parasse e me beijasse daquele jeito novamente, e fizesse meus dedos do pé se curvarem da mesma maneira, e me pergunto como diabos passei a vida inteira sem nunca ter sido beijada daquela forma antes.

Palmer para na calçada mais uma vez, desta vez puxando meu braço para me posicionar na sua frente, soltando minha mão para agarrar meus quadris para me virar até que minhas costas estejam pressionadas em seu peito. Eu sorrio enquanto apoio a cabeça em seu peito quente e sólido, percebendo que ele nos parou bem na frente da Girar e Mergulhar, e nós estamos parados no final de sua longa fila usual de clientes a esta hora da noite na ilha.

Ele passa um braço em volta da minha cintura e eu coloco minhas mãos em cima dos músculos tensos de seu antebraço, cruzado com segurança sobre a minha barriga bem sob os meus seios enquanto ele me puxa de volta para ficar mais confortavelmente contra ele. Fico olhando para as pessoas na fila à nossa frente, nem mesmo percebendo quem elas são ou sobre o que são as conversas, ao darmos um pequeno passo para frente juntos quando a fila se move um pouco. Palmer coloca sua mão livre atrás da minha cabeça para tirar meu cabelo de um ombro, e antes que a próxima pessoa na fila possa começar a fazer seu pedido, e antes que eu possa me preparar, sua cabeça inclina para frente e seu nariz esfrega aquele ponto bem embaixo da minha orelha.

Ah, meu Deus…

Eu tremo contra ele enquanto Palmer segura meu cabelo fora do caminho, esfregando a ponta de seu nariz de um lado para o outro no meu pescoço e, em seguida, mordiscando e beijando suavemente meu ombro nu, deslizando a ponta da língua para fora de vez em quando antes de subir beijando pela lateral e pressionando sua boca contra minha orelha enquanto damos outro passo para frente na fila.

Eu ainda não me recuperei do orgasmo alucinante que Palmer me deu quase duas horas atrás, e só dele fazer isso no meu pescoço, já fico molhada, carente e quero me esfregar em cima dele; os clientes da sorveteria que se danem.

— E eu definitivamente trouxe você aqui, nesta rua que caminhamos mil vezes, para que eu pudesse fazer todas as coisas que venho sonhando… há muito tempo, Birdie — ele fala baixinho em meu ouvido, fazendo minha garganta ficar apertada e áspera de emoção enquanto continua falando, e a fila anda novamente.

Seu braço ainda está firmemente em torno de mim, mantendo minhas costas grudadas contra a sua frente, o que provavelmente é algo sábio, já que posso senti-lo pesado e duro pressionado contra minha bunda.

— Eu queria segurar sua mão na Alameda Summersweet, queria beijar você na frente do fliperama e queria ter você em meus braços enquanto pedíamos sorvete, porque eu finalmente *posso*. Eu quero lhe dar o mundo, Birdie. Tudo o que você sempre quis. Mas esta noite eu só queria beijar minha garota na frente do fliperama, sem me preocupar com ela me dando uma joelhada nas bolas.

Uma risada fraca sai de mim enquanto eu fungo e engulo as emoções idiotas, virando em seu abraço para que possa ver seu rosto. Deslizo as mãos em seu peito para apoiar minhas palmas sobre seu incrível peitoral, *porque finalmente posso*.

— Não pare de se preocupar com aquela joelhada. Você parecia ter esquecido que acabou de dar uma farejada no meu pescoço *na frente da minha mãe*.

Palmer apenas sorri para mim enquanto me empurra para andar para trás, e novamente me viro em seus braços, que acho que ele vai manter apertados em torno de mim, então nós dois podemos caminhar até a janela onde minha mãe está atendendo do outro lado.

Literalmente pulando para cima e para baixo, batendo palmas e sorrindo tanto para nós dois que ela parece um pouco psicótica e meio como o Coringa.

— Parece que está bem movimentado esta noite, Laura. Precisa de ajuda aí? — Palmer pergunta, apoiando o queixo no topo da minha cabeça, quase fazendo minha mãe desmaiar enquanto seus funcionários correm atrás dela na pequena sorveteria, entregando os pedidos para os clientes.

— Ah, meu Deus, não! Vocês merecem uma noite para relaxar. — Minha mãe ri, acenando com a mão para ele antes de apertar as duas mãos contra o peito. — Ahhh, meu coração. Olhem só para vocês dois... Já era hora de pararem de serem tão teimosos. Então, vocês querem o de sempre, e quando vocês vão começar a me dar lindos netos para que eu possa mimar?

O peito de Palmer ressoa contra minhas costas enquanto ele ri, e eu apenas balanço a cabeça para ela.

Felizmente, minha mãe desaparece da janela para ir fazer o sundae de calda quente de Palmer com chantilly extra, sem nozes e duas cerejas, e meu sorvete de chocolate com Reese's Cups extras e três colheradas saudáveis de manteiga de amendoim líquida. Palmer finalmente me solta para que possamos pegar nossos pedidos quando minha mãe os coloca no balcão com um monte de guardanapos. Em seguida, ela sopra um beijo para cada um de nós, a conversa sobre netos esquecida quando ela olha por cima do meu ombro para a próxima pessoa na longa fila que se formou depois de nós.

Palmer e eu contornamos a lateral da sorveteria e chegamos à única mesa de piquenique livre, que é a amarela. Olho um pouco para o grupo de adolescentes sentadas na mesa roxa no canto de trás com nossos nomes gravados na madeira enquanto passo minha perna sobre o banco e me coloco de frente para Palmer, puxando a saia curta do meu vestido entre minhas coxas e cobrindo tudo como uma dama deve fazer em público. Os olhos de Palmer piscam para minhas pernas nuas sobre o banco, um sorriso sacana surge no canto de sua boca enquanto ele lambe a calda quente de sua colher, me fazendo mexer um pouco quando vejo sua língua girar em torno do plástico branco.

— Quer falar sobre aquele e-mail agora? — pergunto, embora eu realmente não queira falar sobre aquele e-mail sobre o qual ele me enviou uma mensagem de texto mais cedo, mas provavelmente deveríamos conversar sobre algo antes de eu começar a rebolar neste banco de mesa de piquenique.

— Ah, é verdade! — Palmer assente com a cabeça, a boca cheia de sundae e calda de chocolate.

Com meu sorvete em uma mão e uma colher cheia na outra, eu me inclino para frente no banco e beijo seu lábio inferior, chupando um pouco do chocolate que estava lá antes de me afastar para enfiar minha colher na boca.

Palmer apenas olha para mim com a colher a meio caminho da boca, pingando sundae em sua tigela de plástico enquanto me encara com um olhar de admiração em seu rosto.

— Não acredito que Birdie Bennett acabou de me beijar na Girar e Mergulhar — ele sussurra, como um adolescente fofocando com seus amigos.

Isso me faz rir e meu coração faz novamente aquela coisa estranha e constritiva em meu peito, minha risada lentamente morrendo quando penso naquele e-mail.

— Enfim, o tal do e-mail — ele continua, colocando outra colher de sundae na boca primeiro. — Você, meu docinho adorável e sensual, é brilhante, e aquela foto ridícula com os gatos junto com o comunicado à imprensa que você publicou gerou um burburinho positivo. O *San Francisco Open* me quer lá em pouco mais de uma semana, contanto que você continue fazendo sua mágica. Você viu que eles disseram que receberam um monte de cartas de fãs exigindo a minha presença?

Seu sorriso é contagiante e não posso evitar retribuí-lo, embora pareça que estou morrendo um pouco por dentro enquanto ele continua, praticamente saltando para cima e para baixo no banco.

— Eles querem ver mais postagens positivas nas redes sociais e falar com alguns dos meus patrocinadores para ver como *eles* estão se sentindo, mas se tivermos mais ideias nos próximos dias, pode dar certo, e eu posso voltar a jogar golfe profissional antes do que esperávamos.

Ele está tão feliz e animado que me faz sentir uma idiota pelo quanto meu estômago embrulhou quando vi aquele e-mail chegar enquanto eu deixava a água do chuveiro aquecer para o meu banho hoje mais cedo. Eu deveria ter gritado de felicidade quando vi que alguém finalmente era inteligente o suficiente para perceber o erro que cometeu ao desconvidar Palmer de tantos torneios. Mas eu não consegui. Meus joelhos cederam e sentei-me na beira da banheira, olhando para aquele e-mail até que o cômodo ficou cheio de vapor e eu não consegui mais ver a tela do meu celular. Isso é o que queríamos. É para isso que tenho trabalhado pra caramba nas últimas duas semanas, tenho ficado acordada até tarde e pesquisado tudo o que há para saber sobre relações públicas de golfistas profissionais.

Mas tudo que pude pensar quando li aquele e-mail foi que estou trabalhando pra caralho só para que ele possa me deixar novamente. Para que ele possa ir embora sem nem mesmo me pedir para ir com ele.

Eu sei que é diferente desta vez, e sei que *somos diferentes* em comparação com a última vez que ele esteve nesta ilha e se afastou de mim, mas isso não me deixa menos em pânico. Isso não me faz parar de me preocupar com a mesma coisa que me preocupava naquela época e por que sempre me impedi de dizer a ele como me sentia. Posso ser o suficiente para ele? Ele ao menos quer mais comigo, ou apenas quer manter o que temos aqui nesta ilha como uma fantasia tropical, que nunca sai da ilha ou se transforma em algo real, conseguindo o melhor dos dois mundos enquanto eu continuo sentada aqui e... esperando?

Sei que ele tem que ir. Entendo e *quero* que ele vá e faça o que ele é tão incrivelmente talentoso, mas sou o suficiente para ele *voltar* quando terminar? Esta ilha é o suficiente? Ele já esteve em todo o mundo. Por que diabos iria querer ficar aqui quando poderia ir a qualquer lugar? Eu *acabei* de tê-lo em meus braços e agora ele vai ser tirado de mim. Nós conversamos sobre como o primeiro campeonato para o qual ele ainda estava programado demoraria sete meses apenas no outro dia. No fundo da minha mente, eu tinha aquele número piscando, me dizendo que eu tinha muito tempo para provar a ele que valho a pena, e que *valemos* a pena, e que se dane ficar sentada aqui esperando que ele volte para casa, para mim; eu iria a qualquer lugar com Palmer, se ele apenas pedisse. Por quinze anos, toda vez que ele deixou esta ilha, eu só queria que me implorasse para ir com ele. Só uma vez. Que apenas parasse, olhasse para mim e dissesse: "Birdie, preciso de você comigo".

Mas ele nunca fez isso. E agora parece que está acontecendo tudo de novo, Palmer fazendo planos para ir embora, enquanto eu sento e... *espero*.

Espero que eu seja o suficiente para ele voltar, espero que não encontre alguém quando estiver longe de mim, no mundo *dele*, andando com o pessoal *dele*, enquanto uma garota de cidade pequena que nunca esteve em lugar nenhum ou fez qualquer coisa significativa com sua vida apenas… *espera*. Esse sempre foi meu relacionamento por quinze anos com Palmer, e é claro que senti saudades dele, mas estava tudo bem, porque era tudo o que conhecíamos.

Mas agora? Agora que eu sei por que nada antes na minha vida fez sentido ou pareceu fazer, até o momento em que ele me beijou na chuva, e agora que eu sei o que é ter hematomas em meus quadris por causa dos seus dedos ávidos e uma dor entre minhas pernas me lembrando o quanto ele precisava de mim… Não está tudo *bem*, e eu não estou bem em conseguir apenas as migalhas de sua atenção, espalhadas ao meu redor esporadicamente quando sua agenda agitada permite.

— Só para você saber, vou esperar *muitos* favores sexuais quando você conseguir essa promoção. — Ele pisca para mim, raspando o fundo de sua tigela de plástico vazia para pegar o resto da calda, enquanto meu sorvete continua meio comido e derretendo na minha mão, as poucas mordidas que eu já dei começam a se revirar no meu estômago.

— Você sabe que não estou fazendo isso por causa daquela promoção idiota — digo a ele, engolindo em seco para poder dizer o resto das minhas palavras sem chorar como um bebê. — Eu não me importo com nada disso. Só me importo com você de volta lá, viajando no circuito profissional, onde o seu eu supertalentoso *deveria* estar.

Palmer coloca sua tigela vazia na mesa de piquenique, em seguida, tira o sorvete da minha mão e o coloca ao lado da tigela. Chegando mais perto de mim no banco, ele levanta as mãos para segurar meu rosto, inclinando-se para me dar um beijo suave antes de se afastar para encostar sua testa contra a minha.

— Eu sei que você não está cuidando e consertando as coisas para mim pela promoção. Eu só estava brincando — ele diz, baixinho. — E não é isso o que…

— Parem com essa melação em público. Pelo amor de Deus, as pessoas estão tentando desfrutar de seus sorvetes.

O que quer que Palmer estava prestes a dizer é interrompido quando nos separamos e olhamos para cima para encontrar Murphy de pé ao lado do nosso banco, olhando para nós enquanto toma um milkshake.

— É bom ver você, Murph. — Palmer sorri para ele, suas mãos caindo do meu rosto para descansar em cima das minhas coxas nuas.

Os olhos de Murphy olham para baixo, onde estão as mãos de Palmer, e ele toma outro gole antes de rosnar um pouco, e então tira o canudo da boca para incliná-lo junto de seu copo em direção a Palmer.

— Vejo que você ouviu o que eu disse naquela noite na praia, parou de ser um idiota e percebeu que ela tinha uma queda por você — ele diz, estreito meus olhos enquanto olho de um para o outro.

— Como é? Vocês dois tiveram uma conversa sobre mim sem eu saber? — pergunto, com altivez.

— Com licença — Murphy responde, com a mesma indignação. — Vocês dois desapareceram da competição dos dois mil dólares. Eu tive que ir lá fora e encontrar o marcador com o nome do vencedor em seu carrinho no meio de uma tempestade e, em seguida, ouvir os sons de dois gatos morrendo dentro daquele galpão até que eu pudesse sair de lá, despejar alvejante em meus ouvidos e, em seguida, fazer Tess tacar fogo neles.

— Ceeeerto. — Eu aceno com a cabeça, sabendo que minhas bochechas estão tão vermelhas quanto a mesa de piquenique do outro lado do corredor. — Maravilhoso! Estimamos melhoras, gentil senhor, até nos encontrarmos novamente.

Por que a minha vergonha de repente me transformou em um personagem de um romance histórico está além da minha compreensão. Murphy apenas me olha como se eu fosse uma idiota, porque sou, então balança a cabeça e se afasta de nós enquanto Palmer ri baixinho da minha vergonha pelo homem que é como um avô para mim ter nos ouvido transar.

Depois que ele se afasta, Palmer agarra minha mão e me puxa do banco, parando tempo suficiente para me dar um beijo rápido antes de jogar nossas coisas na lata de lixo ao lado da mesa.

— Tudo bem, vamos jantar.

— Não acredito que você me deu a sobremesa antes do jantar. Isso é imoral — digo a ele, com um sorriso, tirando aquele e-mail da minha mente para que eu possa simplesmente aproveitar meu primeiro encontro com este homem.

— Eu sei que não posso mais me desculpar, mas ainda sinto que você aguentou muito bem hoje, então pensei que merecia seus *biscoitos* primeiro — Palmer diz, beijando a ponta do meu nariz antes de agarrar minha mão, entrelaçando os dedos nos meus, e me puxando para fora da área das mesas de piquenique, em direção à calçada.

— Quer dizer, tecnicamente você já me deu meus biscoitos contra aquela parede, *ba-dum-tss* — brinco, dando uma cotovelada nas costelas dele e fazendo o som de uma bateria, enquanto caminhamos, e ele geme e depois ri da minha piada idiota. — Bem, um biscoito, se formos *realmente* técnicos. Você deve estar um pouco cansado, hein? Não quer me dar mais de um? Isso é um pouco mesquinho, na minha opinião.

De repente, Palmer me levanta até que meus pés saiam do chão e eu tenho que envolver meus braços em volta de seus ombros e me segurar, gritando e rindo enquanto ele bate na minha bunda e me gira na calçada.

— Docinho, tenho dezenas de biscoitos com o seu nome neles — ele sussurra em meu ouvido, me fazendo estremecer enquanto aperta minha bunda mais uma vez antes de me colocar de volta no chão e agarrar minhas mãos em torno de seus ombros para puxá-las para baixo, entrelaçar seus dedos nos meus e balançar nossas mãos unidas para frente e para trás entre nós.

Ele desvia o olhar de mim por um segundo para sorrir, acenar com a cabeça e trocar algumas palavras com os moradores locais que o cumprimentam quando passam por nós, e também dão um sorriso e um aceno em minha direção, fazendo meu maldito peito apertar novamente. As mesmas coisas aconteceram quando chegamos na cidade e começamos a andar por esta rua. Ninguém nem percebeu que, após quinze anos de nada além de amizade, Palmer Campbell de repente está batendo na bunda de Birdie Bennett e beijando-a na boca, girando-a e segurando-a nos braços como se nunca quisesse soltá-la, no meio da Alameda Summersweet. Os turistas nem prestam atenção em nós. Eles olham para Palmer e presumem que não há como ele estar aqui nesta pequena ilha no meio do nada, e continuam pensando que acabaram de ver uma pessoa extremamente parecida com Pal Campbell.

Ninguém nem olha duas vezes, o que é perfeito. É exatamente como sempre deveria ter sido.

— Depois do jantar, você quer roubar um par de cervejas, ficar bêbada atrás da loja de doces e depois me deixar tocar seus seios? — Palmer pergunta, arqueando as sobrancelhas para cima e para baixo, e me fazendo rir do quão ridículo ele é e como fui uma completa idiota por pensar em todas as vezes que ele foi embora desta ilha e eu fiquei para trás com dor.

Desta vez? Isso até pode me matar.

Soltando uma de suas mãos, começo a caminhar em direção ao A Barca, de repente precisando de um pouco de comida gordurosa para me fazer me sentir melhor, puxando Palmer junto comigo enquanto olho para ele por cima do ombro, engulo o choro e dou a ele um sorriso travesso.

— Eu posso até deixar você enfiar na minha bunda.

Seus pés hesitam na calçada e Palmer quase tropeça neles ao apertar minha mão com mais força para não cair.

— Pelo amor de Deus, Birdie — Palmer amaldiçoa, olhando-me quando eu rio e puxo-o para perto de mim. — Você não pode dizer coisas assim para mim sem avisar, cara. A carne é *fraca*.

Nós dois rimos. Palmer solta minha mão para colocar seu braço sobre meus ombros. Deslizo o braço em volta de sua cintura enquanto caminhamos, e fazemos o que fizemos mil vezes antes, mas desta vez é *perfeito*.

E eu me pergunto o quanto dessa perfeição vou conseguir absorver antes de terminar de "fazer a minha mágica" e ele me deixar novamente para trás.

CAPÍTULO 21
"EU PREFIRO BRINCAR POR TRÁS DO QUE PELA FRENTE."

palmer

— Puta merda, não acredito que você está falido!

Meu punho está batendo no ombro de Bodhi assim que a palavra "falido" sai de sua boca o mais alto possível, como se a última hora em que estivemos discutindo silenciosamente meus problemas atuais tivesse finalmente atingido seu cérebro. Enquanto ele está ocupado reclamando, gemendo e esfregando a lateral do braço, eu rapidamente olho ao redor do deck da Doca do Eddy, me certificando de que ninguém o ouviu. Há apenas cinco outras pessoas aqui, já que estamos no meio da semana e é quase dez horas da manhã, mas felizmente Ed está com o sistema de som ligado e tocando *Margaritaville*, e parece que ninguém ouviu o que Bodhi gritou.

— Você pode falar mais baixo? Eu realmente não gostaria que a ilha inteira soubesse o quão idiota eu sou.

Principalmente Birdie. Ela tem me provocado sobre ser pobre só porque no momento não estou ganhando grandes prêmios nos campeonatos profissionais, sabendo que ela pode me provocar porque claramente tenho muito dinheiro no banco.

Haha, claramente tenho muito dinheiro no banco, certo?! Ai, Jesus...

Estou tentando convencê-la de que sou a melhor coisa para ela e que ela deveria se apaixonar perdidamente por mim, implorar para que eu ficasse aqui para sempre e cuidasse dela. Eu sei que tem sido um ano e tanto, e sei que Laura Bennett criou duas mulheres brilhantes, incríveis e independentes, e Birdie pode e continuaria a cuidar de si mesma para todo o sempre, sem reclamar ou pedir ajuda. Mas eu ainda sou eu. E ainda quero cuidar da minha mulher, e sustentá-la, e dar a ela um lar e tudo o que sempre sonhou na vida, para que ela não tenha que levantar um dedo se não quiser. Eu não posso exatamente convencê-la de nada, além do idiota que sou, começando nosso novo relacionamento com: "ei, amor. Posso ficar no seu sofá por um tempo? Prometo que não será para sempre. Você também pode me dar uma nota de vinte? Meu carrinho de golfe precisa de gasolina". Esse é o *modus operandi* de Bodhi e como ele conquista mulheres. Mas eu não sou assim.

Maldito seja o meu pai...

Com um suspiro, tomo outro gole da minha cerveja morna, fazendo uma careta e empurrando a garrafa para um lado da mesa quando nem mesmo o álcool pode aliviar minha dor.

— Você não é um idiota — Bodhi me tranquiliza. — Você deixou seu pai cuidar do seu dinheiro e ele fez um ótimo trabalho durante toda a sua vida. Até recentemente, e agora você é um *pé rapado*.

Gemo, deixando cair minha cabeça para bater a testa contra a mesa, e todas aquelas piadas que Birdie fez sobre eu ser pobre não são mais tão engraçadas.

— Você sabe que eu não preciso do dinheiro, Pal. Pegue o que quiser...

— Pare com essa merda — murmuro contra a mesa, quando Bodhi tenta pela terceira vez na última hora me oferecer todo o dinheiro que ficou intocado em sua conta por anos. — Quero dizer, obrigado, mas não, valeu. Não vou aceitar seu dinheiro. Sou um homem adulto de trinta anos que estava alheio a suas finanças como um idiota e tenho que pagar o preço por isso.

Duas noites atrás, quando eu estava me arrumando para meu primeiro encontro com Birdie, liguei para meu contador, o único membro de minha equipe que não demiti, para que ele retirasse algumas aplicações para que eu pudesse fazer uma oferta por um chalé na ilha que recentemente foi colocado à venda. Uma casa de campo que Birdie me disse em várias ocasiões ao longo dos anos que tinha um closet que era de matar, porque a última vez que esteve à venda, ela deu uma olhada no site e babou nas fotos. No minuto em que entrei em Birdie e seu corpo parecia mais um lar do que até mesmo esta ilha, eu sabia que onde quer que ela estivesse, era onde eu precisava estar.

E então meu contador atendeu minha ligação e ficou irritado comigo por estar tentando me contatar e eu não estar retornando seus e-mails ou mensagens de voz. Birdie me contou sobre seus e-mails pedindo que eu ligasse para ele o mais rápido possível, e admito que estive evitando suas ligações e ignorando suas mensagens. Assim que cheguei a Summersweet, simplesmente não queria lidar com nada relacionado a negócios e presumi que ele precisava que eu assinasse alguma papelada de rotina ou algo idiota que poderia esperar. Desliguei tudo e afastei da minha mente para minha cabeça ficar um pouco mais clara. Eu planejava ligar para ele no final da semana, mas quando eu tivesse decidido sobre o que queria fazer com o resto da minha vida, e isso era começar a me aposentar e passar o máximo de tempo humanamente possível aqui nesta ilha e entre as coxas de Birdie; peguei o telefone enquanto a água do chuveiro esquentava e fiz o que achei que seria uma ligação rápida para ele.

Graças a Deus meu encontro com Birdie ter sido depois daquela ligação e por aquele e-mail sobre o *San Francisco Open*, ou eu teria me enrolado em posição fetal no chão do chuveiro e chorado como um bebê o resto da noite. Na verdade, eu provavelmente *ainda* estaria chorando no chão do meu chuveiro se não fosse por Birdie. Assim que ela abriu a porta do chalé quando eu fui buscá-la para o nosso encontro e passei meus braços em volta dela e inspirei seu cheiro, parei de sentir pena de mim mesmo e fiquei animado com a possibilidade de jogar em outro torneio logo mais. Eu poderia ganhar dinheiro suficiente para que Birdie nunca tivesse que saber com que idiota ela está se relacionando.

— Vou parar de provocá-lo agora, porque você não está totalmente falido. Ainda tem dinheiro entrando — Bodhi me lembra.

Eu bufo, me recostando na cadeira e cruzando os braços para olhar por cima da grade do deck, para a escuridão do oceano e os pontos de luz dos navios que passam, brilhando à distância.

— Eu tenho dinheiro suficiente vindo de royalties de patrocínios antigos para pagar as hipotecas das três propriedades que tenho alugadas, cada uma delas com contratos de aluguel bem amarrados dos quais não posso me desfazer por mais dez meses. Essas coisas idiotas estão sugando todo o dinheiro que entra na minha conta. Ontem eu pedi para dois advogados diferentes darem uma olhada nos contratos, e não há nada que eu possa fazer, e não posso nem mesmo sublocá-los para ganhar dinheiro enquanto eu não estiver lá — falo com um suspiro.

Eles disseram que também não há nada que eu possa fazer sobre os maus investimentos que meu pai fez meses atrás e que eu não sabia nada sobre e que quase secaram todas as minhas contas, já que ele tinha uma procuração minha assinada e poderia tomar qualquer decisão que quisesse com meu dinheiro. Que até recentemente sempre foram decisões incríveis. E agora eu mal posso pagar para alugar a porra do chalé em que estou ficando, muito menos comprar um maior, com mais espaço no closet para as roupas e sapatos da Birdie. Sem falar que o meu contrato com o CGIS já chegou ao fim. Era apenas um trabalho temporário e um favor que Greg fez para que eu me aproximasse de Birdie até que o outro jogador profissional de golfe para quem ele já havia prometido o emprego pudesse chegar na cidade, mas eu esperava continuar recebendo esse pagamento por pelo menos mais algumas semanas, apesar de ser pouco, considerando que o CGIS não é um grande resort no continente que arrecada montantes absurdos.

A única coisa que os advogados podiam fazer era tirar o nome do meu pai de tudo para que eu pudesse começar de novo. Eles me perguntaram se eu queria processá-lo. Sim, porque isso fará com que o público me ame ainda mais, fará com que eu seja convidado novamente para mais torneios e consiga novos patrocínios para que eu possa embolsar mais dinheiro. *"Pal Campbell processa um pai amoroso que só queria o melhor para ele e desistiu de sua vida para que seu filho pudesse ser uma estrela. Notícias sobre esse bastardo ganancioso no jornal das onze"*.

Credo. Além disso, como posso processar alguém quando tive acesso a tudo o que ele fazia? Eu poderia ter checado, mas não o fiz. Porque eu confiei nele, porque sou um idiota.

Meu maldito pai...

— Graças a Deus, o *San Fran Open* quer você de volta — Bodhi diz, enquanto eu finalmente levanto a cabeça da mesa depois de batê-la repetidamente, um pouco de animação substituindo minha tristeza e desgosto por mim mesmo. — Você só precisa ficar entre os três primeiros e ficará de boa com o dinheiro por um bom tempo.

Assinto com a cabeça, esfregando minhas mãos, sabendo que preciso treinar muito mais do que fiz nos últimos dois dias. Meu coração imediatamente aperta, porque nos últimos dois dias desde o meu encontro com Birdie e nossa única vez fazendo sexo, nós dois decidimos que eu precisava me concentrar. Estive exausto como o inferno depois de fazer nada além de treinar desde o minuto em que o sol nascia até que se punha e não conseguia mais ver minhas bolas, mal consigo dirigir de volta para meu chalé antes de tomar um banho rápido e desmaiar na cama. Laura tirou alguns dias de folga para ir a um spa com algumas amigas no continente, o que significa que Wren está trabalhando em dobro na Girar e Mergulhar, e Birdie tinha que cuidar do sobrinho à noite. Somos como dois navios passando no...

dia, já que a única vez que nos vimos desde nosso encontro foi no trabalho. Conseguimos roubar alguns beijos e alguns amassos épicos atrás de árvores e em armários de armazenamento, mas não é o suficiente. Ela é como uma droga da qual não me canso, e dois dias sem estar dentro dela é tempo demais.

Olhando para o meu relógio, vejo que só tenho mais alguns minutos antes de precisar sair daqui e voltar para o CGIS, para meu plano que coloquei em prática com Tess no início do dia.

— Odeio que já tenha que deixar Birdie em uma semana, mas pelo menos é apenas por dois dias — eu digo a ele, acenando para nossa garçonete para que eu possa pagar nossa conta.

— Eu ainda acho que você deveria dizer a ela. — Bodhi suspira. — Sobre os problemas de dinheiro, sobre você querer comprar uma casa de campo e ficar aqui permanentemente com ela, e por que você está saindo tão rápido depois de chegar aqui e depois de finalmente tê-la. Além disso, pode repetir por que não vamos pedir para ela vir com a gente?

Assim como se ofereceu para me dar dinheiro, Bodhi também não calou a boca sobre como ele acha que eu preciso contar tudo para Birdie. De repente, ele tem uma namorada séria pela primeira vez em sua vida adulta, e agora acha que pode dar conselhos sobre namoro para todos.

— Birdie sabe que este é o meu trabalho e que tenho que viajar para fazê-lo, embora este torneio tenha surgido muito mais rápido do que qualquer um de nós esperava — eu o lembro, meu coração aperta novamente quando penso em ir embora mesmo que por apenas dois dias. — São apenas alguns dias, e então eu volto. Ela tem um trabalho agitado e uma família que precisa dela aqui. Seria egoísmo da minha parte pedir que os deixasse apenas para me ver jogar golfe. Birdie ficaria entediada pra caramba naquele torneio. *Eu* jogo e fico entediado esperando para continuar a partida. E não vou contar a ela sobre a casa, porque é uma surpresa. Geralmente não se conta às pessoas sobre uma surpresa.

Além do mais, tudo isso ainda é totalmente novo com Birdie; essa mudança de amizade para algo mais. Mesmo que pareça tão natural e certo e como se estivéssemos nos tocando e beijando e ela estivesse me deixando acariciar seus seios todo o tempo que nos conhecemos, em vez de apenas alguns dias, ainda sou um cara normal que não quer que sua nova namorada pense que ele é um derrotado. Quero que ela olhe para mim e veja todas as minhas boas qualidades e como posso fazê-la feliz, e não veja todas as decisões idiotas que fiz para ferrar com a vida que estou tentando dar a ela.

Eu só quero que ela olhe para mim e se apaixone tão profundamente quanto eu estou por ela. Quando eu sair de Summersweet para entrar naquele avião para a Califórnia, só quero que ela queira que eu volte para casa. Para *ela*, porque ela precisa de mim e está apaixonada por mim. E então poderei ver a expressão em seu rosto quando eu ganhar aquele maldito torneio e contar que comprei para ela o closet dos seus sonhos, e que as vezes que terei de deixá-la depois disso serão poucas e espaçadas.

Eu só tenho uma semana para fazer tudo isso acontecer, ao mesmo tempo que me certifico de que faremos tudo o que pudermos para me levar a São Francisco e vencer para o nosso futuro.

— O que você disser, Pal. Você conhece Birdie melhor do que eu. — Bodhi finalmente dá de ombros, dando um soco no meu braço quando tento pegar a conta assim que a garçonete a coloca na mesa e sai.

Pode ter certeza que vou fazer isso. E agora vou voltar para o CGIS e colocar em prática todo o meu conhecimento.

Palmer: Acho que tenho um problema.

Birdie: Isso de novo não...

Palmer: Você é quem me deixou com o pior caso de bolas roxas que já tive na vida depois de enfiar a mão na minha calça no banheiro masculino esta manhã e depois ir embora como se tivesse um trabalho a fazer ou alguma coisa assim. Pffft, tanto faz. Não consegui mijar por vinte minutos depois disso. Mas não, não tenho problema de punheta desta vez.

Birdie: Quer me dar uma pista sobre qual é esse problema, ou devo adivinhar? Estou tentando terminar esta papelada para dar o fora daqui. Minha mãe está de volta e eu finalmente não tenho que levar Owen no baseball para a Wren, e estou exausta. Não sei para onde todos foram, mas é claro que, quando preciso responder a algumas perguntas para terminar este pedido de comida, de repente não há um funcionário sequer. Todos eles foram para casa e me deixaram aqui! Eu até dei uma olhada no estacionamento.

Birdie: Desculpe, estou um pouco chateada. Sei que você também está cansado e teve um longo dia. Como foi o treino? Eu gostaria de não ter que trabalhar para poder ver você. Essa coisa de responsabilidade é uma merda.

Palmer: O treino foi incrível. Minhas tacadas estão melhores do que antes, e tenho quase certeza de que é por sua causa e por toda a magia e boa sorte que você me traz. Também vi aquela foto que você tirou de mim no driving range e postou. Muitos bons comentários sobre ela, então obrigado por tirar uma ótima foto da minha bunda firme e incrível. Califórnia, aí vou eu! De qualquer forma, estou enviando uma mensagem de texto para você, porque pude ver como estava exausta durante todo o dia, então há dois mimos em seu escritório para animá-la e agradecer por tudo o que está fazendo para me ajudar. Olhe na sua última gaveta da direita. Não da esquerda, onde você tem uma quantidade alarmante de petiscos de gato, e eu me pergunto se talvez seja você quem está engordando O Chevy Tahoe.

Birdie: Erva-dos-gatos impede que eles ataquem as pessoas quando estão tentando jogar golfe, e meu Deus, você me deixou Dolphin Donuts na gaveta da minha mesa! Você é o melhor cara com quem já fiz sexo uma vez e nunca mais, porque, sabe, é um pouco mesquinho com biscoitos e tudo o mais.

Palmer: Bem, então eu acho que você não quer seu segundo mimo...

Palmer: Abra a porta do seu escritório, Birdie.

De pé do outro lado da porta, contra a parede e longe da pequena janela no escritório de Birdie que dá para a loja de artigos profissinais, agora silenciosa e escura, escuto-a arfar assim que ela lê minha última mensagem, e eu sorrio. E então minhas mãos começam a tremer enquanto jogo meu celular em uma pequena mesa com uma planta bem embaixo da janela e me movo para ficar na frente da porta, tão desesperado por ela que não consigo pensar direito.

Quando contei meu plano a Tess hoje mais cedo, ela ficou mais do que feliz em ajudar, dando-me uma chave reserva do bar para que eu pudesse entrar furtivamente no CGIS por ali e adentrar a loja sem precisar passar pela janela do escritório de Birdie e correr o risco de ela me ver. Eu queria me divertir um pouco enviando mensagens de texto para ela primeiro, em vez de apenas aparecer ali e assustá-la, já que meu plano incluía Tess tirar todo mundo daqui meia hora atrás e Birdie ficar sozinha por um tempo.

A porta do escritório dela é imediatamente aberta, toda a luz de dentro iluminando a loja escura atrás de mim enquanto ela está parada na porta, um olhar de surpresa em seu rosto e algo mais quando olha para mim. Eu a vejo terminar de mastigar a mordida que deve ter dado de um dos donuts antes de receber minha última mensagem, seus olhos percorrendo meu corpo enquanto lambe os lábios, algo me dizendo que ela está tão faminta quanto eu, e não pelos donuts que corri para o continente e comprei hoje na hora do almoço.

— Então, isso é um *não* para o seu segundo mimo? — provoco, perguntando-me como diabos eu consigo fazer piada em um momento como este.

Seus olhos não saem de mim, porque é claro que eles focaram na protuberância que se estica na área da virilha da minha bermuda esportiva. Meu pau ficou duro como aço no minuto em que Birdie abriu a porta e eu a vi pela primeira vez em algumas horas. Ela ainda está vestindo uma camisa CGIS azul-claro que se molda às suas curvas e combina com a cor de seus olhos, e um daqueles malditos shorts pretos minúsculos que estão a alguns centímetros de serem considerados roupas íntimas e indecentes. Obviamente, eu ficava com tesão toda vez que cruzava com ela, parecendo tão gostosa o dia todo. Mas não, a pequena roupa sexy que ela está vestindo não é o que quase me faz gozar ali mesmo como um adolescente com seu primeiro sonho erótico.

São. As. Malditas. Tranças.

Em algum momento, desde que saí daqui para jantar com Bodhi e poder reclamar do péssimo estado das minhas finanças, Birdie soltou o rabo de cavalo alto que seu cabelo tinha ficado o dia todo, repartiu-o ao meio e o prendeu naquelas tranças grossas que pendiam sobre a frente de seus ombros e paravam bem em cima de seus seios. *Tranças grossas que posso segurar enquanto estou...*

— Você está aqui — Birdie sussurra, com admiração, interrompendo meus pensamentos sujos enquanto seus olhos finalmente encontram os meus.

Caramba, eu tenho que ir para a Califórnia e vencer esse torneio. Se é assim que ela me cumprimenta quando fico longe por apenas algumas horas, não consigo nem imaginar o que vai acontecer quando eu voltar para casa depois de dois dias.

Quero fazer outro comentário sarcástico sobre como ela disse que não queria esse mimo, mas não faço. Ela está olhando para mim do jeito que olha para a caixa de donuts aberta em sua mesa, e eu não tenho muita força de vontade.

Caminho para frente, fazendo Birdie caminhar para trás, para dentro de seu escritório e bato a porta atrás de mim antes que ela tenha a chance de me lembrar de que ainda tem trabalho a fazer. O trabalho pode esperar, e torço que ela concorde. Envolvendo meus braços em volta da cintura de Birdie, eu a levanto contra mim, e ela imediatamente envolve suas lindas pernas em volta da minha cintura, agarra meu cabelo e me beija avidamente. Eu quase tropeço em meus próprios pés quando ela gira sua língua em torno da minha, com o gosto de doce do seu donut enquanto continuo a andar mais para dentro do escritório, colocando-a na beirada de sua mesa quando minhas coxas se chocam contra a madeira. Isso a deixa na altura perfeita e eu só preciso me curvar um pouco para continuar a beijá-la. Mesmo que eu não queira parar, tenho algo muito mais importante para fazer.

Birdie choraminga quando eu interrompo o beijo, e é como um raio de eletricidade descendo direto pelo meu pau. O fato de ela me querer, ainda me surpreende.

— O que você está fazendo? Por que parou? — pergunta, sem fôlego, quando dou um passo para trás e me desvencilho de suas pernas, abaixando-as sobre a borda da mesa, mas não antes de tirar seus tênis e meias e deixá-los cair no chão.

— Meu plano é realizar nossas fantasias. Levante-se — eu digo a ela, agarrando o material de algodão de seu short pelos quadris.

Birdie apoia as mãos sobre a mesa, lambe o lábio inferior enquanto olha para mim, e eu tenho que me concentrar para não gozar. *Ela é tão gostosa.*

— O que foi que a Tess disse? Que você queria que eu fodesse você por trás contra esta mesa depois do expediente, certo?

Ela apenas assente com a cabeça, e eu a vejo engolir em seco algumas vezes enquanto agarro com tanta força o material de seu short que posso simplesmente arrancá-lo de seu corpo.

— Excelente. — Eu assinto, completamente sério, agindo como se estivesse no controle e não prestes a virá-la e fodê-la até desmaiar, sem qualquer tipo de preliminares. — Você consegue o que quer e eu consigo o que quero; que é ter você completamente nua. Enquanto eu a fodo por trás nesta mesa depois do expediente, para que eu possa aproveitar cada pedacinho desse corpo sexy que não tive tempo para apreciar no outro dia.

A respiração suave e ofegante de Birdie agora está ficando mais rápida enquanto ela me encara sem dizer uma única palavra, imediatamente levantando seus quadris para mim quando começo a puxar seu short, enganchando meus dedos em sua calcinha de renda azul, puxando tudo por suas coxas, e jogando para o lado.

— *Caramba*, Birdie. — Gemo quando ela fica nua da cintura para baixo e abre as pernas para mim, sentando-se na mesa, sua boceta nua e rosada brilhando toda molhada para mim.

Como todas as fantasias sobre ela com as quais eu me masturbei.

Sem dizer uma palavra, ela se senta apoiando as mãos e agarra a bainha de sua camiseta, puxando-a lentamente para cima e para fora de seu corpo até que um sutiã de renda azul da mesma cor da calcinha que tirei dela seja a única coisa que ela está vestindo, abraçando seus seios e empurrando-os para cima até minha boca encher de água com a necessidade de abocanhá-los.

— Completamente nua? — provoca baixinho, com um sorriso, as mãos atrás das costas enquanto para de desabotoar o sutiã.

— *Birdie* — eu rosno um aviso, minhas mãos correndo para agarrar suas coxas nuas, abrindo suas pernas um pouco mais para mim até que estou ofegante enquanto olho para a junção de suas coxas, precisando colocar minha boca nela e saboreá-la como se eu precisasse de ar para respirar.

Afrouxando meu aperto firme em suas coxas, eu relaxo e deslizo minhas palmas suavemente para cima e para baixo no topo de suas pernas, meus olhos indo rapidamente de entre suas pernas e para onde Birdie está finalmente abrindo o sutiã e depois jogando-o para o lado, e *puta merda...*

— Caralho... eu preciso de um minuto. — Gemo, inclinando-me um pouco para trás para que possa absorver toda a visão na minha frente.

Birdie se inclina para trás, novamente sobre suas mãos, mantendo as pernas abertas e me deixando olhar para ela. Seus peitos cheios e perfeitos, os mamilos empinados implorando pela minha língua, até sua cintura estreita e abdômen impressionante, já que eu sei que ela gosta de malhar tanto quanto eu, com sua quente... molhada... e apertada boceta, suas pernas agora se abrem o suficiente para os meus ombros largos... *Santo Deus.*

Minha boca enche de água, minhas bolas estão tão pesadas que doem, e meu pau lateja sob minha bermuda enquanto minhas mãos deslizam ao redor da parte inferior de suas coxas, e eu as empurro entre a mesa e sua bunda, agarrando-a em minhas mãos antes de olhar para cima tempo suficiente para dar uma olhada no rosto de Birdie, corada e ofegante, enquanto suas mãos a levam um pouco mais para trás na mesa, e eu me xingo por não ter me masturbado *pelo menos* umas quinze vezes antes de vir aqui.

— Desculpe, docinho. A foda na mesa terá que esperar um minuto.

Birdie só tem tempo de arquear uma sobrancelha para mim de maneira questionadora antes de eu apertar sua bunda com mais força e puxar a metade inferior de seu corpo para cima da mesa, deixando cair minha cabeça entre suas coxas e, finalmente, descobrir o que é o céu quando provo seu sabor pela primeira vez.

CAPÍTULO 22

"ACHO QUE CAÍ EM UMA ARMADILHA."

birdie

— *Puta merda, ai, meu Deus!* — grito, minhas mãos perdem o controle sobre a mesa atrás de mim enquanto rapidamente escorregam e minhas costas batem na madeira.

Meus ombros e a parte de trás da minha cabeça batem nos papéis espalhados em cima da mesa enquanto minhas costas arqueiam e meus dedos do pé se curvam quando a boca quente e úmida de Palmer se fecha em torno do meu clitóris.

Não há nada que eu possa fazer a não ser fechar os olhos e segurar com um aperto firme no cabelo curto de Palmer enquanto sua cabeça faz mágicas entre minhas coxas abertas, quando ele agarra minha bunda com força e puxa meu corpo contra sua boca. Eu mal posso respirar com cada chupada e toque de sua língua em volta do meu clitóris inchado e dolorido enquanto ele se banqueteia comigo como se eu fosse a comida mais deliciosa que alguém já colocou na frente dele. Deixo escapar um gemido alto e sufocante quando Palmer fecha os lábios em volta do meu clitóris e apenas chupa... e chupa e chupa, e passa a língua por toda parte e, *meu Deus, ele teve aula sobre isso?*

— Caramba, Birdie, você tem o gosto do paraíso — Palmer murmura, entre minhas pernas, seu hálito quente soprando sobre meu centro dolorido quando ele afasta a boca.

Palmer desliza lentamente um dos dedos pela minha umidade, girando a ponta ao redor do meu clitóris algumas vezes até que estou ofegando seu nome e me contorcendo em cima da mesa, segurando seu cabelo com tanta força que acho que posso acabar arrancando alguns fios.

— Você tem alguma ideia de como é um tesão saber que está molhada assim por minha causa?

Sua voz é um sussurro de admiração, e abro meus olhos por tempo suficiente para olhar para baixo e vê-lo observando o que está fazendo, a ponta do dedo se movendo dolorosamente devagar ao redor do meu clitóris antes de deslizar de volta para baixo, fazendo-me soltar um suspiro alto quando lentamente desliza aquele dedo longo e grosso para dentro de mim.

— Por favor — imploro, quando ele deixa o dedo parado, meu clitóris latejando, precisando de sua boca novamente em mim. — Palmer...

Isso é tudo o que é preciso; apenas um gemido baixo e sussurrado do seu nome e ele xinga baixinho mais uma vez antes de sua boca voltar a estar em mim, envolvendo meu clitóris e chupando-o com os lábios enquanto seu dedo se move lenta e tortuosamente para dentro e fora de mim.

Estive no limite e perto do orgasmo o dia todo, apenas com algumas pequenas sessões de amassos de dois minutos que conseguimos fazer furtivamente. Abrir a porta do meu escritório esta noite e encontrar Palmer parado do outro lado, sabendo que ele estava ainda mais exausto do que eu e provavelmente não queria nada mais do que ir para a cama, mas ele ainda foi ao continente para comprar donuts para mim e então provavelmente subornou Tess para esvaziar o CGIS para que finalmente pudéssemos ficar sozinhos, eu sabia que já tinha terminado o expediente. E quando vi a fome em seus olhos quando Palmer me empurrou para dentro do escritório e fechou a porta, eu estava perto de explodir.

Ainda consigo ver a maneira como ele olhou para mim quando eu finalmente fiquei nua, sentada nesta mesa na frente dele, ficando cada vez mais molhada com cada lambida faminta de seus lábios enquanto Palmer olhava para meu corpo. Essa memória combinada com a estocada firme e superficial do dedo dele dentro de mim, e a maneira como rapidamente passa a língua sobre o meu clitóris, me faz explodir antes mesmo de desfrutar dos incríveis lábios, língua e do dedo grosso de Palmer, que bombeia em mim por um minuto inteiro.

— Ah, Deus, vou gozar!

Meu aperto no cabelo de Palmer aumenta, e meus quadris rebolam contra sua boca enquanto ele chupa, lambe e me fode com o dedo durante o meu orgasmo. Eu mal recuperei o fôlego quando, de repente, Palmer se afasta das minhas coxas e suas mãos estão nos meus quadris, me puxando para fora da mesa e me girando até que tenho que bater as mãos na mesa que aparece na minha frente, antes que eu caia de cara nela.

Acabei de gozar, e já estou choramingando, ofegante e gemendo por ele novamente enquanto Palmer pressiona a frente do seu corpo contra as minhas costas, e posso senti-lo começar a se movimentar atrás de mim, baixando a bermuda e alinhando-se na minha entrada encharcada. Seu braço grosso e musculoso está em volta dos meus quadris, e ele agarra minhas longas tranças pela nuca, dando um pequeno puxão para que minha cabeça se incline para trás e para o lado.

Seus lábios acariciam o lado do meu pescoço, lambendo e beijando o caminho até a minha orelha, nós dois gemendo alto quando rebolo meus quadris para trás, forçando a cabeça de seu pau para dentro de mim.

Há algo incrivelmente sensual no fato de eu estar totalmente nua e o tecido da roupa de Palmer esfregando contra a parte de trás da minha pele aquecida, assim como naquele dia no galpão, quando ele não conseguiu ficar longe de mim por mais nem um segundo e nem se incomodou em tirar totalmente a bermuda.

— Está tudo bem? — pergunta baixinho, fazendo meu coração pular uma batida, embora eu esteja tão carente de seu toque que poderia gritar, quando ele puxa um pouco mais forte as minhas tranças, Palmer as segura em uma mão, e minha boceta aperta em torno da ponta do seu pau, precisando dele todo dentro de mim, neste exato momento.

— Essa já é a segunda vez sem cama confortável ou pétalas de rosa — eu consigo falar. Palmer ainda está perfeitamente imóvel enquanto passa o nariz bem debaixo da minha orelha, seu peito empurrando com mais força contra minhas costas e me inclinando sobre a mesa enquanto seu braço apertado em volta de mim treme com a necessidade de enfiar seu pau dentro do meu corpo. — Tem certeza de que sua sensibilidade delicada pode lidar com isso sem a necessidade de se descul...

Minhas palavras de provocação são interrompidas com um gemido alto quando Palmer empurra seus quadris para frente e mergulha seu pau em mim.

— *Puta que pariu*, nunca vou me acostumar com o quão perfeita é sua boceta apertada ao meu redor. — Palmer geme em meu ouvido, puxando seus quadris para trás e me penetrando superficialmente, depois profundamente, rebolando um pouco seus quadris e me fazendo ver aquelas malditas estrelas de novo. — Você ainda merece os malditos lençóis de seda e pétalas de rosa, mas eu a senti gozar nos meus lábios e língua, e isso acabou com todo o meu controle.

Gemo com suas palavras e sinto-me impossivelmente ainda mais molhada em torno de seu pau enquanto ele bombeia para dentro e para fora de mim. O aperto de Palmer ao meu redor afrouxa, e ele desliza a mão pela minha barriga até que agarra meu quadril, fazendo as minhas mãos deslizarem ainda mais para frente na mesa, minhas tranças ainda firmemente apertadas em seu punho enquanto ele começa a estocar em mim mais rápido e forte.

Embora eu tenha dito a mim mesma que da próxima vez que Palmer e eu fizéssemos sexo, eu iria mais devagar e deixaria que nós dois tivéssemos tempo para apreciar um ao outro, parece que há algo maníaco e desesperador acontecendo entre nós, que ninguém pode controlar, e eu certamente não dou a mínima para ir devagar. Palmer segura meu cabelo com força, mantendo meu pescoço bem livre para sua boca enquanto ele me pressiona contra a mesa, fazendo todas as fantasias que já tive sobre ele se tornarem realidade e ainda melhores do que eu imaginei.

Quando sua mão se move do meu quadril para alcançar entre minhas pernas, usando seus dedos para me levar a outro orgasmo absurdo enquanto ele goza rapidamente logo em seguida, gritando meu nome enquanto bombeia seu gozo em mim, eu me pergunto se é uma bênção ou uma maldição que nunca poderei sentar nesta mesa novamente sem pensar em como Palmer tão habilmente torna todos os meus sonhos realidade.

— Acredito que isso conte como três biscoitos. De nada — ele fala com um gemido em meu ouvido, fazendo-me rir enquanto desabamos sobre a minha mesa, seu peito pressionado nas minhas costas, onde posso sentir seu batimento cardíaco constante trovejando contra mim.

Seu pau empurra e pulsa dentro de mim enquanto ele beija suave e docemente a parte de trás do meu ombro, subindo até a minha orelha.

— Voltar aqui foi a melhor decisão que já tomei — ele sussurra, fazendo meu coração bater ainda mais rápido do que durante dois orgasmos estrelares.

Mas você vai se lembrar disso quando for embora?

Não quero ficar melancólica enquanto ele ainda está dentro de mim, com minha bochecha ainda pressionada contra a mesa e Palmer ainda caído sobre minhas costas, tentando recuperar o fôlego. Cegamente tateio com a mão sobre a mesa até alcançar a caixa de donuts, pegando um, trazendo-o para a minha boca, e dando uma grande mordida nele.

Sinto a gargalhada de Palmer nas minhas costas, e ele inclina a cabeça para o lado para que eu possa estender minha mão para ele e deixá-lo dar sua própria mordida no donut pós-sexo.

— Você é uma idiota. Só diga que está apaixonada por ele desde o dia em que o conheceu e que quer ir junto. Ou melhor ainda, diga a ele para se sentar no sofá e ficar aqui com você pelo menos uma vez — Tess diz, aborrecida, balançando a cabeça para mim enquanto se inclina contra o batente da porta de um dos armários de armazenamento do CGIS.

— Como se fosse realmente assim tão fácil — resmungo de volta, puxando uma caixa de bolas de golfe da grande caixa de papelão marrom aos meus pés e colocando-a na prateleira onde guardamos tudo o que vendemos na loja. — Ele vai embora amanhã e até agora não disse uma palavra sobre me querer lá com ele, Tess. Tipo, nunca passou pela cabeça dele me perguntar. Palmer vai embora fazer seu trabalho como sempre, e brincar de casinha comigo nessa última semana não mudou isso.

Como se ele só quisesse manter o que temos aqui na bolha de Summersweet.

Meu Deus, eu não consigo acreditar que ele já vai embora amanhã. Parece que foi ontem que estávamos sob aquela tempestade, gritando um com o outro. Passei todos os dias desde aquela noite em que ele me surpreendeu aqui no trabalho e fez minha fantasia se tornar realidade da maneira mais épica, fingindo que não estava realmente indo embora, apenas para que eu pudesse levantar e trabalhar todos os dias e fazer o meu trabalho além de todo o trabalho adicional que fiz para *finalmente* conseguir que o *San Francisco Open* o convidasse formalmente de volta.

Passei cada momento acordada com Palmer, sem deixá-lo saber o quanto isso me matava a cada dia que passava quando ele falava sem parar sobre ir embora e nunca perguntou se eu gostaria de ir e compartilhar essa experiência com ele. Eu sou tola por pensar que, agora que as coisas mudaram entre nós, algo também mudaria quando ele tivesse que ir embora novamente, como Palmer querendo que eu fosse com ele. Jantamos juntos todas as noites, assistimos filmes, caminhamos na praia, transamos em todas as superfícies disponíveis em nossas casas. Ou ele dorme na minha casa ou eu durmo na dele, dirijimos para o trabalho juntos e vemos o pôr do sol em um de nossos decks todas as noites, aninhados nos braços um do outro como um velho casal. Tudo é perfeito, exceto por uma pequena coisa.

Ele nunca me pede para ir, e eu nunca peço a ele para ficar.

— Nunca passou pela cabeça dele, porque os homens são criaturas idiotas e simples que precisam de tudo explicadinho — Tess afirma quando eu termino com esta caixa, chuto para o lado e abro a próxima. — Basta sentar com ele e dizer: "cara, você me ama ou não? Porque se me amar, que se dane essa merda sobre me deixar aqui e me fazer esperar você voltar para casa. A gostosa aqui está fazendo uma mala e vai com você!".

Eu paro com a mão na prateleira para olhar para Tess por cima do ombro.

— Ele não me quer lá. Vou apenas fazer o que sempre faço e *esperar*.

Me virando, engulo o vômito enquanto continuo colocando o estoque nas prateleiras. Esse torneio dura apenas dois dias. Ele vai amanhã, um dia antes, para se acomodar e treinar, um torneio rápido de um dia, e então estará de volta. Vai voltar em dois dias, certo? Ele disse que faria isso, mas quem sabe o que pode acontecer em dois dias do outro lado do mundo? E se ele ganhar? Tenho observado-o treinar todos os dias, e Palmer nunca pareceu tão bem, nunca jogou golfe de forma tão leve, nunca esteve tão concentrado. Esta vitória é dele. Tudo o que ele precisa fazer é ir lá e fazer o que nasceu para fazer. Mas e se a carreira dele voltar decolar e ele não voltar? Palmer simplesmente voará para o próximo destino e para o próximo torneio, nunca me pedindo para ir com ele, enquanto fico aqui sentada, *esperando*.

— Eu simplesmente não entendo por que você não admitiu que está apaixonada por ele. Que sempre esteve. Quer dizer, pelo amor de Deus, Birdie, é por isso que vocês dois passaram quinze anos nessa sofrência. Porque não se comunicaram e disseram como se sentiam.

— Pare de me dizer algo que eu já sei e com que me tormento todos os dias! — argumento, jogando outra caixa de bolas de golfe na prateleira. — Toda vez que ele olha para mim, me toca e me beija, e se certifica de que eu me lembre de comer, e me deixa tão feliz... Não consigo respirar quando penso nele indo embora e que talvez não volte. A cada maldito minuto que estou com ele, abro a boca para dizer tudo, e sempre me contenho. Porque estou apaixonada por ele há quinze anos e sei que Palmer se importa comigo, me quer e fala vagamente sobre um futuro comigo, mas será que vale a pena *quinze anos* de desejo e saudade? É tão profundo e entorpecente como é para mim? Porque eu não sei! Porque, como você disse, ele também não diz nada, e estou de volta ao ponto em que estava no começo de tudo; não sei em que ponto estou com esse homem, e odeio isso. E não entendo por que sou tão insegura quando se trata dele! Eu sou melhor e mais forte do que isso. Passei todos esses anos garantindo que ele se encaixasse e se sentisse bem aqui nesta ilha e em nosso mundo, mas ele nunca me pediu para me encaixar no *dele*. Palmer nunca me pediu para ir com ele, Tess, e eu me sinto uma idiota de quem ele tem vergonha de levar para o mundo real, porque eu sou apenas uma ninguém de uma pequena ilha chamada Summersweet!

Os braços de Tess estão em volta de mim e nem percebo que estou chorando até senti-la me abraçar apertado.

— Desculpe, não aguento mais engolir o choro — fungo, enquanto as lágrimas escorrem pelo meu rosto, e ela apoia o queixo no meu ombro e ri baixinho, o cheiro do seu perfume adocicado me fazendo sentir segura e amada.

— Chore, querida. E sinto muito por pressioná-la. Você não é uma ninguém idiota, e eu vou dar um soco no seu maldito braço se disser isso de novo — ela me avisa, fazendo-me rir através das minhas lágrimas enquanto abaixa sua voz para quase um sussurro. — Eu não sei por que ele não pede para você ir, querida. Talvez ele simplesmente não ache que você quer, porque esta é a sua casa e você adora isso aqui, e fala o tempo todo sobre como nunca quer ir embora. E no passado, ele nunca pediu, porque ele não tinha a porra da ideia de que você gostava dele. Mas agora? Não sei. Talvez ele apenas saiba que só vai ficar fora por alguns dias e então vai voltar para casa para você, porque ele está tão apaixonado por você quanto você por ele.

Minhas lágrimas caem um pouco mais rápido com a demonstração incomum de afeto por parte da Tess.

— Pode ser. — Encolho os ombros, sem realmente sentir isso.

— Eu entendo. Acredite em mim, eu entendo. Você está com medo de dizer a ele o quanto ele significa para você, porque não tem certeza se ele se sente do mesmo jeito, e mesmo que sejamos mulheres fortes e independentes, quando se trata dos homens que amamos, às vezes não somos tudo isso. Tomamos decisões idiotas, adivinhamos tudo e nos esquecemos de como somos duronas, porque o amor nos torna idiotas. — Ela suspira, apertando os braços em volta de mim com mais força. — Você tem quinze anos de inseguranças, pensando que não era o suficiente para ele querer e se apaixonar para sair da sua linda cabecinha, e isso não acontece da noite para o dia, não importa o quão boas sejam as surras de pau.

Como sempre, Tess consegue me fazer rir quando me sinto mais infeliz do que em toda a minha vida. Eu levei muitas daquelas "surras de pau" na última semana, e *bom* é uma palavra muito inferior para usar para o que Palmer pode fazer com aquela coisa. E com sua boca. E com seus dedos.

Ah, Deus, se ele não voltar para mim, eu vou deixar Tess botar fogo nesta ilha inteira.

— Pelo amor de Deus, engula esse choro.

Tess e eu viramos nossas cabeças para a porta enquanto Murphy se inclina para a pequena sala e empurra um pacote de biscoitos de morango da *Pepperidge Farm* para mim. Tenho apenas tempo suficiente para pegar o pacote com os braços de Tess ainda em volta de mim antes que ele bufe e vá embora.

— O que você quer fazer? — Tess pergunta, depois de alguns minutos silenciosos, comigo fungando em seus braços e colocando biscoitos em minha boca.

— Não sei. — Encolho os ombros, enxugando as lágrimas e afastando-me depois que ela me dá um último aperto forte para me virar e encará-la dentro do pequeno armário de armazenamento. — Só sei que não quero abrir mão dele agora ou colocar mais pressão sobre ele e ferrar com sua cabeça. Palmer precisa passar os próximos dias sem se preocupar com a possibilidade de eu surtar porque sou idiota e estou com medo.

Tess não discorda de mim sobre ser idiota e medrosa, e não a culpo. É por isso que a tenho como minha amiga, porque ela nunca vai mentir para mim. Oferecendo o pacote de biscoitos para ela, Tess pega um e começa a mastigar.

— Eu só quero aproveitar minha última noite com ele e não me preocupar com o amanhã — admito, enquanto Tess se abaixa e pega algumas caixas de bolas, ajudando-me a terminar de estocar nas prateleiras enquanto dividimos o pacote de biscoitos. — Quero ser uma namorada feliz, sorridente e apoiadora, que não descarrega todas as suas preocupações no colo dele antes de Palmer ter a chance de mostrar ao mundo que ainda é um jogador de golfe incrível e que merece estar de volta aos torneios profissionais.

Que ganhou muito dinheiro em sua carreira para não precisar ir a este torneio, ou qualquer outro, provavelmente por um longo tempo se não quisesse, mas este é o seu trabalho, e quem sou eu para dizer a ele como viver sua vida? Não importa o quanto eu queira, não posso pedir a ele para ficar e me escolher antes do que ele nasceu para fazer e do que claramente quer continuar fazendo.

Ele não vai me pedir para ir, e eu não posso pedir a ele para ficar.

— Bebidas e Reclamações amanhã depois que ele for embora? — Tess pergunta, fazendo as lágrimas começarem a se acumular novamente nos meus olhos quando ela diz isso em voz alta, imaginando que eu poderia muito bem acabar com isso.

— Sim, claro. Bebidas e Reclamações amanhã depois que ele for embora.

Porra de vida.

CAPÍTULO 23

"CHEGA DE FICAR RODEANDO."

birdie

Palmer afasta a boca da minha quando a buzina da balsa, significando que faltam dez minutos para sair, interrompe nosso beijo de despedida no cais.

Não é adeus. Apenas um "vejo você em alguns dias"… eu espero.

Suas mãos ainda estão segurando meu rosto, meus braços ainda estão em volta de sua cintura com os pulsos cruzados atrás de suas costas, e nós apenas ficamos aqui olhando um para o outro, nenhum de nós querendo se afastar primeiro.

Fale logo e me peça para ir com você.

— Você não vai chorar como um bebê de novo, como fez na noite passada, não vai? — pergunto a ele, tentando tirar um pouco do peso deste momento e do meu coração.

— Você me deu um boquete enquanto eu assistia "Clube dos Pilantras" — ele zomba. — Que homem em sã consciência seria capaz de se controlar depois de algo assim?

Balanço minha cabeça enquanto ele ri, esfregando seus polegares contra minhas bochechas e inclinando a cabeça, colando seus lábios suavemente nos meus por alguns segundos e, em seguida, se afastando antes que eu esteja preparada.

— É só por alguns dias e depois volto — ele me tranquiliza. — Você quer que eu volte, certo?

Ele ri baixinho de novo, mas há um lampejo de algo em seus olhos que quase se parece com as minhas próprias inseguranças idiotas, mas desaparece antes que eu possa processar, e Palmer me dá um grande sorriso com covinhas e tudo o mais enquanto tira as mãos das minhas bochechas, e eu o solto para que ele possa se abaixar, pegar sua bolsa de viagem e jogá-la por cima do ombro. Bodhi já carregou as malas e os tacos de Palmer quando chegamos ao cais mais cedo, despedindo-se de Tess em sua casa para que ela pudesse ir trabalhar.

— Não se preocupe comigo ou com o que está acontecendo por aqui — falo para ele, envolvendo meus braços em volta de mim, porque de repente fico com um frio imenso sem seu corpo perto do meu. Dou o sorriso mais falso que consigo e continuo: — Vá lá ganhar essa competição e volte para o torneio. Estarei torcendo por você amanhã quando passar a competição na televisão do bar.

Ou você poderia me pedir para ir junto, e eu poderia torcer por você lá no campo a quinze metros de distância. Poderíamos transar quando chegarmos ao hotel esta noite, e podemos fazer um pouco de sexo de boa sorte antes que você vá trabalhar amanhã de manhã, como a boa namorada que sou.

Droga, por que você simplesmente não me pede para ir com você?

— Certo... voltar ao torneio. — Ele assente com a cabeça, sorrindo junto comigo, tornando cada vez mais difícil para eu respirar quando estou apenas parada aqui como uma idiota, sem dizer o que deveria estar dizendo.

— Vou manter minha cama quente para você — digo a ele, tentando o meu melhor para lhe dar um sorriso sensual, mas provavelmente sai mais como uma careta e nada sexy.

Palmer dá um passo de volta para mim, segurando a alça de sua bolsa em um ombro, estendendo a mão para tirar uma mecha de cabelo dos meus olhos que se soltou do meu coque bagunçado, e colocando-o atrás da minha orelha. Só o toque de seus dedos na minha testa me faz sentir falta dele e gostaria que ele já tivesse voltado e ainda nem tivesse ido embora, quando a buzina da balsa sinaliza o aviso de cinco minutos.

— De repente, não estou com vontade de jogar golfe — Palmer murmura, seu sorriso diminuindo por um segundo.

— Pare! — eu o repreendo, batendo levemente minha mão contra seu peito. — Você é um jogador de alto nível. Só se mantenha longe de problemas e se concentre, e não se preocupe em voltar correndo ou algo assim. Essa é uma grande competição e você vai fazer coisas incríveis e vencer, e então isso vai levar a coisas ainda mais incríveis. Apenas... vá trabalhar e aproveite.

Ele me encara por alguns segundos e abre a boca para dizer algo, em seguida, para e sorri para mim antes de se inclinar e pressionar seus lábios nos meus. Palmer continua me beijando até que a buzina da balsa toca novamente e então ele rapidamente se afasta, o sorriso de volta em seu rosto enquanto começa a andar para trás, para longe de mim.

— Ligo para você quando chegar no hotel — ele me promete, e eu apenas assinto com a cabeça, o nó na garganta e todas as lágrimas que estou tentando não derramar quase me sufocam quando ele finalmente se vira e continua caminhando em direção à balsa que o aguarda.

Ele não vai me pedir para ir com ele.

Caramba, Birdie, abra a boca e implore para ele ficar! Pare de ser uma maldita covarde!

Ele está a seis metros de distância e está se virando para pisar no pequeno deck que leva até a entrada da balsa quando finalmente encontro minha voz.

— Palmer!

Ele imediatamente para e se vira, dando alguns passos em minha direção antes que a balsa buzine de novo e ele pare, rapidamente olha para o barco atrás dele, e então de volta para mim com um pouco de pânico nos olhos.

Meu coração está trovejando no peito e minhas mãos estão tremendo tanto que tenho que segurá-las na minha frente e, *puta merda, o que estou fazendo?* Mas as palavras estão borbulhando dentro de mim, e não posso impedi-las de sair agora.

— Olha, eu sei que você tem um trabalho a fazer e adoro vê-lo fazendo — falo para ele com a voz mais alta para que ele possa me ouvir, demorando um segundo para engolir meu nervosismo antes de continuar. — Eu sei que sou uma idiota por não dizer antes quando você está, tipo, a dois segundos de entrar em um barco e depois em um avião, e meu timing é péssimo, mas se eu não disser agora, vou me odiar pelo resto da minha vida e...

Palmer dispara como um tiro no meio do meu discurso, correndo de volta para o cais até estar novamente bem na minha frente, agarrando a alça de sua bolsa e envolvendo a mão livre em volta do meu pescoço, me fazendo esquecer por um segundo o que estava dizendo, quando ele está tão perto de mim e posso sentir seu cheiro mais uma vez.

— E o quê? — Ele pergunta, seus olhos indo e voltando entre os meus, me pedindo para continuar.

Vamos, Birdie. É agora ou nunca. Engula esse choro para que possa ganhar biscoitos.

— E você não precisa ir para esse torneio se realmente não quiser jogar. De qualquer maneira, você odeia jogar quando é transmitido na televisão com todos os olhos em você. *Fique.* Não vá. Não é como se você realmente precisasse ou algo assim. Quer dizer, você pode ir para o próximo se realmente precisar, certo? Odeio ter me tornado o tipo de mulher que pede para você escolher, mas... fique. *Por favor*... fique aqui comigo e não vá.

Estou sufocando com minhas palavras, mas nenhuma lágrima cai enquanto olho esperançosa para ele, minhas mãos suadas e pressionadas contra seu peito. Os dedos de Palmer agarram com mais força a minha nuca, e ele solta um som que é parte gemido de alívio e parte gemido de dor, como se alguém tivesse enfiado uma faca em seu peito, seu rosto estremecendo com a mesma quantidade de dor, e não é nada do que eu gostaria de ver no homem que acabei de implorar para ficar aqui comigo.

Quando ele não diz nada imediatamente, solto-me dele e dou um passo para trás.

— Birdie, por favor... — Palmer implora, bem como fez quando voltou para a ilha e queria que eu lhe desse um tempo para que ele pudesse explicar.

Eu dei a ele quinze anos de meu tempo e meu coração, e ele não tem o direito de me implorar por mais nada.

— Você não tem ideia de quanto tempo esperei para ouvir você me pedir isso, mas neste momento *não* posso. *Maldito seja meu pai!* — ele grita de repente, me deixando completamente confusa enquanto dá um passo em minha direção e eu dou um para trás, fazendo-o xingar baixinho. — Docinho, *por favor*. Você não tem ideia do quanto eu quero jogar esta bolsa no chão e fazer qualquer coisa que você me pedir, mas eu não posso.

Sua voz está cheia de emoção que eu não entendo, e nem mesmo ouvi-lo me chamar de *docinho* pode tirar o aperto no meu peito quando os funcionários da balsa começam a soltar as cordas do cais.

— Está bem. — Eu assinto com a cabeça, recusando-me a chorar. — Eu entendo. Você não pode ficar. Eu sei que você tem que trabalhar e foi bobo da minha parte pedir.

— Droga, Birdie, não faça isso. Não se feche e aja como se não fosse grande coisa você ter me pedido para ficar. Eu sei que foi, e queria ter tempo para explicar tudo para você, mas tenho que entrar naquele vôo. Conversaremos assim que eu pousar, ok?

A balsa dá uma última buzina, e Palmer solta uma série de palavrões antes de rapidamente se inclinar e pressionar seus lábios contra minha bochecha, bem perto do meu ouvido.

— Eu amo tanto você. Eu preciso jogar nesse jogo. Só este, eu prometo, e então estarei de volta — sussurra, quebrando meu coração ao meio quando beija minha bochecha, e então corre de volta para a balsa e para longe de mim.

Claro… só este jogo. Até o próximo. E o próximo, e o próximo, e até nove meses se passarem antes de eu ver você de novo.

Porque eu acabei de pedir para você ficar, e mesmo que você tenha dito que me ama, ainda assim não pediu para eu ir junto.

— Pelo amor de Deus, mulher, você está péssima. Por que você está aqui? Achei que tivesse pego folga nos próximos dias.

Levanto minha cabeça da mesa de Greg, onde eu estava "descansando" pelos últimos… Sei lá quanto tempo. Tiro uma nota adesiva da minha bochecha que ficou grudada lá e bato no topo de uma pilha de currículos que ele me pediu para dar uma olhada e procurar a pessoa que vai me substituir como gerente da sede do clube. Eu poderia tê-los examinado em meu próprio escritório, mas nunca mais entrarei lá ou me sentarei à minha mesa de novo, o escritório de Greg é muito maior e muito mais agradável, bem ao lado do bar e mais perto de Tess, e é onde trabalharei para sempre. Ou até que Greg volte ao trabalho e eu consiga um novo escritório em outro lugar, como no estacionamento.

Olhando para mim mesma e percebendo que ainda estou usando o mesmo short jeans surrado e a camiseta de baseball do ensino fundamental da Escola da Ilha Summersweet com o nome do meu sobrinho nas costas, que eu estava usando ontem à noite no Bebidas e Reclamações com as garotas. Levo o tecido da camisa até o nariz e dou uma cheirada.

Eu pareço péssima, mas pelo menos não cheiro assim. O cheiro parece um pouco como o vômito que escorreu pelo meu queixo, depois de tomar mais bebidas do que reclamar na noite passada. Maravilhoso.

— A minha casa está impregnada com o perfume do Palmer, e ele deixou algumas de suas roupas no chão do meu banheiro — eu digo a ela, meu coque bagunçado caindo na testa, e eu nem me incomodo em tirá-lo de lá. — Prefiro ficar triste e infeliz aqui no CGIS a uns três metros de você, onde não posso sentir o cheiro dele.

Levei exatamente cinco minutos depois que a balsa saiu para perceber que eu era uma idiota e nunca deveria ter deixado Palmer ir embora assim. Estou me matando por não estar lá com ele, e não deveria ter sido uma medrosa do caralho, e deveria apenas ter perguntado se poderia ir junto.

— Caramba, valeu. Estou honrada — Tess fala, sem emoção, entrando no escritório de Greg para dar a volta na mesa e pular em cima dela enquanto eu me balanço para frente e para trás na cadeira. — Você está aqui há quanto tempo?

Olho para o relógio no computador de Greg, chocada por ser um pouco depois das cinco e perceber que estive sentada aqui o dia todo fazendo absolutamente nada além de me sentir um lixo. Eu sabia que Tess estava trabalhando no turno da noite, e sua aparição aqui deveria me ter dito que horas eram e há quanto tempo eu estava aqui, mas meu cérebro não consegue mais reter informações simples. Ele está lotado com nada além de Palmer e o que ele está fazendo, e *como* ele está, e sobre o que ele queria falar comigo na noite passada e acabou não falando, porque nós perdemos as ligações um do outro a noite toda. E agora sei que ele está muito ocupado e não vou incomodá-lo. Mas mandei uma mensagem para Bodhi para saber sobre os aquecimentos, e Bodhi me disse que estava indo muito bem e parecia tudo certo. O que significava que eu poderia parar de me sentir mal porque meu comportamento imaturo na frente da balsa não mexeu com a cabeça dele.

— Isso realmente importa, Tess? Algo realmente importa?

— Pare de ser tão dramática. — Ela ri. — Ele disse que ama você.

— Então por que não me pediu para ir com ele?

Ela apenas me olha incisivamente, e eu suspiro, apoiando os cotovelos na mesa e colocando minha cabeça entre as mãos.

— *Não sei, Birdie. Talvez você devesse ter perguntado a ele por que quando estava naquele cais e pediu para ele ficar, mas nunca disse a ele que também o amava* — eu imito a voz de Tess, repetindo as palavras que ela me disse no Bebidas e Reclamações na noite passada.

— Caramba, quem quer que disse isso para você deve ser incrível e brilhante — ela reflete.

Tiro uma das minhas mãos do rosto por tempo suficiente para dar um tapinha em sua coxa.

— Ainda dá tempo de ligar para ele e perguntar se quer você lá — Tess acrescenta.

Eu bufo, levantando a cabeça de minhas mãos.

— Parece que seria uma ótima conversa. "Oi, desculpe incomodá-lo. Eu amo muito você e tudo o mais, e sei que não me pediu para ir junto, e que claramente não me quer aí, mas eu realmente quero ir para torcer por você!".

Mexo os braços imitando uma líder de torcida e olho para Tess.

De repente, ela assobia muito alto. Poucos segundos depois, minha mãe e Wren entram no escritório de Greg, parando uma do lado da outra com os braços cruzados enquanto olham para mim e meu estado lastimável. Meu rosto dói um pouco por não ter tirado a maquiagem da noite anterior, e posso realmente ver o rímel seco descascando dos meus cílios toda vez que pisco.

— Roberta Marie Bennett — minha mãe começa, fazendo-me estremecer um pouco quando fala meu nome completo, e percebo que Tess chamou minha família como reforço. — Eu falhei com você de alguma forma como mãe?

— Ahm, o quê? — Eu rio, confusa. — Não, claro que não.

Eu olho para minha irmã para ver se ela sabe do que nossa mãe está falando, mas ela apenas me lança o mesmo olhar penetrante.

— Então por que diabos você está sentada aqui se lamuriando e se preocupando, e ficando triste em vez de se levantar ir atrás do que quer? Eu não criei você ou sua irmã para serem fracas e não saberem os seus valores — ela me diz, severamente.

— Por que você pensaria por um minuto que não é o suficiente para ele? — Wren pergunta, balançando a cabeça para mim em estado de choque e eu dou para Tess um olhar rápido sabendo que ela revelou todos os meus segredos. — Você é incrível, e coloca todos nós antes de si mesma, e tem mais do que o suficiente para oferecer a ele. Não aja como se não soubesse disso. Você apenas esqueceu por um momento, e tudo bem. Mas ficou sentada aqui todo esse tempo esperando que ele lhe pedisse para ir com ele. Você é a porra da Birdie Bennett! Levante essa sua bunda e vá atrás dele, se é onde quer estar! Ou pelo menos fique brava sobre isso em vez de ficar triste.

Caramba, ela está certa. Esta não sou eu. Não sou essa mulher fraca e choramingona. Ameacei Palmer com um taco de golfe na primeira vez que voltei a vê-lo, de tanta raiva que estava sentindo dele. Por que estou sentada aqui me sentindo triste quando deveria estar irritada? Aquele pedaço de merda disse que me amava e depois não me pediu para ir com ele. Eu implorei para ele ficar, e ele nem mesmo me pediu para ir junto.

Fiz um maldito boquete enquanto ele assistia "Clube dos Pilantras", e o filho da mãe não me pediu para ir com ele!

— Vou acabar com a raça dele quando o vir.

— Claro que sim! — Tess bate as mãos enquanto minha mãe e Wren sorriem.

— Merda! — xingo, pegando meu celular na mesa, mas nem mesmo sabendo para quem diabos ligar. — Não vou conseguir um voo para a Califórnia esta noite assim tão tarde, e não posso simplesmente aparecer lá amanhã no final do dia e esperar que alguém me deixe entrar no campo ou em qualquer lugar perto do resort para vê-lo. Eu não tenho um ingresso ou algum tipo de credencial.

Meus ombros caem e sinto-me um pouco triste quando percebo que o esporro terá que esperar. De repente, meu celular toca na minha mão com uma mensagem de texto, e noto Tess sorrir e deslizar seu próprio celular no bolso depois de digitar algo.

— O que você fez? — pergunto nervosamente, enquanto olho para o meu telefone e vejo que é uma mensagem de Bodhi.

> Bodhi: Olá, gostosa! Ok, então, tenho muito para dizer e pouco tempo para fazer isso, então você vai ter que confiar em mim aqui, e Bodhi revelará tudo em breve. Menti quando disse que Palmer estava se saindo muito bem no aquecimento para o jogo. Ele está jogando golfe como um completo zero à esquerda. Meu Deus, chega a ser difícil de assistir. Mas eu assisto, porque também é meio engraçado. HAHA! Não se preocupe. Nada foi jogado na água. Ainda. Há um grande motivo pelo qual ele está jogando este campeonato e eu já disse a ele que é um motivo idiota e que ele deveria ter contado a você sobre isso, mas ele não me ouviu.

> Bodhi: Esse idiota orgulhoso precisa ficar entre os três primeiros dessa coisa, ou não vai ser divertido conviver com ele e, pela maneira como está jogando golfe hoje, ele nem mesmo vai chegar à classificação. Há um vôo noturno para São Francisco reservado hoje à noite em seu nome. Alguém irá buscá-la no aeroporto quando você pousar amanhã e a levará direto ao resort, onde haverá um crachá VIP com o seu nome. Um segurança a acompanhará até o campo assim que chegar aqui e vai levar você até o buraco em que estivermos. Por favor, entre naquele vôo, venha aqui e faça o que você tem que fazer. Beijos! E agarre a bunda da Tess por mim.

> Bodhi: Ou, melhor ainda, um beijo lento e agradável com a língua. Certifique-se de filmar e enviar o mais rápido possível. É tão chato aqui.

Levanto o olhar quando termino de ler as mensagens, meu coração batendo forte no peito, meus pés começando a se mexer novamente com a necessidade de dar uns chutes em Palmer enquanto mostro a mensagem para minha mãe e minha irmã quando elas se aproximam da mesa de Greg.

— Bodhi tem me enviado mensagens em pânico desde o almoço sobre o quanto Putz está ruim hoje — Tess explica. — Eu disse a ele para puxar todos os pauzinhos que pudesse, e eu o avisaria quando você estivesse pronta para ouvir.

Tess sorri para mim, e eu tenho tempo suficiente para sorrir de volta antes que Wren comece a gritar de repente.

— O que estamos esperando?! Birdie tem uma mala para arrumar e uma lista para fazer com todas as maneiras que ela vai bater em Palmer por fazê-la duvidar do próprio valor!

— Quer dizer, *ele* não me fez duvidar. Essa foi a minha própria estupidez...

— Cale a boca e se enfureça! — Wren grita, levantando os punhos no ar, fazendo todas nós olharmos para ela com nossas bocas abertas. — Aquele pedaço de merda não teve a decência de pedir à minha incrível irmãzinha para ir com ele! Putz que se dane! Vamos queimar as coisas dele!

Tess ri desconfortavelmente, deslizando lentamente para fora da mesa e, em seguida, movendo-se para ficar atrás da cadeira onde ainda estou sentada.

— Ela recebeu um telefonema de *você sabe quem* hoje — minha mãe diz, sussurrando a última parte.

Tess e eu dizemos "aaahhh" ao mesmo tempo, dando a Wren um aceno com a cabeça em simpatia, agora que sabemos que o doador de esperma deve ter mexido com ela novamente.

— Vou ficar bem — ela nos tranquiliza, deixando cair os braços, pigarreando e voltando a ser minha doce e quieta irmã. — Vamos levá-la para casa e fazer as malas para que possa buscar o seu homem.

Levantando da cadeira, ando ao redor da mesa para ficar na frente de Wren enquanto minha mãe lidera o caminho para fora do escritório e Tess segue atrás de nós, apagando as luzes conforme andamos.

Wren envolve seu braço em volta da minha cintura e me dá um aperto enquanto caminhamos para o bar.

— Ainda podemos fazer essa lista sobre todas as maneiras pelas quais posso machucá-lo apenas por diversão, ok? — eu falo para ela.

CAPÍTULO 24
"ALGUÉM VIU AS MINHAS BOLAS?"

palmer

— Você está bem, Pal?

Enfiando o taco na minha própria bolsa e ignorando a mão estendida de Bodhi para pegá-lo de mim, tiro minha garrafa de água da lateral da bolsa e tomo um gole. Olhando ao redor para ver onde a câmera está e percebendo que está a cerca de apenas dez metros de distância, baixo minha voz antes de responder, certificando-me de que nenhuma das emoções que estão passando por mim apareça em meu rosto.

— Bem, considerando que arranquei meu *tee* com uma tacada e foi direto para a água, e este é agora o segundo buraco que fiz um *bogey* esta manhã, estou maravilhosamente bem.

A garrafa de água treme na minha mão enquanto a aperto com força e coloco de volta no bolso lateral da minha bolsa enquanto Bodhi tira o telefone da bermuda provavelmente pela centésima vez desde que entramos no campo quatro horas atrás.

— Você poderia largar esse celular? Não é como se eu estivesse jogando em um torneio de golfe transmitido em rede nacional ou algo assim — murmuro.

Já joguei no *San Francisco Open* várias vezes, e é um campo lindo com vista para a Ponte Golden Gate com *fairways* ladeados de ciprestes. Esses ciprestes estão me irritando muito neste momento, já que minhas malditas bolas parecem estar obcecadas por eles.

— Então você realmente vai chamar o que você tem feito durante toda a manhã de *jogar*? Que bonitinho. — Bodhi bufa enquanto guarda o celular e pega minha bolsa de golfe pesada.

Levantando a alça por cima do ombro, começamos a caminhar para o próximo buraco, multidões de pessoas andando de um lado para outro entre os buracos ao lado das árvores e cerca de quinze metros de distância atrás da corda de segurança. Nem mesmo uma bela vista da Ponte Golden Gate através de uma fresta nas árvores ao longe pode trazer qualquer tipo de paz, porque para onde quer que eu olhe, há pessoas observando, segurando seus celulares prontos para fotos e vídeos, e isso sem falar em todas as câmeras de televisão. Há equipes de filmagem espalhadas ao redor de cada buraco, certificando-se de manter distância, mas ainda podem chegar mais perto do que os espectadores. Também tem torres de dez metros de altura com câmeras em todo o campo para uma visão aérea dos jogadores de golfe e de suas tacadas, e um dirigível voando no alto, gravando todos os momentos do dia.

— O que diabos eu estava pensando em deixar Birdie e jogar neste torneio? — murmuro, enquanto continuamos caminhando até chegarmos à área de *tee* do quinto buraco, e Bodhi coloca minha bolsa de lado, reorganizando meus tacos enquanto Rick Michaelson dá uma tacada.

— Eu perguntei isso várias vezes desde que você entrou na balsa dois dias atrás — Bodhi me lembra.

Ele tira o celular do bolso para verificar novamente, sorrindo ao ver algo, e então rapidamente o coloca de volta quando ouvimos o golpe de Rick tirando sua bola do *tee*. A multidão aplaude, assobia e grita seu nome quando sua bola voa por pelo menos trezentos e cinquenta metros bem para o meio do campo. Algo que não tenho conseguido fazer com sucesso desde que cheguei aqui ontem de manhã.

Sério... o que diabos estou fazendo aqui?

A razão pela qual comecei a odiar tanto meu trabalho nos últimos anos era por estar sob os olhos do público e ter que jogar com câmeras transmitindo tudo, em vez de apenas relaxar e curtir o jogo. E aqui estou eu, passando por tudo isso de novo, ferrando com tudo da maneira mais épica, e estou apenas no quinto buraco, não querendo estar aqui, não querendo jogar golfe, odiando cada segundo que não estou em Summersweet com a mulher que amo, que me pediu para ficar.

E eu a deixei, para quê? Porque eu achei que tinha que impressioná-la? Birdie não tem um único traço fútil em si mesma, e eu sou um completo idiota por pensar que ela se importaria ou me julgaria por qualquer coisa. Eu deveria ter pedido a ela para vir comigo. Pelo menos então eu teria a promessa de seus lábios, e seu corpo, e seu sorriso no final deste dia miserável para tornar tudo melhor. Não terei nada no final do dia, exceto um tesão incontrolável só por pensar nela, uma dor no peito por lembrar a expressão em seu rosto quando me afastei dela depois que me implorou para ficar, e um melhor amigo roncando no sofá-cama com um baseado ainda fumegando no cinzeiro sobre o peito e um pedaço de pizza meio comida na mão.

Bodhi me entrega o meu *driver*, geralmente o mais mortal de todos os meus tacos até hoje, assim que Rick e seu *caddie* dão um passo para o lado para esperar que eu dê minha tacada. Caminhando na área de *tee*, tento bloquear os sons de pessoas falando à distância enquanto caminham entre os buracos, alguém espirrando, outro tossindo e o zumbido do motor do maldito dirigível voando no alto e filmando tudo. Bloqueio tudo e me concentro. Coloco a face do taco do meu *driver* a cinco centímetros da bola. Verifico minha postura e meu aperto no taco. Estou fazendo tudo certo, mas parece errado. O rosto de Birdie quando me implorou para ficar passa pela minha mente e eu tenho que fechar os olhos por um minuto.

Afastando do *tee*, faço o último movimento de teste antes de voltar a ficar na posição correta, respirando fundo algumas vezes e tentando me concentrar novamente. Posso acertar essa maldita bola tão bem quanto, se não melhor, do que Rick. Levo meus braços para trás, e o rosto de Birdie quando eu disse a ela que tinha que ir passa pela minha mente no momento em que estou descendo o taco, e sei que minha bola vai sair errada bem antes do meu taco bater nela. Com um palavrão murmurado, eu nem me preocupo em ficar atrás no *tee* para ver para onde ela foi. Suspiros da multidão e um "ooooh" coletivo — só que com um entonação não muito boa — me dizem tudo o que eu preciso saber.

Volto para minha bolsa e não atiro meu taco na multidão como quero, entregando-o a Bodhi como um cavalheiro, já que atualmente há três câmeras apontadas em minha direção. E isso sem falar no trabalho incrível que Birdie fez para melhorar minha imagem.

Porra! O que estou fazendo aqui?

O rádio no quadril de um funcionário de um campo de golfe não muito longe ganha vida quando Bodhi pega o taco.

— *Alguém já está de olho naquela bola? Foi para o* rough *onde os espectadores caminhavam e não prestavam atenção. Algumas pessoas estão começando a procurá-la.*

Bodhi bufa baixinho enquanto coloca meu taco na bolsa antes de puxar a alça de volta em seu ombro.

— Se não houvesse câmeras em mim agora, eu daria um soco na sua cara — eu sussurro enquanto começamos a andar pelo campo.

— Ah, por favor faça isso! Por favorzinho? Estou tão entediado que quero morreeeeeer — ele reclama, arrastando a palavra como uma criança enquanto levanta minha bolsa mais alto em seu ombro e continuamos a caminhar.

Talvez quando eu desaparecer no rough *para pegar minha maldita bola assim que alguém a encontrar, possa simplesmente fugir por entre as árvores e dar o fora daqui. Não é como se alguém fosse notar. No momento estou em último lugar. Meu nome nem está na tabela de classificação.*

Bodhi e eu continuamos caminhando em silêncio até vermos uma multidão de pessoas reunidas ao redor do campo a cerca de vinte e cinco metros do *tee* na área para onde minha bola foi. Começamos a seguir nessa direção, quando na multidão alguém grita:

— *Peguei!*

Posso ver um dos oficiais através da pequena multidão de espectadores atrás da corda em uma grande área de árvores com o braço bem erguido para que eu possa localizá-lo. Os oficiais são fáceis de distinguir na multidão, porque todos estão vestindo calças cáqui e camisas polo vermelhas. Eles são como bonequinhos de Playmobil vagando pelo campo o dia todo.

Outro oficial de polo vermelha começa a afastar os espectadores da área, tomando muito cuidado para que ninguém toque ou mova a bola de forma alguma. Terei que decidir se quero jogar de onde está, dar a tacada inicial novamente ou movê-la para a esquerda ou direita, me custando uma maldita penalidade. Meus olhos estão voltados para os pés do oficial, tentando ver onde minha bola está antes de chegar lá para que possa começar a fazer um plano de jogo na minha cabeça. Meus olhos estão abaixados e movendo-se rapidamente através do gramado enquanto caminho, outro oficial levantando a corda para que eu possa passar por baixo. Finalmente localizo minha bola bem na base de um maldito cipreste, e balanço minha cabeça enquanto ando até ela, paro e coloco as mãos nos quadris, olhando para a bola idiota, me perguntando por que ela não pode apenas fazer o que deve.

— Obrigado por encontrar — digo ao oficial, finalmente olhando para ele.

— Ah, eu não encontrei, senhor Campbell. Foi esta jovem.

O homem de cinquenta e poucos anos levanta o braço para apontar para o outro lado do tronco do cipreste gigante e sem folhas. Meus olhos seguem a direção de seu braço, e então meu estômago dá um pulo, assim como o meu coração. E possivelmente todo o meu corpo.

— Cara, você está longe de mim não tem nem dois dias inteiros e já está perdendo as bolas. — Birdie balança a cabeça para mim. — Que bom que eu estou de olho nelas, hein?

Ela pisca para mim e tenho que fechar os olhos por um segundo e balançar a cabeça, abrindo-os de volta para perceber que não estou doidão por causa do baseado ruim de Bodhi e não estou sonhando. Ela está realmente aqui, em São Francisco, parada a dois metros de mim, fazendo piadas sobre as minhas bolas.

E ela está tão linda que quero ficar de joelhos, envolver meus braços em volta de sua cintura e me agarrar a ela, desculpando-me por cada coisa idiota que já fiz para magoá-la. Birdie está com o cabelo loiro solto e ondulado em volta dos ombros com pequenas tranças circulando o topo de sua cabeça, evitando que sua longa franja a incomode enquanto o vento sopra suavemente em seus cabelos. Um crachá VIP está em seu pescoço, pendendo na frente de seu peito. Ela está usando outro daqueles macacões curtos, este é alaranjado com flores tropicais, com alças finas sobre os ombros e suas pernas longas e lindas à mostra. Está usando um par de sandálias que envolvem seus tornozelos delicados e amarradas com um laço na frente.

Meu Deus, ela é deslumbrante.

Birdie se parece com a esposa ou namorada de qualquer outro jogador de golfe, mas mil vezes melhor, porque ela é *minha*. Parece que ela pertence a este lugar e eu me xingo mil vezes de mil maneiras diferentes por nunca ter pedido a ela para vir comigo. Estar parado aqui, sabendo que ela está assistindo, me apoiando, torcendo por mim e me amando. Porque, *porra*, eu sei que me ama, mesmo que ela não tenha dito isso. O fato de Birdie estar aqui logo depois que fui embora, quando ela me implorou para ficar, só prova isso.

Por que diabos eu nunca pedi a ela para vir comigo?

Os espectadores ainda estão andando de um lado para o outro, não muito longe, correndo para outro buraco para observar alguém que não continua acertando suas bolas no *rough*, enquanto um oficial ainda mantem a pequena multidão de pessoas esperando que eu dê minha tacada, a uns quinze metros de nós.

— O que você está fazendo aqui? — pergunto baixinho, nem mesmo me importando que as pessoas estejam esperando por mim.

— Aparentemente, estou vendo você ser *péssimo* no golfe, Campbell.

Eu não gosto que ela use meu sobrenome dessa maneira, mas eu mereço, e também mereço o pequeno bufo do oficial que ainda está a um metro de distância.

— Além disso, tem cachorro-quente grátis.

Birdie encolhe os ombros e eu apenas balanço a cabeça com um sorriso enquanto ela leva um cachorro-quente à boca com ketchup em uma embalagem de papel, dando uma mordida nele.

Minhas palmas estão suando e meu coração está batendo forte no meu peito, e sei que preciso decidir o que diabos vou fazer com a minha tacada, mas tudo que posso fazer é ficar aqui olhando para Birdie casualmente comendo um cachorro-quente. Ela limpa a boca com um guardanapo na outra mão enquanto Bodhi se aproxima de mim e me entrega meu taco número sete.

— Você ainda está a duzentos e trinta metros do *pin* e sob um cipreste. Jogue com o taco sete, com um pé atrás e leve a bola para pelo menos quarenta metros mais perto do *green* aproveitando o vento de dezesseis quilômetros por hora. Oi, Birdie, já era hora de você aparecer.

Eu deveria saber que isso era coisa do Bodhi, e agora faz sentido ele passar a manhã inteira mexendo no celular.

— Meu vôo atrasou duas vezes — Birdie responde, antes de apontar seu cachorro-quente na minha direção. — Vamos logo. Não voei quase cinco mil quilômetros durante a noite sentada ao lado de um homem que cheirava a cebola e comi um sanduíche de atum às quatro da manhã para ver pela primeira vez você jogar como uma bela bosta em uma dessas coisas. Você é um idiota por nunca me pedir para vir com você. Eu só quero que saiba disso.

— Eu sei — digo rapidamente a ela, segurando meu taco com força, desejando poder ir até ela e envolvê-la em meus braços, mas ainda há pessoas e câmeras observando à distância. E embora ela esteja aqui, não sei como ela se sentiria a respeito de um monte de demonstração pública de afeto em rede nacional. — Eu sou um idiota. Me desculpe.

Birdie suspira, inclinando a cabeça para o lado.

— Estou apaixonada por você desde o dia em que o conheci. Um amor maluco, entorpecente, que não me deixa respirar ou pensar direto, por *quinze anos*. Nem dois anos, nem dois meses, nem duas semanas. Quinze anos.

Escuto meu sangue pulsar tão alto nos meus ouvidos que estou surpreso de conseguir ouvir as palavras saindo de sua boca, mas as escuto e as absorvo, e quase quero rir e chamá-la de mentirosa, mas posso ver a verdade em seu rosto, e não sei como diabos eu nunca vi isso antes.

— Birdie... — murmuro, a única coisa que consigo dizer quando ela sorri para mim com aquele sorriso lindo e com covinha.

— Acho que mereço um pouco mais do que o último lugar — ela comenta. — Agora, tenho certeza que este adorável cavalheiro gostaria que você se mexesse antes que ele seja demitido por você demorar tanto.

Birdie sorri para o oficial parado ao meu lado, e ele apenas sorri para nós dois.

— Não se preocupe, senhorita. Esta é a coisa mais emocionante que já aconteceu no trabalho. Pode ser muito chato aqui.

— Amém, cara — Bodhi concorda do meu outro lado, dando um aceno de cabeça para o oficial.

— Vá acabar com eles, Palmer — Birdie me diz, com outro grande sorriso, meu coração finalmente batendo forte no peito em vez de entrar em pânico antes que ela dê outra mordida em seu cachorro-quente quando começa a recuar para se juntar aos outros espectadores, basicamente me dizendo para voltar ao trabalho.

Então eu faço exatamente isso. Porque a mulher que amo e que me ama vai ficar atrás da corda, comendo cachorros-quentes de graça e torcendo por mim. Eu me aproximo da bola e alinho meu taco, imaginando o rosto de Birdie quando ela me disse que me amava.

Birdie...
Birdie...
Birdie...

Tudo que eu preciso fazer é dar esta tacada de três metros. Posso fazer isso até dormindo.

Minhas palmas estão suadas ao redor do meu taco, e levo um segundo para limpar cada uma, colocando novamente minhas mãos ao redor do punho de borracha e respirando fundo algumas vezes. Com um rápido olhar pelo canto do olho sob a aba sombreada do meu boné, vejo Birdie parada a cerca de seis metros de distância e ao lado de onde Bodhi está com a minha bolsa. Sua barriga está pressionada contra a corda e ambas as mãos cobrem a boca e o nariz como se estivesse rezando. Seu corpo não se move um centímetro e sei que ela está prendendo a respiração, assim como fez com cada tacada que dei depois de dar uma espiada nela, assegurando-me de que não era um sonho e que ela ainda está aqui me amando e me apoiando.

E me trazendo toda a sorte e magia do mundo. Desde que Birdie chegou aqui, tenho honrado com sucesso sua declaração de amor e seu apelido, acertando *birdies* nos próximos doze buracos consecutivos. Tudo o que tenho a fazer é acertar um *birdie* uma última vez, e terei ido do último para o primeiro lugar.

O buraco dezoito às vezes pode ser um lugar barulhento e extremamente estressante, e não apenas porque é sua última tacada no jogo, já que aqui e no primeiro buraco é onde estão os espectadores, há facilmente dez vezes mais pessoas para ver estas tacadas do que nos buracos anteriores. Mas está um silêncio absoluto e nada pode ser ouvido, exceto o farfalhar do vento entre as árvores enquanto olho para Birdie e volto para a minha bola. Com uma última respiração profunda, sabendo que neste ponto não importa como me posiciono, porque tenho tudo o que sempre precisei parado a seis metros de distância, elevo meu taco a trinta centímetros e o trago para frente para bater na bola, prendendo a respiração enquanto ela rola em direção ao buraco.

E rola...

E rola...

E rola...

E então gira ao redor do buraco uma vez antes de virar e cair lá dentro.

— Puta merda.

O rugido da multidão é instantaneamente ensurdecedor. Com o canto do olho, posso ver todos nas arquibancadas de pé, aplaudindo e gritando, assim como todos os espectadores no campo fazendo o mesmo enquanto eu lentamente me viro.

E descubro que Birdie já passou por baixo da corda e está correndo a toda velocidade na minha direção, com lágrimas escorrendo pelo rosto e um sorriso incrível no rosto. Tenho tempo suficiente apenas para largar meu taco e me preparar antes que ela voe em meus braços, envolvendo suas pernas em volta da minha cintura e seus braços em volta dos meus ombros.

— Olhe para você finalmente não sendo péssimo no golfe! — Ela ri e chora, enquanto meus braços se prendem firmemente em torno dela e eu enterro o rosto em seu pescoço.

— Eu amo você pra caralho — falo contra a pele de seu pescoço, apertando-a com mais força contra mim, nos balançando de um lado para o outro enquanto as câmeras de televisão e os espectadores começam a se aproximar, aglomerando em torno do *avant-green*.

Deslizando uma de minhas mãos por suas costas, agarro seu cabelo e puxo sua cabeça um pouco para trás, colando minha boca na dela assim que está perto o suficiente. A língua de Birdie imediatamente se encontra com a minha, seus braços apertando meus ombros e meu boné voando para longe da minha cabeça quando ela agarra meu cabelo e aprofunda o beijo, suas coxas apertando ainda mais os meus quadris.

Ouvindo os cliques dos obturadores das câmeras e repórteres de esportes disparando perguntas para mim, eu termino o beijo, mesmo não querendo. Mesmo que eu pudesse passar o resto da minha vida aqui, neste campo de golfe, segurando a mulher em meus braços depois que ela me deu um abraço voador no estilo Birdie em rede nacional.

— Viu só? — comenta, enquanto eu a levanto mais alto em meus braços e ela passa os dedos pelo meu cabelo enquanto olha para mim, nós dois ignorando completamente todos ao nosso redor competindo por nossa atenção. — Parece que alguém acabou de fazer um showzinho na televisão, em rede nacional, mais uma vez.

Eu sorrio para ela, que ri e, em seguida, solto um suspiro quando dou um pequeno aperto em sua bunda, não dando a mínima para quem está assistindo ou quantas vezes isso vai passar na ESPN.

— Caramba. Parece que preciso de ajuda para melhorar minha imagem. Conhece alguém que pode fazer isso por mim? — pergunto, sorrindo.

— Talvez eu possa fazer isso... — ela para de falar enquanto suas pernas se soltam da minha cintura, e eu finalmente a deixo deslizar para baixo, pela frente do meu corpo. — Podemos falar sobre isso mais tarde... com biscoitos.

Eu gemo quando ela pisca para mim, sabendo que colocou muitos pensamentos sujos na minha cabeça sendo que agora tenho que falar com os repórteres e, em seguida, dar uma entrevista coletiva, e provavelmente não deveria fazer isso com uma ereção.

Mas então percebo por quem estou apaixonado e vejo um pequeno pedaço da doce bunda de Birdie quando ela se abaixa para pegar o boné que tirou da minha cabeça, e eu sei que vou ter que me acostumar com isso.

E aproveitar cada segundo para dar à minha melhor amiga o taco e o meu coração.

EPÍLOGO
"BEIJE MEU TACO."

palmer

Três meses depois.

— Quer parar com isso? Você está em público e estou tentando desfrutar da minha pipoca — Murphy resmunga.

Eu rio contra a lateral do pescoço de Birdie, esfregando meu nariz em sua orelha uma última vez e inalando seu perfume tropical adocicado antes de me sentar na minha cadeira na arquibancada, onde Birdie está sentada no banco a minha frente. Ela está entre minhas pernas dobradas com meus pés apoiados em cada lado de sua bunda em seu banco, suas costas pressionadas contra meu peito com os braços apoiados no topo das minhas coxas. Estamos no quinto tempo do primeiro jogo de baseball de outono de seu sobrinho Owen, sentados nas arquibancadas do campo de baseball do ensino médio da Escola da Ilha Summersweet, com uma agradável brisa do oceano esfriando o ar quente da noite.

— Estamos morando juntos, Murphy — Birdie o lembra, esticando o pescoço para olhar para cima e para trás, onde Murphy está sentado acima de nós nas arquibancadas ao lado de Tess e Bodhi. — Você não pode vomitar toda vez que nos ver aos beijos.

Murphy murmura baixinho, enfiando um punhado de pipoca na boca antes de gritar para o juiz que um cego poderia ter visto que era um *strike*[6] e não uma *ball*[7].

---

6 Strike – no baseball, é quando a bola é arremessada dentro da zona de strike e o rebatedor não acerta a bola com o bastão.

7 Ball – no baseball, é um termo também usado para indicar quando o arremessador (pitcher) lança uma bola fora da zona de strike.

Birdie inclina a cabeça para trás para me olhar de cabeça para baixo com um sorriso, e eu me inclino para frente e beijo sua testa antes que ela levante a cabeça novamente para assistir ao jogo, batendo palmas e torcendo para Owen quando ele vai de uma base para a outra.

Como Birdie disse, moramos juntos desde o dia em que voltamos de São Francisco. Como o vôo de Birdie havia atrasado duas vezes e ela não tinha nada a fazer a não ser sentar no aeroporto e esperar, meu bom amigo Bodhi se certificou de que ela não ficasse entediada, dando a ela muito para ler e enchendo seu celular com mensagens de texto, contando tudo o que eu não tinha dito antes de sair para o torneio. Sobre como eu estava falido, sobre como eu estava jogando para comprar para ela um chalé maior e ter dinheiro na conta, porque eu não queria que ela pensasse que eu era um fracassado, e sobre como eu havia decidido naquele dia da tempestade que iria me aposentar e passar o resto da minha vida com ela nesta ilha.

No dia em que chegamos em casa, Birdie ligou para Stefanie no Chalés Sandbar e cancelou meu aluguel para mim, dizendo que era ridículo eu pagar aluguel todo mês quando praticamente já morava na casa dela. Ela ficou mais do que um pouco chateada comigo por causa da coisa do dinheiro e minha ridícula necessidade de esconder isso dela porque eu estava envergonhado. Ela ficou puta sobre a casa de campo renovada e disse que se eu não fosse tão gostoso e tão bom na cama, e ela não me amasse tanto, cortaria minha garganta. Ela realmente foi para a gaveta de facas quando disse isso, e eu tive que envolvê-la em meus braços por trás, abraçá-la e levá-la para muito, muito longe da cozinha e de quaisquer objetos pontiagudos.

Depois da minha vitória em São Francisco, Birdie ficou ao meu lado em todas as entrevistas e coletivas de imprensa. Eu disse a ela assim que subimos para o meu quarto de hotel a única coisa que Bodhi deixou para eu confessar — que eu estava apaixonado por ela desde que ela estava apaixonada por mim, e xingamos nós mesmos todos os tipos de palavrões idiotas por todos os anos que desperdiçamos nos torturando. Em seguida, comemoramos no quarto do hotel comigo me enterrando dentro dela até o sol raiar e termos que ir para o aeroporto. Depois que chegamos em casa, ela cancelou meu aluguel e empacotamos minhas coisas, fiquei na casinha do cachorro pelos próximos cinco dias.

Sim. Na casinha do cachorro. Nada do doce corpo de Birdie, nada de beijos doces de Birdie, nada de boquetes durante "Clube dos Pilantras" e, definitivamente, nada de trepar na mesa. O corpo de Birdie estava fora dos limites, porque ela estava tão chateada comigo que não conseguia nem pensar direito, muito menos transar comigo. Eu aguentei como um campeão, apenas chorando no chuveiro duas vezes enquanto tentava me masturbar desleixadamente e nunca consegui terminar, já que minha mão era praticamente nada em comparação a estar dentro de Birdie.

Meu castigo inicial deveria durar duas semanas ou mais. Felizmente, Birdie mal conseguiu passar do quinto dia, e ela é a razão de eu ter saído do castigo mais cedo por bom comportamento. Voltei do supermercado para encontrá-la andando de um lado para o outro na sala de estar, as mãos nos cabelos, puxando-os pela raiz enquanto murmurava e xingava. Assim que entrei pela porta com os braços cheios de sacolas cheias de comida e parei em sua pequena ilha na cozinha, Birdie parou de andar para olhar para mim. E então, com mais um monte de xingamentos murmurados, ela arrancou sua camiseta e shorts até que estava na minha frente vestindo nada além de uma calcinha de renda vermelha e sem sutiã. As compras caíram dos meus braços e laranjas rolaram pelo chão enquanto Birdie bufava.

— Você vai pegar tudo isso depois de me dar biscoitos, porque isso é ridículo, mas ainda estou puta com você, então isso vai ser uma foda de raiva, entendeu?

Eu apenas assenti com a cabeça, passei por cima do pacote de macarrão, do alface e das laranjas, dobrei meus joelhos quando cheguei nela e empurrei meu ombro em sua barriga sem dizer uma única palavra. Voltando a ficar de pé, facilmente a levantei por cima do ombro enquanto ela gritava comigo, nua nas minhas costas, me dizendo que eu não poderia simplesmente pegá-la e colocá-la onde eu queria, enquanto eu assobiava e caminhava de volta ao nosso quarto.

Ela parou de gritar isso quando a coloquei onde queria.

Que era montada meu colo na beirada da cama, descendo sobre o meu pau.

— Papai, pode me dar dinheiro? Eu quero nachos.

— Pelo amor de Deus — murmuro, quando Birdie ri entre minhas pernas enquanto me inclino para o lado para tirar minha carteira do bolso de trás, pegando uma nota de vinte dólares e entregando ao Bodhi.

— Apenas nachos! Nada de doces! — Birdie grita, depois que ele dá um beijo em Tess e então passa correndo por nós descendo as escadas no corredor.

— Eu adoro que você ainda esteja tentando garantir que nenhum centavo do meu dinheiro seja desperdiçado. — Eu rio, beijando o topo de sua cabeça, nós dois gritando e batendo palmas com o resto das arquibancadas quando o arremessador do time do Owen acerta o terceiro batedor.

Felizmente, ela não precisa manter o controle de todo o *fast food* que Bodhi está engolindo no jogo esta noite e todo o dinheiro que tenho dado para ele. Graças ao seu incrível trabalho com minhas contas de rede social, o contato próximo que ela continua a ter com meus patrocinadores e aquela vitória em São Francisco, meus royalties têm aumentado constantemente e continuam subindo, junto com alguns novos negócios que Birdie foi capaz de fechar para mim.

Embora eu tenha tentado dizer que ela não precisa continuar cuidando do meu marketing e assessoria, ela se recusa a abrir mão ou a me deixar contratar um novo assessor. Ela diz que gosta de cuidar de mim e do meu trabalho, e isso se encaixa perfeitamente em seu novo emprego no CGIS. E que, embora sejamos firmes e comprometidos e tão apaixonados que sinto que estou em um dos livros de romances que Bodhi adora ler, Birdie ainda disse que só sobre seu cadáver que eu contrataria alguém como Callie, minha antiga assessora, que só queria pular na minha cama. Sua demonstração de ciúme me fez amá-la ainda mais, e Birdie ganhou três biscoitos naquela noite depois do jantar.

Estou até feliz em relatar que o vídeo de Birdie se lançando em meus braços no *San Francisco Open* agora tem mais acessos do que o de *Crazy Bitch*, embora Bodhi assista aquele vídeo idiota pelo menos duas vezes por dia para garantir que os números continuem em alta.

— Bodhi já comeu um Snickers, um saco de Twizzlers e bebeu quatro refrigerantes. Não estou apenas preocupada com o seu dinheiro, mas também com minha melhor amiga e ela ter que beijar um homem que acabará tendo dentes podres por causa de todo aquele açúcar — Birdie me diz.

— Muito obrigada — Tess fala, se inclinando no banco para dar um soco em Birdie. — Uma vez fiquei com um cara com dentes podres. Eu me senti como as prostitutas de Uma Linda Mulher: "nada de beijar na boca".

— Estou seriamente preocupado com o seu gosto por homens. — Olho por cima do ombro e digo a ela.

— Estou namorando seu melhor amigo — ela me lembra.

— Como eu disse. Gosto questionável.

Tess apenas balança a cabeça e me dá um tapinha no ombro enquanto me viro quando Murphy grita outra coisa para o campo.

— Esse treinador é um lixo. Por que diabos ele colocou Owen jogando no interbases em vez de no centro do campo? — Murphy reclama.

— Ouvi dizer que este é o último jogo dele como treinador — Tess comenta atrás de mim.

— Sério? — Birdie pergunta, esticando o pescoço para olhar para ela. — Bob Simpson é o treinador de baseball do primeiro ano desde que minha mãe estudou aqui.

Tess apenas dá de ombros.

— Isso é o que a Melanie me disse no A Barca. Acho que na última reunião do conselho a saída dele foi decisão unânime. Estão cansados de todas as reclamações dos pais sobre como ele é horrível com as crianças e como perdeu a noção com o jogo e as novas técnicas que deveria ensinar a eles.

— Ele estava usando as mesmas técnicas ruins de quando me treinou.

As cabeças de todos se voltam para a direita quando ouvimos uma voz profunda, minha mulher soltando um grito ensurdecedor assim que vê quem falou.

— Ai, meu Deus, Shep Oliver está de volta à Summersweet! — Birdie grita, voando por entre minhas pernas.

Ela se arrasta pelas arquibancadas até o homem parado no final do outro corredor, que ri enquanto ela corre para ele, e então envolve seus braços em volta dela quando Birdie chega até ele. Ele a levanta em um abraço apertado e amigável antes de colocá-la de volta no chão e se afastar.

Sinto-me um pouco homicida ao ver o amor da minha vida abraçar aquele homem, e não só porque ele é um filho da puta bonito. Mas porque Shepherd Oliver é a outra grande coisa que saiu de Summersweet junto comigo. Só que ele morava aqui, e pertencia a esta ilha muito mais do que eu. E ele tem jogado baseball profissional pelo Washington Hawks desde que saiu da faculdade, indo para o World Series três vezes em sua carreira, e foi classificado como um dos cinco primeiros defensores centrais, além de ser um *incrível* jogador ofensivo que acerta a bola como uma fera e rouba bases com facilidade.

Isso até o final da temporada passada, quando ele estava contornando a terceira base em sua velocidade da luz habitual e escorregou na base, rompendo ligamentos e tendões do joelho direito. A temporada tinha terminado para ele. Shep deveria voltar este ano como novo após a cirurgia e fisioterapia, mas ele nunca voltou, e está se escondendo desde então, nunca dando uma entrevista sobre a sua ausência em campo nesta temporada.

Birdie e Shepherd caminham de volta para nós, e ela indica para ele se sentar ao meu lado. Shep é alguns anos mais velho do que nós, a mesma idade de Wren, então eu só o encontrei algumas vezes até que ele saiu para a faculdade e nunca mais voltou. Birdie nos reapresenta e eu aperto sua mão, com apenas um pouco mais de firmeza antes de soltá-la. Puxando Birdie de volta para onde ela estava entre minhas pernas, eu agarro seu rosto e lhe dou um bom beijo, apenas para que o senhor Baseball não tenha nenhuma ideia.

— Entendido. — Shepherd ri baixinho ao meu lado quando me afasto da boca de Birdie. — Sua irmã não está aqui? — Shepherd pergunta a Birdie, e eu olho para ele com curiosidade quando o cara esfrega a nuca nervosamente enquanto olha ao redor das arquibancadas.

— Ela teve que trabalhar esta noite. Minha mãe não estava se sentindo bem. Quanto tempo você vai ficar na cidade? Ela vai ficar chateada por não ver você, se estiver só de passagem. Aquela mulher tem mais camisetas, moletons e bonés com seu nome nas costas do que qualquer outra pessoa que eu conheço, assiste a cada jogo com uma devoção religiosa, e Deus proíba qualquer pessoa interrompê-la enquanto você está jogando. — Birdie ri antes de ficar séria rapidamente. — *Merda*. Eu provavelmente não deveria ter dito isso. Faz com que ela pareça uma fã *stalker* e assustadora. Ela só gosta de torcer para que o garoto da nossa cidade se dê bem.

Shepherd não diz uma palavra. Sua boca está ligeiramente aberta em estado de choque. E já que estou começando a me perguntar sobre toda essa obsessão de Wren por ele e por que esse cara que é o jogador profissional de baseball mais tagarela da liga que nunca fica quieto quando é entrevistado, de repente parece mudo. Sinto-me um pouco mal pelo cara. Dou uma cutucada nele com o cotovelo, para que acorde e pare de dormir acordado e com a boca aberta.

— Ahm, não tenho certeza de quanto tempo ficarei aqui — Shepherd finalmente diz. — Ainda estou pensando. Posso ficar um pouco. Talvez… talvez não diga a Wren que estou aqui. Eu quero fazer uma surpresa para ela.

Eu apenas rio e balanço a cabeça para ele, envolvendo meus braços em volta de Birdie, sabendo que surpresas com qualquer uma das irmãs Bennett nunca funcionam bem, mas esse é o funeral dele, não o meu.

— Animada para a próxima semana? — sussurro no ouvido de Birdie, sentindo-a estremecer um pouco em meus braços.

— Você quer dizer se estou surtando? Não consigo dormir, não consigo comer. Puta merda, estou tão animada que você vai me levar para o Havaí na próxima semana para o seu primeiro torneio Pro-Reg? — Ela pergunta, me fazendo rir quando começa a pular para cima e para baixo nos meus braços.

Agora que estou semi-aposentado, posso escolher o que quero fazer e para onde quero ir. Sempre que escolho e olho o calendário, pergunto a

Birdie se ela quer ir comigo, e ela sempre diz que sim. Fiquei feliz quando recebemos um e-mail me convidando para um torneio Pro-Reg, onde qualquer pessoa normal e comum pode jogar com um profissional. Sou muito bem pago por isso e descobrimos que aconteceria em Honolulu. Esse e-mail veio seis semanas atrás, e Birdie já estava com as nossas malas prontas desde então.

Enfiei na mala o anel de diamante que comprei para Birdie depois que ganhei o *San Francisco Open*, quando ela não estava olhando.

Bem como uma foto emoldurada de nós dois inclinados sobre uma pequena mesa e dando um beijo no meio na varanda do CGIS quando fomos jantar ao pôr do sol há algumas semanas para celebrar todas as coisas boas que têm acontecido. Pedi a Tess que tirasse uma foto quando Birdie não estivesse olhando para que eu pudesse surpreendê-la. Tenho certeza de que ela vai gostar desse tipo de surpresa.

— Você colocou na mala o biquíni vermelho, certo? — Peço a ela pela terceira vez, o mesmo biquíni vermelho que ela usou para mim esta manhã e eu tirei dela com os dentes.

Birdie apenas ri do som desesperado em minha voz, todos nós levantando e aplaudindo enquanto Owen se prepara para bater. Birdie dá um passo para trás no banco para ficar bem ao meu lado, e eu envolvo meu braço em volta de seus ombros, puxando-a para o meu lado e beijando o topo de sua cabeça enquanto ela grita o nome de Owen a plenos pulmões.

Vou passar o resto da minha vida compensando pelos quinze anos que perdemos porque éramos idiotas demais para dizer como nos sentíamos, garantindo que Birdie soubesse a cada segundo de cada dia o quanto ela significa para mim.

E meu pai? A última vez que soube, ele estava em negociações para gerenciar a carreira de profissional de golfe de Brock Webster. Bom para eles. Esses dois idiotas pomposos se merecem. Achei que me sentiria diferente por não ter nenhum tipo de relacionamento com o único membro da família que me restava. Um pouco vazio, um pouco sozinho.

— Não se esqueça, jantar com Laura, Wren e Owen na minha casa amanhã à noite. — Murphy se inclina para me lembrar. — Juro por tudo o que é sagrado, Putz, se você esquecer a sobremesa de novo, nada da carne de Murphy de dar água na boca para você!

— Eca. Agora, definitivamente, não vou levar a sobremesa — brinco, estremecendo, o que faz Murphy mostrar o dedo do meio pelas minhas costas.

Pois então, não me sinto vazio ou sozinho.

Porque Birdie garante que seus amigos sejam meus amigos e sua família seja minha família, e que eu não sinta um segundo de solidão.

— Eu amo você, docinho.

— Beije meu taco. — Ela ri, olhando para mim com um sorriso antes de ficar na ponta dos pés e pressionar os lábios nos meus.

Sim, essa é a minha Birdie.

Minha melhor amiga.

Meu *tudo*.

AGRADECIMENTOS

Obrigada ao meu marido por me implorar para escrever um livro de golfe por, tipo, quatro anos. Estou tão feliz por ter ouvido você, mas esta será a única vez que direi que estava certo, então aproveite este momento.

Obrigada a Amber Goleb por ser minha amiga de todas as horas. Me desculpe (só que não) pela Birdie.

O maior obrigada do mundo a Gina Behrends por salvar o dia e minha sanidade. Adoro você!

Obrigada a minha filha por O Droguinha, O Chevy Tahoe, O Frango Assado e O Abajur. Nunca mude, garota. Eu amo você demais.

Eu poderia fazer um livro inteiro sobre quão incrível é Pamela Carrion. Obrigada por me dar uma "vagina" quando eu precisava desesperadamente de uma. Eu amo você de montão.

Obrigada à Dragon Ranch Crew — Mark Armbruster, Jeff Murphy, Jennifer Swallow, Chris e Adam por me deixarem pegar "emprestado" seus nomes. Se vocês lerem esse livro, pulem as partes sujas. #longlivedragonranch

Obrigada àquele professor no colégio que chamou a *Dairy Twist* (nossa sorveteria de cidade pequena bem perto da escola) de *Dip and Twist* (Girar e Mergulhar) um dia e isso se tornou a coisa mais engraçada de todos os tempos e foi assim que todos chamaram aquele lugar desde então. É também como chamamos literalmente qualquer sorveteria, não importa qual seja o seu nome verdadeiro.

— *Entrem no carro, crianças, estamos indo para a Dip and Twist!*

— *Qual delas, seus idiotas?*

E, por último, para o verdadeiro "Brad Mochilinha" — quem quer que você seja e onde quer que esteja em Virginia Beach, realmente espero que esteja bem, cara. Obrigada pela inspiração enquanto estávamos em nossa varanda assistindo uma tempestade chegar do oceano. Além disso, talvez nunca, jamais, beba tanto a ponto de desmaiar em um banco no calçadão e todos os seus amigos irem embora, e então você acorda uma hora depois e cambalear bêbado, tentando descobrir onde diabos está. Tudo com uma mochila que tinha um tubo de água, que você nunca tirou. Todos nós sabemos que aquilo não era água, Bradley.

A The Gift Box é uma editora brasileira, com publicações de autores nacionais e estrangeiros, que surgiu no mercado em janeiro de 2018. Nossos livros estão sempre entre os mais vendidos da Amazon e já receberam diversos destaques em blogs literários e na própria Amazon.

Somos uma empresa jovem, cheia de energia e paixão pela literatura de romance e queremos incentivar cada vez mais a leitura e o crescimento de nossos autores e parceiros.

Acompanhe a The Gift Box nas redes sociais para ficar por dentro de todas as novidades.

 www.thegiftboxbr.com

 /thegiftboxbr.com

 @thegiftboxbr

 @GiftBoxEditora